Zurab Karumidze

Dagny *oder* Ein Fest der Liebe

Aus dem Englischen von Stefan Weidle

Weidle Verlag

Für meine Frau Nina, die von Norwegen träumt …

Erster Teil

Ich fürchte, mein Englisch reicht nicht aus für die Aufgabe, der ich mich jetzt stelle – ich bin kein Muttersprachler. Außerdem weiß ich nicht mal genau, was mich über diese mysteriöse Frau aus Skandinavien schreiben läßt, die vor über hundert Jahren in meine südkaukasische Heimatstadt kam, um dort von einem ihrer Anbeter erschossen zu werden. Dazu bin ich ein übler Bursche – *I don't know what love is* –, und mit meiner Leber stimmt was nicht, weil ich zuviel trinke ... vielleicht trinke ich aber auch nur, weil ich nicht weiß, was Liebe ist, oder ich weiß nicht, was Liebe ist, weil ich trinke? Na bravo!

Paulus, der dreizehnte der zwölf Apostel, redete mit Menschen- und mit Engelszungen und wußte, was Liebe ist. Vor langer Zeit schrieb er an die Korinther: »Und wenn ich alle meine Habe den Armen gäbe und ließe meinen Leib brennen, und hätte der Liebe nicht, so wäre mir's nichts nütze.« Wichtiger noch: »Die Liebe ist langmütig und freundlich ... sie freut sich nicht der Ungerechtigkeit, sie freut sich aber der Wahrheit.«

Und was kann ich daraus für mich ableiten? Ich persönlich freue mich des Alkohols, in dem gewiß manche Wahrheit ist, wie das lateinische Sprichwort feststellt, auch wenn er durchweg eher profaneres Zeug enthält, destilliert aus Trauben, Malz, Weizen, Beeren oder sonst etwas, das mein Gehirn wäscht, einhüllt und beerdigt ... und, ja, Liebe ist auch drin, aber, soweit ich das rausschmecken kann, nur ein Prozent von den vierzig, besonders wenn man allein trinkt. Um mich also bei Paulus zu bedienen: Wie ich die Liebe verstehe, gleicht dem, wie ein tönend Erz oder eine klingende Schelle das Geräusch verstehen, das sie hervorbringen. Oder, noch genauer: Meine Kenntnis der Liebe entspricht der Erfahrung der Liebe von, sagen wir, Eric Dolphys Flöte, wenn der Typ den alten Jazz-Standard *You Don't Know What Love Is* auf ihr spielte.

Zweifellos ist die Flöte ein ganz außergewöhnliches Instrument. Sie wurde von einem tiergestaltigen Geschöpf, halb Ziegenbock, halb Gott, erfunden, um diesen einen Moment zu feiern, wenn alle Materie im Verlauf eines einzigen goldenen Nachmittags überschnappt. Einige gälische Barden meinen, die beste Flöte werde aus dem Schenkelknochen eines liebestollen Reihers gefertigt. Vielleicht sind deshalb fast alle Flötisten ein bißchen wahnsinnig, wie der berühmteste von ihnen, Ian Anderson von Jethro Tull. Doch der verrückteste war ein Russe, Wladimir Majakowski. Einmal hat er sogar den irren Versuch unternommen, die eigene Wirbelsäule wie eine Flöte zu spielen. Stellen Sie sich vor, wie er da auf einem Bein steht, das andere angezogen, und mit fest geschlossenen Augen in seine Wirbelsäule bläst.

Flying so high, trying to remember …

Darf ich hier eine musikbiologische Definition der Liebe anbringen? Liebe ist, wenn sein oder ihr Atem deine Wirbelsäule mit Tönen füllt … wenn der sanfte Luftzug unsichtbar hindurchstreicht … unbeschreibliche Liebe … Applaus!

O ja, Dagny Juel Przybyszewska muß diese Art der Liebe ausgestrahlt haben: Sie spielte die Wirbelsäulenflöten der Männer um sie her, rührte Eifersucht in die Erregung, vermischte Orgasmus und Tod und verwandelte sexuelle Angst in die zerstörerische Ästhetik des Fin de siècle. Man nannte sie »Die nordische Sphinx«. Sie erwürgte sie mit ihren unlösbaren Rätseln, wie Föten erwürgt wurden im spektakulären Uterus Unserer Lieben Frau vom Leben-im-Tod-und-Tod-im-Leben-als-Kunst. Die Hohepriesterin der Berliner Bohème, die Hebamme der schrecklichen Schönheit, die damals in die Welt trat; sie war die Große Androgyne und die Quelle ihrer Ekstasen, ihrer Verrücktheiten und Inspirationen. Und alle begehrten sie, diesen Seelenvampir, wie aus einem Gemälde von Botticelli, Rembrandt oder Rossetti entstiegen – lockig, seidenglatt, zerbrechlich, kompliziert, überwältigend, aristokratisch, auratisch, grausam, unergründlich, dubios, groß, schlank, biegsam, nüchtern, unnahbar, widerspenstig –, die ihre Unschuld gerne drangab für dieses wahre Selbst, das ihr aus dunklen Spiegeln entgegentrat – und sie wurde von einem neurotischen jungen Anbeter erschossen, der sich anschließend selbst erschoß ... Neeiiinn!

»Man mußte sie erfahren, um sie beschreiben zu können«, sagte Edvard Munch, ihr norwegischer Landsmann und Maler des *Schreis*. Munch war angeblich der erste, der Dagny »erfuhr«, wie man den Geruch der Flora einer Frühlingswiese erfährt. Tatsächlich ist der Duft einer Defloration wesentlich komplexer – wie der Duft des Orients vielleicht? Des Libanon? Ich erinnere mich nicht selbst daran; es ist so viele Jahre her ... Da Dagny Juel schon im Juni 1901 in einem Hotelzimmer in Tiflis, Rußland (richtig: Tbilissi, Georgien) getötet wurde, sind meine Chancen, sie zu erfahren beziehungsweise zu »erfassen« äußerst gering.

Was brachte diese mythische Frau mit einer bewegten Vergangenheit in die Kunstmetropolen Europas und dann in die Stadt Tiflis, »nahe am Schwarzen Meer«, wie sie auf einer Postkarte schrieb? Tiflis lag nie »nahe am Schwarzen Meer«, das ist Hunderte von Kilometern entfernt. Natürlich bedeckte vor ein paar Dutzend Millionen Jahren das Meer ganz Transkaukasien, und Tiflis an seinem Grund war von den üblichen prähistorischen Monstern bevölkert. Aber das gilt auch für viele andere Städte, beispielsweise London, wie einige Wissenschaftler kürzlich bewiesen haben. Tatsächlich ist das Meer bei Tiflis, oder Tbilissi, nicht schwarz, sondern weindunkel, weil die Leute hier jede Menge trinken, und ich bin einer der überlebenden antiken Spezies, so eine Art Fossil.

War es Armut oder Verzweiflung, was Dagny Juel zwang, hierherzukommen? Welche Kraft ist es, die Tiere zum Umherziehen treibt, zum unaufhörlichen Erkunden, und schließlich sogar Leoparden auf verschneiten Hügeln enden läßt? Hey, über dreißig Jahre nach dem Mord an Dagny wurde ein Tiger in Georgien erlegt, nahe bei Gori, zufällig Geburtsort von Josef Stalin (ja, dieser Gorilla kam aus einem Ort dieses Namens). Nun ist es aber so, daß Tiger in diesem Land seit Jahrhunderten ausgerottet sind. Dieser mußte aus Persien gekommen sein und eine gewaltige Strecke zurückgelegt haben. À la Salman Rushdie könnte man unterstellen, der Tiger sei Dagny Juels Reinkarnation gewesen und zurückgekehrt, um Rache zu nehmen. Wenn dem so war, dann hat sie sich im Ort geirrt. Sie hätte nach Polen gehen sollen; einige ihrer feministischen Biographinnen glauben, daß ihre Vernichtung dort begonnen hat. Es war ihr Mann, der dämonische polnische Autor Stanisław (Stach) Przybyszewski, der das arme Ding psychisch ruiniert hat. O dieser *male chauvinist piggyszewski!*

Tiger, Tiger, hell entfacht in den Waldungen der Nacht ... Ja, von Zeit zu Zeit tauchen ein paar versprengte Wildkatzen in Georgien auf, tot oder lebendig. Die bislang berühmteste davon war eine tote, die in Form eines Panther- oder Tigerfells kam und das Äußere eines »heiligen Außenseiters« zierte, bekannt als *Der Recke im Tigerfell.* Dieser mittelalterliche Versroman über einen in Pardenhaut gekleideten Sucher nach der verlorenen Liebe, der von üblen dunklen Gestalten entführt wird, ist das georgische Nationalepos – ungefähr das, was Verfassung und Grundrechte für die Amerikaner sind. Übrigens wurden einige Strophen der russischen Übersetzung sogar von Väterchen Stalin höchstselbst lektoriert – man kann die Manuskripte in seinem Museum in Gori betrachten.

Aber wer oder was war Stalin für Dagny und Dagny für Stalin? 1901 war der junge Koba (Stalins Spitzname) in allerlei protokommunistische Umtriebe involviert, wobei er gelegentlich bei seinen Klassenfeinden in Tifliser Kneipen oder Restaurants auftauchte. Vielleicht erhaschte er bei einer solchen Gelegenheit einen Blick auf Dagnys Patrizierprofil an einem der Nebentische und verspürte den dialektischen Drang, den Expropriateur seiner Missionarsstellung zu expropriieren (war er da nicht schon aus dem Priesterseminar rausgeschmissen worden?).

Auch nach all meinen Recherchen: Wie soll ich Dagny Juel beschreiben, also die Frau, die sie wirklich war? Sie ist mehr als genug mythisch überhöht worden, und mich fasziniert, ehrlich gesagt, der Mythos ihres Lebens mehr als ihre Aufzeichnungen oder ihre Lebensgeschichte, mit Ausnahme ihrer letzten drei Wochen, die sie in Tiflis verbracht hat und über die wir so gut wie nichts wissen.

Und doch wird dieses »so gut wie nichts« den Kern meiner Geschichte bilden. Aber was ist das bloß für ein unzeitgemäßes Unterfangen, aus so gut wie nichts etwas machen zu wollen! Wer in der heutigen Welt kauft schon ein Manuskript, das sich der schieren Besessenheit von diesem Nichts verdankt, das wir Fiktion nennen? Heute, da Friktion viel mehr gefragt ist als Fiktion? Machen wir uns nichts vor, Freunde: Nach den Anschlägen vom 11. September, dem Ausbruch des Kriegs gegen den Terror und der *Schahid*-Ge-

genattacken, hat das kreative Schreiben seine *raison d'être* verloren. (Auch noch aus anderen Gründen, auf die ich hier aber lieber nicht eingehen möchte.) Leider sind die höchsten Preise und Goldenen Palmen rein dokumentarischen Werken vorbehalten, während Autobiographien, die mit Gesellschaftskritik und absonderlichen Verhaltensweisen gespickt sind, die Bestsellerlisten dominieren. Und was ist mit Fantasy, die sich millionenfach verkauft? Nun, wir alle wissen, daß Fantasy etwas für Jugendliche ist – aber werden die nicht das Erdreich besitzen?

Deshalb und um auf der Höhe der Zeit zu sein, möchte ich nun Position beziehen und erklären, daß ich nicht über Dagny Juel Przybyszewska schreiben werde – ich *esse* sie stattdessen. Ja, ich werde ihren Leib essen und ihr Blut trinken und durch diesen Akt das Tier in mir »reterritorialisieren«, um es philosophisch auszudrücken. Fortan also fungiert diese ganz besondere Frau als ganz besondere Nahrung für meine ganz besonderen Gedanken über die Liebe ... und Du, lieber Leser, bist herzlich willkommen zu meinem Fest der Liebe! Applaus!

I once had a girl, or should I say, she once had me
hey tra la la la
...
isn't it good, Norwegian woooood ...
this bird has flown

Dagny Juel wurde zwischen 13 und 13:20 Uhr vollständig bekleidet auf einer Chaiselongue gefunden, kurz nach dem Mittagessen. Ihr Mörder hatte vermutlich ein Schlafmittel in ihren Wein gemischt (er hatte die Tat lange geplant, wie Dagnys Schwester Ragnhild später in einem Brief schrieb), und dann, als sie ausgestreckt dalag, mit der rechten Hand unter dem Nacken, also in genau der Position, in der Munch sie als Madonna gemalt hatte, schoß er sie in den Hinterkopf. Sie spürte einen Kuß auf ihrem willenlosen Mund, die schlafende Erde öffnete ihren weiten Schoß, und schäumende Fluten schossen heraus; die Kugel durchschlug ihren Schädel wie ein Stern, der in ihre Seele sank, und sie erblickte die glühende Todesblume, riesig wie ein Regenbogen, Blut und Feuer tropften aus ihr. Sie war dreiunddreißig.

Als Aristokratin von Geburt und Charakter war Dagny Juel wie ein frischer Wind für die Männer, die atemlos nach ihrer Position in Kunst und Leben suchten. Sie war die Königin all der Bohémiens, die Ende des 19. Jahrhunderts in das Berliner Lokal *Zum Schwarzen Ferkel* strömten. Sie inspirierte Berühmtheiten der aufkommenden Moderne wie August Strindberg (der sie gehaßt und in seinen Dramen als Femme fatale dargestellt hat), den bereits genannten Edvard Munch, Gustav Vigeland, den Steinbildhauer erotischer Sujets, und Stanisław Przybyszewski – den Kerl, der sämtliche Musen seiner dramatischen wie lyrischen Poesie vögelte, wie er überhaupt jede Frau vögelte, die ihm nahe genug kam, weil seine Besessenheit davon, die eigenen Bedürfnisse zu befriedigen, mindestens genauso stark war wie seine Besessenheit von der Bewegung Junges Polen. Auch der große norwegische Nobelpreisträger Knut Hamsun entdeckte den Diamanten namens Dagny; in seinem Roman *Mysterien* trägt die weibliche Hauptfigur Dagnys Namen und ist nach ihr geformt.*

* Knut Hamsun besuchte im Jahr 1899 Tiflis und stieg in einem Hotel ab, das unmittelbar neben demjenigen liegt, in dem Dagny zwei Jahre später erschossen wird. Welche Vorahnung brachte ihn wohl dorthin?

Sie hatte noch mehr Bewunderer – unbekanntere oder weniger bedeutende als zum Beispiel Hamsun, doch auch diese Männer streiften durch Dagnys Zauberwald. »Sie hatte grüne Augen, ein rotes Kleid, und sie tanzte für uns. Wir alle begehrten sie«, erinnerte sich Gustav Vigeland.

Und ihre Familie? Woher kam sie? Ihr Vater war Arzt und behandelte mehrfach den schwedischen König, ihr Onkel brachte es gar zum schwedischen Premierminister oder so was. Sie spielte Klavier und bekam Unterricht in Paris und Berlin; ihr Lieblingskomponist war Grieg. Eine ihrer Schwestern wurde Sängerin – vermutlich war »Solveigs Lied« aus *Peer Gynt* die wichtigste Arie in deren Repertoire. O ja, ihr norwegischer Background: die Fjorde, das graue Meer, der verschleierte Blick dieser vernünftigen Nordländer, hin- und hergerissen zwischen ihrer puritanischen Moral und der Lockung freier Liebe, wie einige sie in der Hauptstadt Christiania praktizierten, dem heutigen Oslo.

Dagny schrieb Gedichte und hinterließ mehrere Theaterstücke. Tödliche Dreiecksgeschichten, etwa »das Zusammentreffen schicksalsbestimmter Liebender und der Tod (physisch oder psychisch) der jeweils gesetzlich legitimierten Partner von ihrer Hand«, das war ihr ureigenstes Feld; sie spielte solche Dreiecksbeziehungen in ihren Werken durch, litt unter ihnen in ihrem Leben und sorgte dafür, daß auch andere litten. Ihre erste Dreiecksbeziehung entstand kurz nach ihrer Heirat mit Stach 1893, obwohl dieses Dreieck eher retrospektiv verortet war: Ein paar Monate nach ihrer Hochzeit verübte Stachs Geliebte Maria Foerder, mit der er drei Kinder hatte, Selbstmord. (Stach mußte danach ins Gefängnis, wo er zwei Wochen blieb, von allen im Stich gelassen außer natürlich von Dagny.) Das letzte Dreieck in Dagnys Leben bildete sich in Tiflis und tötete sie – aber dazu kommen wir später.

Warum sollen wir nicht erst mal den Ursprüngen des Kubismus in der zerstörerischen Geometrie der Dreiecksbeziehung nachgehen? Eine absonderliche Überlegung, auch wenn der Kubismus darauf abzielte, etwas durch Destruktion zu seiner wahren Gestalt zurückzubringen ... Vor dem Hintergrund der sozialen und moralischen Ansichten ihrer Epoche hätte Dagny Juel auf die vornehme Gesellschaft fast so zerstörerisch gewirkt wie heutige Selbstmordattentäterinnen aus Tschetschenien. Für eine Frau des ausgehenden 19. Jahrhunderts bedeutete der Eintritt in eine erotische Dreiecksbeziehung die Absage an ihre soziobiologische Rolle als Ehefrau und Mutter und das Zurückfallen in die ursprüngliche dämonische Natur der Frau, die obskure Botschaften der Götter an die Männer weitergibt (vielleicht werden deshalb manche Männer so fromm).

Solchen Frauen attestiert man manchmal das »Ewigweibliche« – sie werden überlebensgroß. Vielleicht wirken deshalb manche Erklärungen und Aktionen von Frauen irrational. Doch das hat nichts zu tun mit unterstellten »intellektuellen Defiziten«. Sie müssen mit etwas total Irrationalem umgehen – den ephemeren Grillen unsterblicher Wesen, die niemals schlafen – und uns deren Bedürfnisse mitteilen in einer Sprache, die wir verstehen; das ist wohl die schwierigste und komplizierteste Form der Übersetzung, sie geht zurück auf die antiken Priesterinnen und Tempelhuren. Diese Frauen waren die wahren Exegetinnen, die in ihren Träumen menstruale Flüsse aus schmutzigem, geronnenem Blut überwanden, um mit fruchtwassergespeisten Gehirnen das Wort der Götter zu verkünden. Diese Aufgabe ist heute noch schwieriger geworden, weil die antiken Götter uns verlassen haben (manche meinen allerdings, sie würden wiederkommen).

Dabei fällt mir ein, daß selbst zu Dagnys Zeiten dreifache Erotik oder Dreiecksbeziehungen eine Frau über die allgemein gültigen Regeln und Standards hinaus in eine vierte Dimension katapultieren konnten – die Dimension von Umbruch und Verwandlung. Denn genau das ist die Liebe. Der große Umbruch, die Verwandlung von Identität in Differenz, durch welchen Prozeß etwa eine Fledermaus sich hin- und hergerissen fühlen kann zwischen dem einfachen Nagetier einerseits und einer Existenz als Vogel andererseits. Korrigiert mich, wenn ich falsch liege, Leute, aber derselbe Mist muß passieren, wenn rohe Materie in reine Energie transformiert wird, also wenn eine Motte von der Kerzenflamme verzehrt wird.

Übrigens gibt es ein Dagny-Portrait von Edvard Munch, ich nenne es *Portrait von Dagny als junge Fledermaus* und sollte hinzufügen, daß der Anblick ihrer Schultern vor dem Hintergrund des dunkelblauen Himmels tatsächlich etwas Fledermausartiges hat ... In einer ihrer poetischen Phantasien schreibt Dagny von ihrer »grauen Schwester«, einer riesigen Fledermaus, die in ihren Geist blickt, der aber nur eine leere Höhlung ist, in die die Sonne ihre goldenen Fluten strömen läßt. Ja, sie »trank aus den tiefen Brunnen ihrer Männer, und deren Macht wurde zu Gift in ihren Adern«, wie sie selbst irgendwo schrieb. Die ganze Symbolik könnte auf reine Pornographie reduziert werden, Besessenheit vom banalen Akt der Ejakulation ... für die Küchenpsychologie bitte ich um Entschuldigung; ich habe es mit einer Frau zu tun, die »ewigweiblich« und »überlebensgroß« war, und da das Leben größer ist als die Sprache, muß ich von Zeit zu Zeit über die Wortbilder reiner Poesie hinausgehen.

Dagny trank, und sie rauchte auch. »Sie war ein Engel mit Zigarette im Mund.« Diese Beschreibung von Dagnys Persönlichkeit (ich halte sie für die beste) stammt von einem Freund von ihr. Dann kommt Strindberg und zähmt seine Gehässigkeit, um sie zu beschreiben: »Modernster Typus, zart und fein, mehr geistige Verführerin als körperliche. Ihr Gesicht hat etwas Spürendes, Suchendes; ein Zittern geht um die Nüstern; der halboffene Mund verrät oder heuchelt Genuß; sie hält die Lider gesenkt, aber die Augen lugen verlangend hervor.«

Ein Engel mit Zigarette im Mund: Das Wechselspiel der Liebe, die Identität haßt und in der Differenz aufgeht – oder, um es in der Begrifflichkeit der Tiersymbolik auszudrücken, die Gegenüberstellung des Löwen und des Leoparden. Der Löwe, eine einfarbige, strukturell homogene Katzenart, symbolisiert die Identität, während der gefleckte, vielgestaltige Leopard die Differenz verkörpert. Der Löwe personifiziert Vernunft, moralische Autorität und Recht und Ordnung, während der Leopard die Liebe ist – reine Liebe, über Raum und Zeit verströmt, bedeckt und durchdringt sie alles.

Vielleicht erinnern Sie sich an den Vers von Lewis Carroll: »Der Löwe und das Einhorn, die kämpften um die Kron' ...« Der Ursprung des Verses liegt in der Antike, damals hieß es so: »Der Löwe und der Leopard, die kämpften um 'ne Kuh.«

Ich erzähle Ihnen jetzt eine wahre Geschichte.

Für biologische Organismen sind die Gene das, was die sogenannten »Meme« für menschliche Gedanken und Werte sind (diese Analogie geht auf den Genetiker Richard Dawkins zurück). Andererseits ist Hegel zufolge Geschichte die dialektische Gegenüberstellung und Entwicklung von Gedanken und Werten. Hier nun mein Vorschlag: Die menschliche Geschichte ist ein dialektisches Spiel, ein Gegenüberstellen, ein Wettbewerb zwischen zwei Memen, dem Löwen-Mem und dem Leoparden-Mem. Diese Meme sind bereits im Jungpaläolithikum entstanden und von einem Himmelskörper auf die Erde gebracht worden. Beide Meme haben denselben Ursprung: Das Ur-Leoparden-Mem. Der Begriff Leopard umfaßt den Löwen (oder Leo) und ebenfalls den Panther oder Tiger (die Etymologie des Wortes »Leopard« zeigt, daß antike Kulturen den Leoparden für ein Arthybrid dieser beiden hielten). Um wieder in theoretischen Begriffen zu sprechen, ist die Differenz gegeben, und die Identität wird aus ihr gemacht. Die Differenz kommt vor der Identität, genau wie die Liebe vor allem anderen kommt. Applaus!

Der Bruch innerhalb des Ur-Leoparden-Mems und damit die Spaltung in zwei Genien geschah, als das Feuer gestohlen wurde. Bis zu diesem Zeitpunkt nämlich hatten die Menschen das Feuer als Heilige Zunge angesehen, den brennenden Zustand eines numinosen Verkehrs zwischen den Sterblichen und den unsterblichen Göttern, Bindeglied einer allerhöchsten Verschmelzung, die Vereinigung von Erde und Himmel, wo der gefleckte Engel namens *Poesis* Wesen aus dem Nichtsein hervorbringt. Doch nachdem das Feuer gestohlen war, benutzte es ein Mann namens Dhemi Urgusch, um Werkzeuge herzustellen. Er wurde so der erste Schmied der Identität. Das Löwen-Mem entwickelte sich durch ihn, der seine Kraft aus dem Goldenen Engel namens *Techne* bezog.

Über Jahrtausende erstand das Löwen-Mem immer wieder in Generationen von Menschen, die Zuneigung ablehnten und sich ganz der Macht und Vernunft verschrieben. Das selbständige Leoparden-Mem nahm Gestalt an in Generationen von Menschen, die Macht ablehnten und sich der Erhabenheit der Kunst in all ihren Varianten weihten. Von jetzt an nenne ich die Abkömmlinge der beiden Zweige die *Pardimeme* und die *Leomeme*.

Die Leomeme entwickelten sich oft zu Gruppen, Bruderschaften oder Organisationen; man denke etwa an die Architekten und Hohepriester des alten Ägypten, die Patriarchen und Könige Israels (mit Ausnahme von König David), die Tempelritter, Rosenkreuzer, Freimaurer, multinationale Konzerne etc. Im Gegensatz dazu formen die Pardimeme niemals Gruppen oder schließen sich zusammen; sie bleiben verstreut und streifen allein durch die Welt (wie es die Geflecktheit des Leopardenfells symbolisiert). Manche aus dieser Spezies nenne ich *Schamanische Individuen.* Solche Individuen erscheinen in der Historie immer wieder, sowohl im Westen wie im Osten. Man denke an die Schamanen des antiken Hellas: Heraklit, Sophokles, Sokrates; diverse Gnostiker und Häresiarchen wie Mani, Nestorius etc.; dann folgen etwa Meister Eckhart und Dante Alighieri im mittelalterlichen Europa und Dschalal ad-Din ar-Rumi und Omar Chayyam im mittelalterlichen Orient. Später, in unseren Zeiten, begegnen wir dann Ausprägungen wie zum Beispiel C. G. Jung (der beste Schüler des »Schamanen von Wien«), James Joyce, Michail Bakunin, Igor Sikorski, John Coltrane, Charlie Chaplin, Gilles Deleuze und Jimi Hendrix.

Es gibt aber auch die so genannten *falschen Schamanen,* die sich der schamanischen Kunst für ihre Machtgier bedienen und aus diesem Grund vom Engel *Poesis* verflucht worden sind: Lenin, Hitler, Stalin, Mao etc. Ihnen verwandt sind die *debilen Schamanen:* Selbstmordattentäter und andere charismatische Idioten.

Ich habe auch ein paar Randphänomene identifiziert, Opfer tragischer Mißverständnisse. Mozart etwa: Obwohl ein geborener Schamane und Mann von erstaunlichen Gaben, verleitete seine schillernde Persönlichkeit ihn dazu, in die leomemische Freimaurerei zu desertieren. Sein letztes

Werk, *Die Zauberflöte,* demonstriert das: Eine Nebenfigur, der Vogelmensch Papageno, ist eine eindeutig schamanische Person, die von König Sarastro (ein rein leomemischer Repräsentant der Weisheit und der Bruderschaft der großen Architekten der Welt) manipuliert wird. Papageno wird als ignoranter, ungehobelter Trottel hingestellt, dessen Interessen sich aufs Vögeln und Saufen beschränken. Eine solche Parodie des Schamanismus zugunsten der Freimaurerei muß der wahre Grund für Mozarts Niedergang und Tod gewesen sein – er ist von einem anonymen Schamanen bestraft worden, der vergiftete ihn und stahl dann die Leiche (niemand hat Mozarts Grab je gesehen). Zweifellos kann der Mörder nicht Salieri gewesen sein, denn der war eine typisch leomemische Persönlichkeit und offenbar selbst Freimaurer.

Oder nehmen wir Goethe, der als geheimer Legationsrat und Berater für den Großherzog von Sachsen-Weimar-Eisenach tätig war – oder Yukio Mishima, der die schamanische Kunst des Sterbens mißbrauchte, um einen traditionellen Selbstmord für seinen Kaiser zu begehen. Von all denen, die sich mit Leomemen einließen, gelang es nur Richard Wagner, sein Schamanentum zu bewahren, und er blendete Ludwig von Bayern damit.*

* Ich würde etwa Che Guevara als modernes Beispiel eines fehlgeleiteten Schamanismus anführen: Er kämpfte sein Leben lang gegen Mächte an, politisierte jedoch seine Emotionen zu sehr, was ihnen die Kraft entzog. Dasselbe könnte man über Bill Gates sagen, einen Mann mit einer ziemlich guten schamanischen Bildung, die er aber in seinen leomemischen Abenteuern verballert hat. Und es gibt den extrem gestörten Flügel von fehlgeleiteten Schamanen, die so genannten »Shamaniacs«: Serienmörder und Triebtäter (wie Jack the Ripper, Charles Manson usw.).

Bleiben wir noch einen Moment bei Carrolls Kinderreim: Die beiden Meme werden von einem dritten unterstützt – einem Huftier, oder Kuhmem, das sich historisch gesehen in den riesigen, aber passiven Menschenmassen materialisiert hat, in den Konsumenten also, die auf dieselbe Art glücklich sind wie alle glücklichen Familien glücklich sind … *Wie sich die Jugend liebhält* … aber jetzt kehren wir zu unseren Raubtieren zurück.

Es ist allgemein bekannt, daß Löwen und Leoparden einander aus dem Weg gehen – besonders versuchen Leoparden die Jagdgründe eines Löwenrudels zu meiden. Doch manchmal werden sie zu tödlichen Rivalen um dieselbe Beute. Das gilt ebenfalls für die Pardimeme und die Leomeme. Auch wenn sie gewöhnlich an verschiedenen Orten »jagen«, geschieht es beim Teilen der Kuhmem-Leute, daß die Leomeme die Pardimeme verjagen, wie ein Löwenrudel einen Leoparden verjagt, wobei die Löwin am aggressivsten ist. (Eine ähnliche Dynamik gibt es in den König-Dame-Bube-Konstellationen beliebter russischer Kartenspiele.) Im übrigen sind die Leomeme vollauf damit beschäftigt, so viele Menschen wie möglich zu kontrollieren, während die Pardimeme eingeschworene Individualisten sind. In gewissem Sinne ist das sogar eine indirekte Konkurrenz, und der erwähnte Fall Mozart sollte den Grillen eines gestörten Schamanen zugeschrieben werden.

Und doch kommt gelegentlich der Zeitpunkt, da die Pardimeme zueinander getrieben werden und sogar zu den Leomemen, durch die verbliebene Energie des Ur-Leoparden-Mems etwa oder durch eine äußere Bedrohung. Sie suchen eine Annäherung, eine Verbindung, eine Art Wiedervereinigung. Doch gewöhnlich gelingt das nicht, wie es auch in der Natur geschieht – Löwen und Leoparden können Nachkommen zeugen, doch nur in Gefangenschaft, und der Nachwuchs ist steril und kaum lebensfähig.

Es führt kein Weg zurück zum Ur-Leoparden; deshalb wurden die wenigen Treffen von schamanischen Individuen in der Geschichte – bei denen versucht werden sollte, etwas Größeres zu bilden, zu dem auch die Leomeme gehören sollten – stets von diversen kleineren und größeren Katastrophen gestoppt.* Derartige Fehlschläge entmutigten die Pardimeme völlig, und es gab jahrhundertelang so gut wie keinen Versuch eines möglichen Treffens. Das ging so bis 1901.

Am Anfang dieses Jahres hatten dann einige schamanische Individuen, obwohl über die ganze Welt verstreut, gleichzeitig eine so genannte Pardimemische Vorahnung einer gewaltigen Bedrohung: »Eine Kuh wird zum Mond fliegen!« Der Schrei wurde überall im schamanischen Untergrund gehört, in Dunkelzellen wie im Busch – eine Mischung aus Gewimmer, Wehklagen und zynischem Gelächter.

Ein Jahrhundert später und von der komfortablen Position des Wissenden aus können wir diese seltsame, fast kinderreimartige Äußerung leicht dechiffrieren. Tatsächlich hatten diese auserwählten Pardimeme die Vorahnung eines bevorstehenden Unheils, das die Erde im neuen Jahrhundert überziehen würde: Massen von Menschen würden verrückt! Von falschen Schamanen verführt, würden sie rebellieren und sich an Massakern begeistern! (Kein Platz hier, um die tragischen Fakten des zwanzigsten Jahrhunderts zu repetieren, hätte auch keinen Sinn.) Jedenfalls war die Vision,

* Die Versammlung von Telgte während des Dreißigjährigen Kriegs kann als schamanisch-pardimemisches Unterfangen gedeutet werden. Leider wurde sie, wie Günter Grass in *Das Treffen in Telgte* konstatiert, von einem Feuer unterbrochen.

die den schamanischen Individuen zuteil wurde, entsetzlich und kaum auszuhalten, selbst für diejenigen, die die Kreise der Hölle durchmessen und das Totenreich gesehen oder die Kriege und Katastrophen der Vergangenheit miterlebt hatten. Einige von ihnen haben sich nie mehr von dieser visionären Ekstase erholt und gingen unter; manche wurden vom Blitz getroffen und zu Asche verbrannt; andere stürzten sich in die tiefsten Abgründe ihres Denkens und wurden vernichtet. Einer von ihnen starb nach einer Überdosis Umwertung aller Werte am Wahnsinn: Friedrich Nietzsche.

»Was auch immer das Höchste ist in der Kunst, es wird sich in einen Elfenbeinturm einsperren, und die natürliche Heilkraft, die daraus hervorströmt, wird bald erschöpft sein, und die Massen, die der Kunst entbehren, werden sich in Kriegen jeder gegen jeden aufreiben!« So sprach die Pardimemische Vorahnung und warf einen Schatten voraus auf die Entfremdung der Massen und die Ausbreitung der Lüge als Form des Wissens. Ja, die Rattenfänger des Totalitarismus würden die Kuhmemischen Mengen wegführen, und der wilde Schamane von Piccadilly würde auf taube Ohren stoßen; um diese Zeit starb er, mit weisen Worten auf seinen Lippen: »Die Kunst sollte nie versuchen, populär zu werden. Das Publikum sollte versuchen, künstlerisch zu werden!«*

In ihren ekstatischen Visionen erkannten die Pardimeme, daß nur ein gewaltiger Ausstoß des Geheiligten Stoffs *Askokin,* auf dem Planeten Erde bekannt als *Liebe, die die Planeten-*

* Oscar Wilde wurde von einem leomemgesteuerten Kuhmem getötet – Lord Queensberry, der die Sache seines Sohnes Alfred Douglas verfocht, eines gutaussehenden, verzärtelten englischen Aristokraten, der einige pardimemische Vorurteile hatte gegen die Liebe, die ihren Namen nicht zu nennen wagt …

sphären bewegt, verhindern konnte, daß »Die Kuh zum Mond fliegt«. Und dieser Ausstoß mußte vom Ur-Leoparden kommen. Doch die schamanischen Kapazitäten, diese *Liebe* in die richtigen Bahnen zu leiten, würden nicht ausreichen, und die Pardimeme würden also die Kanäle der Leomeme benötigen, um die gewünschte Wirkung zu erzielen. Um also eine überzeugende Wiederherstellung der Ur-Leoparden-Einheit zu erreichen, mußten die Pardimeme mit den Leomemen gemeinsam handeln: Es bedurfte einer abgestimmten Anstrengung, einen Ritus zu vollziehen, der als Kosmische Agape oder Himmlisches Fest der Liebe bekannt ist.

Der Ritus kann als ökumenisch-universalistische Kommunion gedacht werden, eine transreligiöse Inszenierung göttlicher Leiden auf dem Weg von der Identität zur Differenz. Zum einen bedient sie sich des Mysteriums des Leoparden als Esser und Ernährer gleichzeitig – da Menschen früher Aasfresser waren und sich von Resten der Raubtiere ernährten –, während der Ritus zum anderen die Transsubstantiation eines Opfergeschöpfs in den Körper der Liebe ausführt. Und genau dieser Körper der Liebe sollte, durch diverse symbolische Korrelate, bei der Kosmischen Agape oder dem Liebesmahl verzehrt werden.*

Durch ekstatisches Netzwerken leiteten die Pardimemischen Stimmen eine Botschaft zur Einberufung des Liebes-

* Übrigens behaupten einige Anthropologen, daß der Verzehr von gefundenem Fleisch eine wesentliche Volumenvergrößerung des menschlichen Hirns bewirkt und damit die Hominiden über die anderen Affen gestellt habe. Eine solche Änderung der Diät könnte auch bei der Ausprägung archetypischer Riten eine Rolle gespielt haben, etwa beim Verzehr von »geheiligtem Fleisch«, der im Christentum zur Eucharistie geführt hat.

mahls weiter, und ein besonderer Ort am Übergang von Okzident und Orient wurde als Schauplatz erkoren, ein Ort, an dem sich die Extreme treffen und die Differenz zu Hause ist: Tiflis, eine Stadt in Rußlands südlicher Provinz Georgien.

Ich verstehe immer noch nicht recht, weshalb die schamanischen Pardimeme diese Stadt gewählt haben. Es gab so viele andere, an denen sich West und Ost oder auch Nord und Süd begegneten. Wie wäre Konstantinopel, das große alte Byzanz, »Weise, die ihr steht in Gottes heiligem Feuer ...«? (William Butler Yeats, genannt »Silly Willy«, wurde im Alter ganz schön schamanisch.) Und wenn diese Leopardenmänner sich schon auf den Südkaukasus eingeschossen hatten, warum dann nicht in Baku? Baku wäre eine verdammt gute Stadt dafür gewesen, weil die Pardimeme schließlich die Leomeme anziehen mußten, und die interessieren sich nun mal für Erdöl.

Zweiundvierzig Jahre nach den Ereignissen, die ich jetzt beschreibe, hat ein anderes schamanisches Individuum, Salvador Dalí, diese Weltgegend erneut ins Licht gestellt, auf seinem berühmten Gemälde *Geopolitisches Kind beobachtet die Geburt des neuen Menschen.* Auf dem Bild wird ein Koloß aus einem eiförmigen Globus geboren, eine Frau mit ihrem Kind (das »geopolitische«) steht dabei und weist mit ausgestrecktem Arm auf das Geschehen. Der Koloß erhebt sich aus Nordamerika, seine Linke stützt sich auf die Britischen Inseln, während die »geopolitische Mutter« auf eine Region des Globus zeigt und sie so besonders hervorhebt. Diese Region liegt zwischen dem Schwarzen und dem Kaspischen Meer, mit Tiflis in der Mitte. Natürlich war Dalí 1901 noch nicht geboren, steckte in einer seiner pränatalen Perioden und betrachtete Spiegeleier auf dem Teller ohne den Teller ... erst viel später hat er von der pardimemischen Unternehmung erfahren.

Aber sehen wir uns das Gemälde noch mal genauer an: Die Atmosphäre ist düster, durchdrungen vom nagenden Bedauern einer verpaßten Chance. Unglücklicherweise nämlich ist das Liebesmahl von Tiflis gescheitert, durch Nachlässigkeit und einen schmutzigen Trick falscher Schamanen, deren Namen hier noch nicht genannt seien. Es scheiterte, und »die Kuh flog zum Mond«, was den Tod vieler Millionen Menschen bedeutete; das Brot war vergiftet und die Luft verpestet!* Aber kehren wir zurück zu der Triebfeder hinter der schamanischen Entscheidung, die Kosmische Agape in Tiflis abzuhalten – ein Blick auf die pardimemische Tradition in Georgien wird uns das verständlich machen. Ich will mich auf drei Beispiele beschränken, das vierte folgt dann 1901.

Die Ursprünge dieser Tradition gehen auf eines der ersten weiblichen Pardimeme zurück: Medea von Kolchis, die eine unwiderstehlich schöne Magierin war.** Sie hatte eine tragische Liebesgeschichte mit Jason, der in ihr Land kam, um das Goldene Vlies zu stehlen – den Stoff reinster pardimemischer Natur (auch wenn die leomemischen Nachkommen der Tempelritter es in späterer Zeit verehren sollten). Ich stelle mir diese geheimnisvolle Frau vor, die für die Liebe ihr Land und ihre königliche Familie verriet, getrieben von dem Verlangen des Ur-Leoparden nach Vereinigung mit den Lö-

* Der »Flug der Kuh« hatte auch ein paar positive Nebeneffekte wie die erfolgreichen Weltraumexpeditionen der Amerikaner und Russen in den 1960er und 70er Jahren. Tatsächlich wurden die herausragenden Entwicklungen der modernen Naturwissenschaften von schamanischen Individuen inspiriert; zum Beispiel erwähnte Einstein, wieviel er von Dostojewski gelernt hatte.

** Kolchis ist die antike Bezeichnung für Westgeorgien wie Iberia für Ostgeorgien.

wenmännern. Sie half Jason bei seinem Diebstahl und floh mit ihm nach Griechenland. Ich sehe sie dort im Licht des Vollmonds, wie sie ihre Tante Pasiphae bei der Kopulation mit einem Stier darstellt, in der esoterischen Form der »heiligen Ehe«; ich sehe sie Fruchtbarkeitsriten ausführen und irdische Orgien in Erwartung Georgios', des Märtyrers, der von ihrem Volk in ferner Zukunft angebetet werden würde – der Heilige Georg, der sich zerstückeln ließ und dann im vollen Glorienschein der Liebe wiederkehrte. Ich sehe sie im Rausch, wie sie ihre Kinder von Jason tötet, um ihn für seine Treulosigkeit zu bestrafen; bittere Tränen vergießend, weil ihre Sehnsucht nach der Vereinigung des Ur-Leoparden ihr Leben zerstört hat; schließlich sehe ich sie, zum Panther geworden, in die Wildnis davonrennen.

Das nächste Beispiel transportiert uns ins fünfte nachchristliche Jahrhundert, als dort ein Mann namens Peter der Iberer lebte, den der Rest der mittelalterlichen Welt als Pseudo-Dionysius Areopagita feierte. Auch Peter war von königlichem Geblüt; der Großvater mütterlicherseits war der große Weise Bacurius. Seine Großmutter väterlicherseits war Osdukhtia, deren Bruder Pharasmanios sich der Huld des Römischen Kaisers Arcadius erfreute, in dessen Armee er den Rang eines Generals einnahm. Doch Peter verzichtete auf seine dynastische Stellung zugunsten eines Asketenlebens. Er lernte viele prominente Persönlichkeiten seiner Zeit kennen, darunter die berühmten Patriarchen Nestorius, Juvenal und Timotheos II von Alexandria, der den Beinamen »Katze« führte. Als Pseudo-Dionysius Areopagita transzendierte Peter in seinen schamanischen Meditationen seine Epoche und beobachtete die Sonnenfinsternis bei Christi Kreuzigung, schaute auf den gebenedeiten Leib der Heiligen Jungfrau, traf die Apostel Petrus und Jakobus und schrieb Briefe an den Evangelisten Johannes. Das Corpus von Peters Schriften besteht aus vier Traktaten und zehn Briefen (darunter der an Johannes). Der wichtigste Text ist *De Divinis Nominibus* (Die göttlichen Namen), worin die schamanische Anrufung der richtigen Namen zum Zwecke der Magie und Wunderheilung in neue Höhen theosophischer Mystik geführt wurde. Die Grundidee des Traktats ist diese: Die Liebe transzendiert »alle Eigenschaften und Aussagen, alle Bestätigungen und Verneinungen und jeden intellektuellen Begriff; durch die Kraft ihrer Güte gibt sie allen Geschöpfen außerhalb ihrer selbst zahllose Abstufungen, vereinigt sie in engen Bezügen, sorgt sich um jedes einzelne, führt es zu seiner wesenhaften Bestimmung und schließlich in ansteigender Ordnung zu sich selbst.« Dante Alighieri war Peters Jünger – und die Offenbarungen von Peter-Dionysius inspirierten die Reisen des Toskaners durch die infernalische Realität und seine Gedanken über die heilige Himmelsmechanik der Liebe. Und sogar noch mehr als ein Jahrhundert vor Dante zog sich Peter-Dionysius einen Jünger seines eigenen iberischen Heimatlands heran: den Dichter, Bilddeuter und Autor des bahnbrechenden pardimemischen Epos *Wepchisstqaossani* oder *Der Recke im Tigerfell* – Schota Rustaweli.

Unsere Kenntnisse über Rustawelis Leben sind extrem spärlich. Er muß adlig gewesen sein, da er einigen Quellen zufolge als Kämmerer am Hof von Königin Tamar (1184–1213) tätig war. Im Volksmund heißt es, er sei in die Königin verliebt gewesen, doch als er seine Gefühle offenbarte, habe man ihn vom Hof und außer Landes verbannt. Ich bezweifle diese sentimentale Sage allerdings. Tamars Hof war ziemlich tolerant, was Liebe und Sex anlangte, und ein solch kultiviertes Geständnis wäre kaum als bestrafenswert angesehen worden. Doch wahr bleibt, daß Rustaweli verbannt wurde und sein Leben in Jerusalem aushauchte, im Georgischen Kreuzkloster (sein Freskoporträt existiert da noch, auch wenn sein Gesicht durch eifersüchtige griechische Mönche zerstört wurde). Doch mir kommt es darauf an: Sein Exil könnte sich der Entdeckung seiner pardimemischen Neigungen verdanken, denn das Land wurde zu der Zeit von Leomemen regiert, besonders von solchen, die mit den Tempelrittern in enger Verbindung standen. (Die leomemische Tradition Georgiens ist wesentlich älter, wie diese Beispiele belegen; sie reicht bis in die Zeiten der legendären Schmiede und der Erfinder des härtbaren Eisens zurück – den Chalybern, die Homer erwähnt, und den Tubalern, die in direkter Linie von Dhemi Urgusch abstammen.) Die Tempelritter besaßen seit der Zeit von Tamars Urgroßvater, David dem Erbauer, großen Einfluß in Georgien. 1119 kam Balduin von Jerusalem heimlich nach Georgien, um sich mit diesem glorreichen König zu verbünden. Wegen der Vereinbarungen, die damals geschlossen wurden, nahm Tamars Sohn, Giorgi Lascha, an den Kreuzzügen teil; seine Leidenschaft für Wein führte zum Scheitern des Unternehmens.

Rustaweli selbst spielt mehrfach auf die leomemische Abkunft von Tamar an; wie schon gesagt, blieb er ihr glühender Bewunderer. Doch sind nicht pardimemische Ungebundenheit und Sensibilität umfassender als die leomemische Besessenheit von der Identität? Wie dem auch immer sei, sobald der Text von Rustawelis Epos in die Hände der Höflinge gelangte, würde er als schamanisch-pardimemisch ohnehin verbannt werden (wobei die Löwin am aggressivsten zu Werke gehen würde).

Für den Philologen ist *Wepchisstqaossani* eine Mischung von areopagitischer Weisheit und Sufi-Mystik. Die literarische Gattung des persischen Liebesromans beeinflußt seine formalen Elemente, aber das interessiert uns hier nicht. In seinen herrlichen Versen ist das Epos von Liebe durchdrungen, doch ist diese weit mehr als nur ein religiös-mystisches Gefühl – sie geht über diese Grenzen weit hinaus und entführt uns in das Reich der unstillbaren Sehnsucht nach dem Einssein des Ur-Leoparden.

Die Hauptfiguren des Epos gliedern sich in zwei Paare: das pardimemische (Tariel und Nestan) und das leomemische (Awthandil und Thinathin). Tariel, der Ritter im Leopardenfell, weist deutlich schamanische Attribute auf: Er fällt oft in Ohnmacht oder verliert in ekstatischen Visionen das Bewußtsein. Nestan teilt diese Eigenschaften teilweise, sie wechselt die Gestalt und zeigt sich Tariel gelegentlich in ihrer wahren Form als Panther. Sie wird zur Geisel böser Geister, und Tariel und seine Freunde müssen zu Wundermitteln greifen und Zaubertricks vollführen, um sie zu befreien.

Königin Tamar ist das Vorbild für Thinathin, den weiblichen Teil des zweiten Paares. Sie ist eine königliche Löwin, die von ihrem obersten Feldherrn angebetet wird, einem Löwenmann, Awthandil. Das Besondere an diesen beiden ist aber, daß sie als Leomeme eine Wandlung durchlaufen und pardimemische Pfade einschlagen. Die erste Hälfte des Epos handelt von ihrer Obsession, unbedingt den mysteriösen Ritter im Pantherfell finden zu müssen, Tariel, dem sie beim löwentypischen Jagen begegnen, doch er entkommt ihnen (typisch Leopard). Könnte es etwa so gewesen sein? Indem Rustaweli diese Transformation von Leomemen beschreibt, enthüllt er Königin Tamars heimliche Zuneigung zu schamanischen Pardimemen und hat sich so selbst sein Urteil der Verbannung gesprochen? Vielleicht war die Königin tatsächlich fasziniert vom Gedanken der Harmonie des Ur-Leoparden, doch als Regentin hätte sie niemals öffentlich darüber gesprochen.

Wepchisstqaossani entstand in der Blütezeit des Feudalismus in Georgien, gleichzeitig Höhepunkt leomemischer Herrschaft, und ist doch voller schamanischer Bezüge. In Hinblick auf das Mysterium des Ur-Leoparden wird besonders eine Passage deutlich: Tariel erzählt Awthandil die Geschichte, wie er einen Löwen und einen Panther erlegt hat, genau in der goldenen Mitte des Epos (Kapitel 37 nach der modernen Numerierung). Als Tariel durch den Wald streift, trifft er auf einen Löwen und einen Panther, die ihm »Liebenden ähnlich« vorkommen. Tatsächlich paaren sie sich, »erst waren sie liebevoll«. Der Ritter blickt auf ein Idyll – eine harmonische Vereinigung von Differentem und ein paradiesischer Zustand allumfassender Liebe, bevor »das Feuer gestohlen wurde« (um es in den Begriffen unserer Geschichte zu sagen). Dann, plötzlich, erfolgt der Bruch; Tariel berichtet, wie die beiden in Streit geraten: »dann stritten sie heftig, je ein Hieb mit dem Tatzen ersparte ihnen den Tod nicht.« Der Panther verliert den Mut und flieht, verfolgt von dem Löwen, der ihn getötet hätte, wäre nicht Tariel dazwischengetreten; er durchbohrt den Löwen mit seinem Schwert. (»Gab einen Hieb auf den Kopf ihm und erlöst' ihn vom Weltleid.«) Nach dieser Tat zeigt Tariel eine rein schamanische Geste – er versucht den Panther zu umarmen und zu küssen und erklärt dabei: »Ihretwegen, die mich mit Feuer brennt, wollt ich sie küssen.« Doch diese Umarmung endet mit dem Tod des Panthers.

Rustaweli war einer der besten Köpfe seiner Generation, äußerst belesen und gebildet. Er hätte als leomemischer Idealtypus reüssieren können. Doch er beschloß, sich in den Flammen der Liebe zu verbrennen. Die zitierte Passage ist so kennzeichnend für die pardimemische Weltanschauung, wie es die Urerfahrung – ein Kind sieht plötzlich seine Eltern beim Liebesakt – für die Paradigmen der Psychoanalyse ist. Man erkennt in dieser Passage deutlich das Trauma der Auflösung des Einsseins im Ur-Leoparden, den Bruch der Gemeinsamkeit von Sterblichen und Unsterblichen und die Trennung von Erde und Himmel, wie Tariel sie empfindet; seit damals haben die Fälscher Aufwind, und die Liebe mußte sich zurückziehen.

Um es kurz zu machen (wie Rustaweli selbst im Prolog zu seinem Epos fordert), können wir einfach annehmen, daß der pardimemische Impetus in Georgien schon immer stark gewesen ist. Nehmen wir ein weiteres Beispiel, *Die Ballade vom Jäger und Panther,* eine volkstümliche Erzählung, die besonders im Hochland viel rezitiert wird. Sie handelt von der Begegnung eines bartlosen Jünglings mit einem Panther und endet mit dem Tod beider. Der Schluß der Ballade ist besonders kennzeichnend: Die Mutter des Jünglings geht zur Mutter des Panthers, um ihre Trauer und ihr »lautes Wehklagen« zu teilen:

Rasch will eilen ich zu ihr
Und ihren tiefen Kummer lindern
Stolz wird rühmen sie ihr Kind
Nichts wird uns am Weinen hindern

Könnte es sein, daß eine in diesen Poemen – dem raffinierten wie dem rohen – versteckte Botschaft die schamanischen Pardimeme dazu brachte, Tiflis als möglichen Ort für die Kosmische Agape 1901 in Erwägung zu ziehen? Ich will noch eine weitere Geschichte über eine versteckte Botschaft heranziehen, die uns helfen soll, diese Frage zu klären.

Es gibt einen gnostischen Text aus dem 4. Jahrhundert, der Mitte des 10. Jahrhunderts im Katharinenkloster am Berg Sinai von einem georgischen Mönch namens Ioane Zosime neu geschrieben wurde. Es ist ein Hymnus mit dem Titel *Lob und Preis der georgischen Sprache.* Er geht so:

»Begraben ist die georgische Sprache bis zum Tage Seiner zweiten Ankunft, um Zeugnis abzulegen, damit Gott jede Sprache durch diese Sprache überführe. Und diese Sprache schläft bis zu diesem Tage, und im Evangelium ist diese Sprache ›Lazarus‹ genannt. Und die junge Nino hat sie bekehrt und die Königin Helene, das sind zwei Schwestern, wie Mariam und Martha. Und ›Freundschaft‹ sagte er deshalb, weil jedes Geheimnis in dieser Sprache begraben ist, und wie auch der für vier Tage Tote. Deshalb sprach David, der Prophet: ›1000 Jahre sind wie ein Tag‹. Und im georgischen Evangelium, und zwar im ›Kapitel‹ Matthäus, sitzt ein *tsili,* welches der Buchstabe ist, und es bedeutet insgesamt die Zahl 4000. Und das sind also die vier Tage und der für vier Tage Tote, deshalb ist sie ›mit ihm zusammen begraben durch den Tod ihrer Taufe‹. Und diese Sprache, geschmückt und gesegnet durch den Namen des Herrn und dennoch erniedrigt und beleidigt, wartet auf den Tag der zweiten Ankunft des Herrn. Und als Wunderbares hat sie das: 94 Jahre mehr als die anderen Sprachen von der Ankunft Christi bis heute.«

Tut mir leid, Freunde, ich fürchte, wir sind »lost in translation«! Laßt mich nur noch rasch nachschieben, wovon diese ganze Geschichte handelt:

Das Geheimnis, das in der georgischen Sprache versteckt (»begraben«) ist, ist das Mysterium der Wiederauferstehung durch das Wort unendlicher Liebe. Dieses Mysterium war als Geheimcode ins Goldene Vlies eingeschrieben, welches ursprünglich die Macht hatte, einen Toten ins Leben zurückzubringen. Die Magier und die orphischen Mystagogen von Kolchis – beide beherrschten die »wilde« Sprache der weintrinkenden Panther Kleinasiens – schrieben den Geheimcode auf das Vlies. Panther waren die heiligen Tiere des Dionysos, des sterbenden und wiederauferstehenden Gottes des Weins und der Tragödie. Die Panther waren berühmt für den »Duft von betörender Süße«, der beim Brüllen ihrem Rachen entströmt, und auch weil die Worte, die sie sprachen, zu Dingen wurden und Dinge sich in die Worte verwandelten, die sie sprachen. Also kann man die Sprache der Panther und ebenfalls der Magier als Abwandlung der Sprache ansehen, die Adam im Paradies gesprochen hat, als er einem jeglichen Vieh und Vogel unter dem Himmel und Tier auf dem Felde seinen Namen gab und dem Tod kein Reich mehr blieb. Die etymologische Nähe von *Paradies* zu *Pardis/Panther* ist auch erwähnenswert: Sie verweist auf die Existenzphase des Ur-Leoparden. Nach dem Sündenfall erbte Noah die Sprache Adams, als er den esoterischen Initiationsritus eines Todes durch die Taufe durchlief, welcher sich, oberflächlich (exoterisch) gesehen, in seiner Trunkenheit und Nacktheit nach der Sintflut manifestierte. Die Sprache ging dann auf seinen Sohn Japhet über, dessen Abkömmlinge das riesige Gebiet von den Pyrenäen bis nach Indien bevölkerten, lange vor der indoeuropäischen Invasion (wie in Genesis 10,5 beschrieben). Die heilige Sprache wurde in die japhetischen Völker getragen und ist heute als Proto-Iberisch bekannt, eine Sprache, die im Zuge der babylonischen Sprachverwirrung und der indoeuropäischen Invasion um den Anfang des zweiten vorchristlichen Jahrtausends unterging. Die Proto-Iberer bewohnten Kleinasien und den Kaukasus, von wo sie nach Westen und Osten wanderten, wobei sie sich in mehrere Sprachfamilien aufspalteten (Baskisch, Gallisch, Ligurisch, Kaukasisch, Dravidisch etc.).

Wie schon erwähnt, ging die Heilige Sprache verloren wie auch das Goldene Vlies mit seinem Geheimcode. Doch der Geheimcode wurde wiederentdeckt auf dem madenzerfressenen Körper von Lazarus, als Martha und Maria Magdalena ihn nach der Wiederauferstehung badeten und wuschen. Maria Magdalena schrieb den Code auf eine Tafel, die sie bei sich trug, als sie der Jungfrau Maria nach Kappadokien folgte. Als die Jungfrau Maria dort ihr irdisches Leben beschloß, vergrub Maria Magdalena die Tafel am Orte von Mariens Himmelfahrt in der Nähe von Ephesus und begann ihre Reise nach Gallien.

Dreihundert Jahre später hatte eine junge Frau aus Kappadokien, Nino, eine Vision, die sie nach Ephesus reisen ließ. Die Jungfrau Maria erschien ihr dort und übergab ihr die Tafel, auf der das Mysterium der Wiederauferstehung geschrieben stand. Sie befahl ihr, nach Iberien zu gehen (in jenes Land, das der Mutter Gottes beschieden war), wo sie das Wort des Herrn verkünden sollte. Als Königin Helena, Mutter von Kaiser Konstantin, von Ninos Vision erfuhr, half sie ihr bei der Reise in das Land, das ihr gewiesen war und wo noch immer Bruchstücke des Proto-Iberischen (i.e. Georgisch-Kaukasisch) gesprochen wurden. Nino gelangte in die iberische Hauptstadt Mzcheta und predigte dort das Wort Gottes vor König Mirian und Königin Nana, die im Jahre 337 ihr Volk zum Christentum bekehrten. Da Mirian iranischer Abkunft war und nicht Georgisch sprach, vermachte Nino die Heilige Tafel einem unbekannten Gnostiker; vermutlich dem, der, inspiriert vom Code des Goldenen Vlieses, den

Hymnus *Lob und Preis der georgischen Sprache* dichtete. Anschließend hatte Nino eine weitere Marienerscheinung, bei der ihr befohlen wurde, die Tafel an einem der Mutter Gottes geweihten Platz in der Nähe von Mzcheta zu vergraben. Danach war die Tafel erstmal spurlos verschwunden, und an ihrer Statt kam eine Legende auf, die Legende vom Heiligen Gral. Ja, denn es ist offensichtlich, daß der Heilige Gral weder ein Kelch war noch eine von Jesus geliebte Frau; etymologisch kommt das Wort Gral von dem mittellateinischen Wort für »flache Schale«, *gradal.* »Flach« eben darum, weil es eine Tafel war, und Schale, weil darauf das Brot des ewigen Lebens lag. So einfach ist das!

Der Rest der Geschichte der Heiligen Tafel führt uns ins zwölfte Jahrhundert. Wie schon erwähnt, besuchte Balduin, König von Jerusalem, im Jahre 1119 in geheimer Mission den König von Georgien, David den Erbauer, der während der Kreuzzüge auch Johannes der Presbyter oder der Priesterkönig genannt wurde. Dies begab sich ein Jahr nachdem der Ritterorden der Tempelritter im Heiligen Land gegründet worden war, in einer Epoche großer Konflikte für die Tempelritter. Historiker interpretieren den geheimen Besuch Balduins als Versuch, König David zu den Kreuzzügen zu motivieren, welcher, im Erfolgsfalle, die christlichen Streitkräfte wesentlich verstärkt hätte. Doch bleibt die Frage: Hätte der mächtige König Jerusalems tatsächlich im geheimen eine so weite Strecke zurückgelegt, nur um eine militärische Allianz mit dem lokalen Potentaten zu schmieden, ganz gleichgültig, wie strategisch wichtig sie war? Männer niedereren Ranges, Gesandte oder Boten, hätten das ebensogut vermocht. Eine stichhaltigere Antwort bezöge sich auf etwas, das über eine militärische Allianz hinausgeht. Es waren die neugegründeten Tempelritter, die Balduin von Jerusalem zu König David sandten, da dieser den Heiligen Gral bewahrte, der in Wirklichkeit die Heilige Tafel war, die den Geheimcode vom Goldenen Vlies trug! Das war Balduins letzte Chance, seinen Kreuzzug zu retten. Und er bekam ihn – seinen »Heiligen Gral«! Es ist nicht bekannt, wie er David dazu brachte, die Tafel wegzugeben; wäre es denkbar, daß sich der schlaue Balduin die Tafel irgendwie erschlich? Das glaube ich nicht. Wie zum Zeichen seiner Dankbarkeit ließ Balduin einige Hundert seiner Ritter zurück, die König David dienten und an dessen Seite ritten beim glorreichen Sieg über die Seldschuken in der Schlacht am Didgori 1121. Aber wie und warum hat David den lebenschenkenden Schatz des Grals gegen ein Bataillon ausgebildeter Kämpfer eingetauscht? Ist das nicht geradezu eine Wiederholung des ursprünglichen Verlusts des Goldenen Vlieses durch König Aietes? Oder durch seine Tochter Medea, als sie den verborgenen Schatz mit dem »anderen« teilte und ihn so weggab? Jedenfalls gelangte die Tafel nach Jerusalem, wo sie für fast einhundert Jahre noch einmal verschwand.

Sie wurde im frühen 13. Jahrhundert wiederentdeckt, und zwar im georgischen Kloster von Dschwari (oder Heiliges Kreuz) in Jerusalem von einem Mönch und Bilddeuter, der sich seit einem Jahrzehnt dort aufhielt und dessen weltlicher Name Schota Rustaweli lautete! Wie berichtet, war er seiner Liebe zur Königin wegen aus Georgien verbannt worden und hatte im Heiligen Land Unterschlupf gefunden. Es ist unstrittig, daß die Tafel von diesem schamanisch-pardimemischen georgischen Poeten, Abkömmling der proto-iberischen Magier, entschlüsselt und gelesen wurde. Er entschlüsselte sie nicht nur, sondern wob den Heiligen Code des Goldenen Vlieses in den raffinierten Textkörper seines Hauptwerks ein: *Der Recke im Tigerfell.* Die georgische Sprache kommt in diesem Epos zu ihrer höchsten Blüte, man spürt den Duft von betörender Süße aus dem Rachen der weintrinkenden heiligen Panther und hört das flammende Wort des sterbenden und wiederauferstandenen Gottes – und es lautet Liebe, lautet Gott.

Rustawelis Genie hat den Code des Goldenen Vlieses oder Lazarus-Code, der in der proto-iberischen georgischen Sprache »begraben« ist, in seiner Substanz transfiguriert. Er hat sich der Sache so akribisch und subtil angenommen, daß die ursprüngliche Botschaft in die vielen Verse seines Textes aufgesplittert wurde; dieser wurde so selbst zu einer Geheimschrift mit unerschöpflichen Bedeutungsmöglichkeiten. Nachdem er das geschafft hatte ... zerstörte Rustaweli die Tafel! Und das war keineswegs nur ein Racheakt für das ihm aufgezwungene Exil: Ein pardimemischer Schamane könnte niemals ein Gefühl der Rache empfinden, es sei denn, er verliert den Verstand. Die Zerstörung der Tafel hatte ihre Ursache im schamanischen Furor des Dichters und seiner Besessenheit vom semiotischen Spiel mit esoterischen Symbolen und Mystifikationen. Von diesem Moment an war Rustawelis Epos die einzige Quelle für den verlorenen Code des Vlieses.

Und jetzt sagt ihr mir bitte, meine Freunde, welcher Ort wohl besser geeignet gewesen wäre als Tiflis für das Himmlische Fest der Liebe?! Paris? Der Louvre mit der *Mona Lisa* als Gastgeberin? Ach was! Im Tiflis dieser Zeit konnte man jeden Hausierer und jede kleine Verkäuferin ansprechen, und sie würden einstimmig stolz verkünden: »Tiflis ist Klein-Paris, mein Freund!« Und das war es auch wirklich (heute leider nicht mehr). Wie die Schriftsteller von heute, die laut J. M. Coetzee vor dem Gesetz angeben, sie seien »Sekretärinnen des Unsichtbaren«, so folgten die pardimemischen

Schamanen alter Zeit den Weisungen der »Stimmen«, die sie vernahmen und zu deuten suchten. 1901 hörten einige von ihnen solche »Stimmen«, die von einem bestimmten Ort zwischen zwei Meeren sprachen und dem Code des Goldenen Vlieses. Doch mußte es immer noch jemanden vor Ort geben, der die anderen nach Tiflis locken konnte – sozusagen einen Verbindungsoffizier. Zweifellos kam dafür nur einer in Frage, der Schöpfer des Heiligen Tanzes, der Mann des Vierten Wegs, Georges Gurdjieff also alias *Der schwarze Grieche* oder *Tiger von Turkistan.*

Aus Gurdjieffs Autobiographie geht hervor, daß er schon 1887 den Kaukasus verließ und bis etwa 1907, also rund zwanzig Jahre, durch Zentralasien und die Wüste Gobi reiste, wobei er »bemerkenswerte Menschen« kennenlernte. Also hätte er zum Himmlischen Fest der Liebe nicht in Tiflis sein können. Aber traue niemals einem Schamanen oder einer Schamanin, wenn er oder sie die eigene Lebensgeschichte erzählt – ihre kreativen Eingebungen lassen sie nicht bei den simplen Fakten verweilen. Wie Gurdjieff-Forscher feststellten, sind seine Memoiren »rein von Folgerichtigkeit, Aristotelischer Logik oder chronologischer Disziplin«. Schon immer problematisch waren die »fehlenden zwanzig Jahre«. Die Tagebücher der großen zentralasiatischen Geographen dieser Epoche (Sir Aurel Stein, Albert von Le Coq, Graf Kozui Otani etc.) stützen Gurdjieffs Bericht nicht, was hie und da durchaus verständlich ist. Tatsächlich nämlich hat Gurdjieff etwa die Hälfte des Jahres 1901 in Tiflis verbracht, war nur im Juli kurz in Liwadija auf der Krim, wo er in der Verkleidung eines transkaspischen Buddhisten dem russischen Zaren Nikolaus II vorgestellt wurde.

Also war Gurdjieff in jenem Frühling der »Verbindungsoffizier« für die pardimemische Zusammenkunft in Tiflis. Und nicht der einzige. Zu der Zeit lebte im georgischen Hochland ein Mann, dessen schamanische Kräfte die Gurdjieffs weit überstiegen. Er nannte sich Wascha-Pschawela.

Dagny Juel Przybyszewska kam am 18. Mai 1901 in Tiflis an, begleitet von ihrem fünfjährigen Sohn Zenon und ihrem suizidalen baldigen Mörder Władysław Emeryk. Zwei weitere Männer begleiteten sie in Gedanken: Stach Przybyszewski, ihr Ehemann, den sie ein Jahr zuvor verlassen hatte, und ein junger halb französischer, halb polnischer Dichter namens Stanisław Korab-Brzozowski, mit dem sie nach ihrem Bruch mit Stach eine Affäre hatte. Dagny und Stanisław waren in Krakau zusammen in ein Hotel gezogen, doch hatte er sich wenige Monate später vergiftet. Als Dagny von seinem Selbstmord erfuhr, war ihre Reaktion erfrischend einfach: *»Ja, er hat das getan.«* Es war, als hätte sie etwas Besonderes über das Sterben gelernt und ihr Wissen mit Stanisław geteilt. Bevor Brzozowski das Gift nahm, vermachte er Emeryk seinen Revolver – die Waffe, die im Grand Hotel in Tiflis abgefeuert wurde und Dagnys Leben beendete. *Ja, er hat das getan* – und ihr von jenseits des Grabes einen feurigen Kuß zugeworfen, denn Liebe ist so stark wie der Tod.

Und was ist nun mit Władysław Emeryk? Er war Pole mit russischen Wurzeln: ein sensibler idealistischer, psychisch instabiler Nichtsnutz, Sohn eines reichen Geschäftsmanns aus Warschau. Dank der Finanzkraft seines Vaters konnte er in Georgien ein Salzbergwerk eröffnen, das freilich wegen seiner unternehmerischen Unfähigkeit längst bankrott war, als er Dagny nach Tiflis brachte.

Emeryk betete Stach an und bewunderte Dagny (oder »Ducha«, wie die Polen sie nannten). Zu der Zeit war Stach in Polen eine Berühmtheit – ein Bohémien und Trinker, talentierter Schriftsteller und markanter Intellektueller innerhalb der polnischen Avantgarde-Bewegung, die entstanden war als Reflex auf die Welle von Nationalismus, die über Rußlands zentral- und osteuropäische Kolonien schwappte. Stach und Dagny waren das Königspaar der Warschauer Bohème, und Emeryks Bewunderung manifestierte sich gelegentlich in großzügiger materieller Unterstützung. Ich würde das nicht philanthropisch nennen, es waren eher Opfergaben eines Jüngers.

Die Annahme, Dagny sei Emeryk als Geliebte nach Tiflis gefolgt, ist völlig falsch. Sie hatten definitiv kein sexuelles Verhältnis. Wie religiöse Begeisterung nicht ausreicht, um Gottes Gnade zu erwirken, so reicht auch die Bewunderung einer bestimmten Frau, so leidenschaftlich auch immer, nicht aus, sie ins Bett zu kriegen. Wie geschrieben steht: »Viele sind berufen, aber wenige sind auserwählt.« Emeryk war so etwas wie ein kastrierter Priester in Dagnys heiligem Hain. Und Wahnsinn seine Religion.

Bevor er Dagny erschoß, schrieb Emeryk noch ein paar Briefe – an Stach, an Zenon und an seinen alten Freund in Tiflis, Anton Keller, den er bat, Dagnys Beisetzung zu arrangieren. »Sie war nicht von dieser Welt, sie war viel zu flüchtig, als daß irgend jemand ihr wahres Wesen hätte verstehen können ... daß sie eine Inkarnation des Absoluten war, Gott gleich, wirst Du von anderen erfahren. Ich will Dir nur sagen, daß sie eine Heilige war. Sie war die Güte selbst, die Art von Güte, die man königlich nennt und die aus der Verachtung stammt«, schrieb er dem fünfjährigen Zenon. Und Stach: »Ich muß das Ganze verschieben und sie in einem Moment töten, da sie es am allerwenigsten erwartet ... *Sie weiß, daß ich sie töten werde* ... sie sieht es als einzigen Ausweg, als unvermeidlich. Stach, ich töte sie zu ihrem eigenen Besten.«

Es scheint, Emeryk hat zuviel in *Der Idiot* von Dostojewski gelesen, dort nämlich wird eine bemerkenswerte Frau auch »zu ihrem eigenen Besten« umgebracht. Kunst hatte zu dieser Zeit einen weit größeren Einfluß auf unstete Geister als heute. Oder vielleicht war er zu dieser paranoiden Motivation aufgrund einer unbewußten Eruption in seiner Psyche gelangt, die ein archaisch-primitives Bild des Tötens und Zerstückelns einer Göttin verstand als Akt der Kosmogonie – der Schaffung einer Welt.

Könnte Dagny selbst diesen Wahn in ihm ausgelöst haben? Emeryk hätte niemals gewagt, ihr seine Absichten zu verraten. Wie sollte sie also wissen, daß er »sie töten werde«? Warum sah sie das als »einzigen Ausweg, als unvermeidlich«? Nun, Frauen wie Dagny Juel, die »überlebensgroß« sind, unterhalten eine besondere Beziehung zum Tod. Oder vielleicht behandelt der Tod solche Frauen, wie man sonst nur geliebte Menschen behandelt? Da ich nicht für den Tod sprechen kann, spreche ich statt dessen von den außergewöhnlichen Männern, die sich zu Frauen wie Dagny Juel hingezogen fühlten.

Langsam wie ein Lavastrom fuhr der Zug in den Bahnhof von Tiflis ein, seine keuchende Lokomotive hielt an. Emeryk betrat als erster den Bahnsteig. Er winkte mit dem Hut Anton Keller zu, der sich raschen Schrittes ihrem Waggon näherte, begleitet von einem Gepäckträger, einem lokalen Kurden mit mächtigem Schnauzbart. Zenon hüpfte die Trittstufen hinab, gefolgt von Dagny, die ihn am Kragen festzuhalten versuchte.

»Vorsichtig, mein Schatz!« mahnte sie.

»Ducha, darf ich dir meinen Partner und Freund Anton Keller vorstellen, meinen Petrus, den Felsen, auf den ich meine Kirche bauen kann?« Emeryk half der stolpernden Dagny die Stufen vom Waggon hinunter, ihr Kleid hatte sich verhakt.

»Willkommen in Tiflis, Madame Przybyszewska!« Keller wurde vor Aufregung rot, als er versuchte, Dagny die Hand zu küssen.

»Wie schön, Sie kennenzulernen, Monsieur Keller!« erwiderte Dagny, vermied den Handkuß und umarmte ihn statt dessen schwesterlich. »Wład hat so nett von Ihnen gesprochen.«

»Fall nicht gleich in Ohnmacht, Anton«, sagte Emeryk. Dagnys Geste schien ihn eifersüchtig zu machen. »Laß uns lieber nach dem Gepäck schauen.«

»O ja, gewiß.« Keller wandte sich zu dem Kurden um und befahl ihm in umgangssprachlichem Russisch, etwas behutsamer mit den Koffern umzugehen.

»Dieser gewaltige Schnauzbart wie Reißzähne erinnert mich an Friedrich Nietzsche«, lachte Dagny dem Gepäckträger hinterher.

»Mama, ich habe Durst!« Zenon zupfte an ihrem Kleid.

»Ich auch, mein Schatz«, antwortete Dagny. An Emeryk gewandt, fuhr sie fort: »Gibt es ein Bahnhofsbüfett? Bekommen wir dort ein Glas Limonade?«

Sie bahnten sich einen Weg durch die laute, bunte Menschenmenge ins Bahnhofsgebäude. Einige Leute trugen europäische Anzüge, andere Post-, Polizei- oder Bahnuniformen. Die meisten aber trugen die traditionellen Trachten, die Männer riesige Filzhüte und Lederstiefel, die Frauen gestickte Westen über Satin und Seide. Nonnen in Schwarz kamen vorbei, gefolgt von fliegenden Händlern, die Kekse und Bonbons feilboten.

Im Bahnhofsbüfett war es kühler und ruhiger; das Klimpern eines elektrischen Klaviers mischte sich mit dem Stimmengewirr aus allen Sprachen, die man hier sprach: Russisch, Deutsch, Türkisch, Armenisch. Am lautesten waren die Georgier, vier von ihnen saßen an einem Tisch und tranken Champagner.

»Ist es nicht noch ein bißchen früh für Champagner?« fragte Dagny.

»Wenn es ums Trinken geht, verlieren die Leute hier jegliches Zeitgefühl, meine Liebe«, erklärte Emeryk.

Sie nahmen an einem Tisch nahe der Bar Platz und bestellten Limonade. Als Dagny an dem kühlen, erfrischenden Getränk nippte, fühlte sie plötzlich, wie ein starrer Blick sie förmlich durchdrang. Sie sah zum anderen Ende der Bar; dort stand ein Mann, der sich auf seinen linken Arm stützte und sie unverwandt anstarrte.

»Wieder so ein riesiger Schnauzbart ... diese Männer können offenbar nur durch enorme Haarbüschel atmen«, dachte sie und wandte den Blick von ihm.

Der pechschwarze Schnauzbart des Mannes war tatsächlich sehr dick, die Enden nach oben gezwirbelt. Auch seine Augen waren riesig – sie glänzten und schienen aus seiner Stirn herauszutreten; dicke Adern wölbten sich über seinen Schläfen. Auf dem rasierten Kopf trug er eine turkmenische Pelzmütze. Sein buntes Hemd war fleckig wie seine Weste und Hose. Dennoch sah er nicht wie ein Landstreicher aus – eher wie ein weitgereister Mann. Auch schien er nicht arm zu sein, auf die Frage des Barmanns hin bestellte er französischen Armagnac und armenisches Dörrfleisch. In seiner Jugend kannte man ihn als den »Schwarzen Griechen«, doch nach einem Jahrzehnt in Zentralasien gaben ihm seine Reisegefährten einen neuen Namen: »Tiger von Turkistan«. Weitere zwei Jahrzehnte später sollte er als Georges Gurdjieff berühmt werden, Lehrer heiliger Tänze, auch Movements genannt, und Verkünder der harmonischen Entwicklung des Menschen.

An diesem Tag, in der Bahnhofsgaststätte von Tiflis, wartete der »Tiger von Turkistan« (eben von genau da zurückgekehrt) auf einen Bekannten, der ihn abholen und zu seinem Quartier für seinen Tiflis-Aufenthalt bringen sollte. Der Name dieses Bekannten war Tigran Poghosyan, ein Großcousin seines Kinderfreundes Sarkis, mit dem er die Ruinen der »Sarmoung-Bruderschaft«, einer Weisheitsschule im antiken Babylon, erforschte. Tigran war aktives Mitglied der nationalistischen armenischen Daschnakzutjun-Partei, zu der auch Gurdjieff sich einst zählte, da er erstens halb Armenier war und zweitens Geld brauchte, das die Partei besaß. Er war sogar als Botschafter der Partei in die Schweiz und dann nach Rom gereist, setzte sich jedoch schon bald wieder von ihr ab, weil seine Interessen nicht nationalistisch geprägt waren.

Gurdjieff stand an der Theke, trank Armagnac und feierte sozusagen seine Heimkehr. Er hatte in seiner Jugend als Heizer für diese Eisenbahn gearbeitet. Zuvor war sein Versuch gescheitert, in den Chor des Archidiakons im theologischen Seminar von Tiflis aufgenommen zu werden. Seine außergewöhnliche musikalische Begabung sollte sich erst später in einer universelleren Weise manifestieren. Aus diesem Grund studierte er Biologie und Anthropologie und besuchte ein paar Jahre später Konstantinopel, wo er sich mit Ekim Bey anfreundete und in den Bektaschi-Derwischorden und die Mevlevi-Bruderschaft eingeführt wurde. Nachdem er eine Karte Ägyptens, bevor es zur Wüste wurde, gefunden hatte, wandte er sich nach Alexandria, wo er sich von seinem Freund Sarkis trennte und Prinz Lubovedsky und

Professor Skridlov kennenlernte, mit denen er Theben, Abessinien, den Sudan, Mekka, Medina und die babylonischen Ruinen in Nippur besuchte. Der Prinz, der Professor und Gurdjieff suchten nach esoterischem Wissen und nannten sich selbst »Wahrheitssucher«. Um weitere Reisen in Zentralasien zu ermöglichen, kehrte Gurdjieff in die Politik zurück und schuf sich als zaristisch-russischer Agent Beziehungen in die höchsten tibetischen Kreise. In den Klöstern Tibets hörte er den Lamas zu und lernte, was er zuvor schon von persischen Derwischen gehört hatte und später in Indien wieder hören würde, wenn auch in verschiedenen Sprachen: Er erfuhr von der Ur-Einheit des Leoparden und ihrem Bruch. Und in der Nähe von Buchara, im verborgenen Kloster der geheimnisvollen Bruderschaft Sarmoung, gab er dieses Wissen in der Sprache der Göttlichen Individuen wieder, entwickelte seine Einsichten über die Unendlichkeit und entwarf seine heiligen Tänze. Als er 1898 gemeinsam mit Skridlov und den Suchern die Wüste Gobi erforschte, erfuhr er erste Hinweise auf die Pardimemische Vorahnung über »die Kuh, die zum Mond fliegt«, doch waren die Bilder sehr ungenau und vage. Die Vorahnung kam wieder, als er in Baku die sufistische Mystik studierte, und dort geschah es auch, daß ihm ein Silberschmied aus Dagestan von einem Schamanen erzählte, der im georgischen Kaukasus lebte und sich Wascha-Pschawela nannte. Später gründete er in Aschgabat ein »universales Reise-Seminar« und strich damit bedeutende Geldsummen ein. Auf dem Weg durch das Pamir-Gebirge nach Indien hörte er Stimmen, die zur Kosmischen Agape aufriefen und in Indien noch stärker wurden. Gurdjieff verließ seine Begleiter, die Sucher nach Wahrheit, und machte sich auf den Weg nach Tiflis.

Als er jetzt an der Theke des Bahnhofsbüfetts stand, spürte er sich *fallen,* wie alles im Weltall Existierende nach unten fällt. Als »Unten« gilt für jeden Teil des Weltalls die nächste »Stabilität«, und diese Stabilität ist der Platz oder Punkt, auf den alle Kraftlinien aus allen Richtungen zuströmen. Und er sah diesen Punkt der Stabilität, auf den alle seine kosmisch-erotischen Kräfte zuströmten, sah ihn in der Frau, die an dem Tisch der Theke gegenüber mit ihrem kleinen Jungen und zwei Polnisch sprechenden Männern saß. *Die Wörter, aus denen unsere zeitgenössischen Sprachen bestehen, übermitteln wegen des willkürlichen Gedankeninhalts, den die Menschen ihnen beimessen, unbestimmte und nur relative Begriffe ...* auf diese verschachtelte Art und Weise verstand Gurdjieff, daß an dieser Frau mehr war, als die Wörter übermittelten, die ihm einfielen.

Er begann eine heilige Schwingung zu spüren, die aus ihrem planetarischen Leib zu ihm wehte, ihre gesamte Präsenz umspülte und ihn mit ahnungsvollem Bangen erfüllte. Er empfand eine Kristallisation seiner Vergnügen suchenden Sinne irgendwo an der Basis seiner Wirbelsäule, in den Rudimenten dieses speziellen Organs, das in den alten gnostischen Lehren als *Kundabuffer* bezeichnet wird, einst als Quelle der Täuschungen und Illusionen angesehen.

Sie kann keine Polin sein, dachte er. *Sie sieht eher skandinavisch aus ... und ziemlich aristokratisch ... ihre Aura ist magnetisch, gespeist aus einem Überfluß an ungeleiteter Energie, die sie von anderen abzieht ... ja, sie hat viel geliebt ... eine fehlgeleitete Leidende, die mit der komplizierten Lebensmechanik kämpft ... sie zieht auch mich hinab ... bittet um Hilfe ... wollen wir tanzen?*

Die Frau stand auf und warf ihm einen flüchtigen Blick zu – sie verließen das Lokal. Als sie an ihm vorbeiging, verbeugte er sich, und sie erwiderte die Geste. Einer ihrer Begleiter sah ihn leicht verärgert an. Gurdjieff verbeugte sich noch tiefer vor ihm. Dann waren sie weg.

»Du schaust immer noch schönen Frauen nach, Schwarzer Grieche?« Gurdjieff spürte eine Hand auf seiner Schulter. Es war Tigran Poghosyan. »Willkommen, mein Freund! Wir haben uns viel zu lange nicht gesehen.«

»Tigran-dschan, welche Freude!« Sie umarmten sich und küßten sich dreimal.

»Was bringt dich nach Tiflis? Ich dachte, du hättest auf deinen Reisen einen viel besseren Ort gefunden.«

»Was mich hierher bringt, mein Freund? Stimmen wiesen mir den Weg, aber sie sind noch nicht klar zu verstehen«, erklärte Gurdjieff.

»Aha! Du redest also immer noch mit Geistern und Schaitans?« scherzte Tigran.

»Die gibt es wirklich, mein Freund ... aber lassen wir das. Trink einen Armagnac mit mir!«

»Nein, danke. Ich bestehe darauf, daß du mit zu mir kommst, ich habe wunderbaren alten Wein aus Kachetien. Außerdem mußt du doch todmüde sein.«

»Ich bin nie müde, Tigran, das weißt du doch. Aber laß uns gehen.«

»Du hast sonst nichts dabei, nur diesen Sack?!«

»Ich habe sehr viel mehr bei mir, aber das kannst du nicht sehen«, erwiderte Gurdjieff mit dem Anflug eines spöttischen Lächelns. »Außerdem, wie Mullah Nasreddin, der große Meister, sagt: Man soll nie mehr bei sich tragen, als man braucht.« Beide lachten.

»Du wirst dich nie ändern, mein Schwarzer Grieche!« sagte Tigran, während sie zur Tür gingen.

»Doch, ich verändere mich, Tigran-dschan«, entgegnete Gurdjieff. »Nur Unwissende ändern sich nicht.«

Am Bahnhofsvorplatz winkten sie eine Droschke herbei, und da sah er sie wieder. Sie hatte eben mit ihrer Begleitung eine Kutsche bestiegen. Der kleine Junge saß auf ihrem Schoß. »Zum Grand Hotel!« rief einer der Männer dem Kutscher zu.

»Wie weit ist es von deiner Wohnung zum Grand Hotel?» wollte Gurdjieff wissen. »Es muß neu sein, ich bin seit Jahren nicht hiergewesen.«

»Seit fast fünfzehn Jahren, mein Freund! Das Grand Hotel ist auf der Michail-Brücke; wir kommen daran vorbei«, sagte Tigran und gab dem Kutscher seine Adresse.

»Sehr gut. Kennst du auch den Deutschen Garten?« fragte Gurdjieff interessiert. »Kannst du mich vielleicht morgen hinführen?«

»Selbstverständlich, aber heute abend beschäftigen wir uns mit meinen Weinbeständen aus Kachetien«, beharrte Tigran.

Zu der Zeit, als Dagny Juel die Stadt besuchte, war Tiflis ein hübscher, angenehmer Ort, um seine Zelte aufzuschlagen. Eine Art kleiner, bescheidener Turm von Babel, ein Schmelztiegel von Nationalitäten, Sprachen und Stilen. Aber – *ein Schmelztiegel?!* Wie einer meiner Kollegen mir unlängst erläuterte, war Tiflis mehr wie eine Schüssel Salat, in der verschiedene Kulturen vermischt waren, doch stets ihre eigene Identität bewahrten.

Dagny war während der Fahrt zum Hotel in ihre Gedanken versunken, wurde aber von Keller und Emeryk immer wieder auf die Sehenswürdigkeiten der Stadt hingewiesen. Sie nahmen die Michail-Straße, an der einige Theater und Hotels lagen, ebenso zahlreiche Läden und Lokale. Sie kamen an der Deutschen Kirche vorbei und bogen dann zum

Vorontsov-Ufer ab, von wo sich der Blick auf die Stadt öffnete.* »Das bucklichte Tiflis«, würde der russisch-jüdische Dichter-Märtyrer Ossip Mandelstam die Stadt später nennen.

Es war ein herrlicher Nachmittag: grüne Bäume von goldenen Sonnenstrahlen umflossen vor einem blauen Himmel. Dagny war noch nie so weit im Osten gewesen, und sie spürte, wie anders die Sonne sich anfühlte und wie mild die Luft um sie wehte. Was, wenn sie für immer hier bliebe? Iwa, ihre süße Iwa, ihre kleine Tochter – sie hätte sie mitbringen sollen, aber wie? Es war, als hätte sie Iwa auf einem anderen Planeten zurückgelassen ... ja, Norwegen und ihre Schwestern waren unendlich weit entfernt von hier ... *Nun in einem fernen sonnenbeschienenen Land / Sitze ich selbst sonnenbeschienen auf Wache / Und fühle in meinem Herzen die Stärke der Macht* ... nein, sie war eine Frau ohne Existenz, ohne alles. Stanisław war tot ... sie war niemand ... sie hatte nicht einmal eine offizielle Identität auf Papier. Stach sollte Pässe für sie und Zenon beschaffen und nach Tiflis schicken ... sie war ein Nichts ... sie hätte sich gerne in diesem Sonnenschein verloren, in diesen Blättern – ohne die Blätter eines Reisepasses ... sie mußte an Stach schreiben und nach den Pässen fragen ... sie hatte nicht gut geschlafen im Zug, es war stickig und laut, aber jetzt die Luft ... so erfrischend. *Schlaf! Schlaf! / Nun die zornigen Stimmen schweigen. / Als hätte der Tag allzu viele Wörter gesprochen* ... Konnte es einen Neuanfang geben mit Stach? Er hatte versprochen, sie in Tiflis zu treffen, und sie könnten hier bleiben, zusammen für im-

* Die Deutsche Kirche wurde während des Zweiten Weltkriegs abgerissen, und die in Georgien lebenden Deutschen wurden nach Kasachstan deportiert.

mer, wieder vereinigt für immer und mit Iwa ... ja, er würde zu ihr kommen, sobald er von Jadwiga die Nase voll hatte ... Stach, dieses saufende und fickende Ferkel ... sie hatte ihn im *Schwarzen Ferkel* kennengelernt, einer Berliner Kneipe, wo sich die Künstler trafen ... sie sah dieselbe Art von Weinschläuchen hier ... Weinschläuche wie schwarze Ferkel ... der Besitzer der Kneipe mußte aus Tiflis stammen ... man sagte, er wäre Armenier ... oh, schau dir diesen Reiter an – was für eine stolze Haltung, als hätte er eben die ganze Welt erobert! Wie ein Kosak gekleidet ... diese weißen Dinger auf seiner Brust waren wohl für Patronen. Sie warf dem heißblütigen und arroganten Georgier einen Blick zu. Emeryk war so komisch, eifersüchtig auf wirklich alles, was mit ihr zu tun hatte. Er wirkte fast ein bißchen verrückt ... so nachdenklich und nervös ... ein schwacher Mann ... solche Schwäche kann einen Mann zum Mörder machen eines Tages ... wie konnte sie nur so über ihn denken? Sie war so undankbar ... wir sind alle schwach, natürlich sind wir alle schwach. Sie wurde älter – bald schon würde sie vierunddreißig. *Der letzte Tanz* ... aber dieser Mann im Bahnhofsbüfett! Seine Augen waren wie muskulöse, starke Hände, die sie drückten und *sie in königliche Roben kleideten und eine unsichtbare Krone auf ihr Haupt setzten* ... in seinem Starren hatte etwas Geheimnisvolles, geradezu Okkultes gelegen. Stanisław hatte sich auch mit Haut und Haaren den Geheimwissenschaften verschrieben, war es also er, der aus dem Jenseits auf sie geblickt hatte? Konnte sie Männer noch für sich interessieren? War sie noch attraktiv? Diese schwach-nervös-grüblerisch-trinkenden-fickenden Ferkelmänner? Sie hatte sich an einen davon gehängt, um ihre Welt zusammenzuhalten ... wie dumm, wie kindisch! Du kannst deine Welt nicht mit einem Mann wie Stach zusammenhalten! Jetzt hatte sie sich an

Emeryk gehängt – Gott! Wie infantil sie war! Hübsche Kirchen in dieser Stadt ... so viele ... die Leute hier müssen sehr fromm sein. Einst sollte ihr Haus das Haus der Liebe sein, aber Stach hatte es zu einer Bude der Heuchler gemacht ... in Berlin nannten ihre Freunde sie »die Göttin der Liebe«: die Liebesgöttin kleiner schwarzer Ferkel. Sie predigten die »freie Liebe« und holten sich bei kultischen Bestrafungsszenen um dieser »Freiheit« willen einen runter.

Sie passierten einen seltsamen Berg mit einer Zahnradbahn und einer kleinen Kirche am Hang. Emeryk erklärte ihr, das sei der »Heilige Berg«, der Berg der Erlösung. Dagny fühlte, daß ihre Erlösung dort lag ... der Berg wirkte so stark wie der starre Blick des Mannes im Bahnhofsbüfett ... denn die Liebe ist stark wie der Tod ... das hatte sie gedacht, als er sie ansah, dort, im Bahnhof ... und sie fühlte, wie sie in weindunkle Wasser eintauchte, *mein goldenes Haar: ein flammender Kranz.*

»The Grand Hotel«, las Dagny laut vom Dach eines fünfstöckigen Gebäudes am Ende der Brücke, die sie überquerten. Am Fluß standen Mühlen, eine große dreischiffige Kirche, Häuser und Karawansereien ... die Brücke wimmelte von Fußgängern und Kutschen; es gab auf beiden Seiten Geschäfte ... diese Brücke! Ed Munch hatte das schreiende Gesicht auf genau dieser Brücke gemalt ... diese Brücke führte sie dorthin, wo *meine bleichen Toten sich zur Feier treffen / Ihr mondsüchtiges Lächeln soll gebären / Für sie und mich einen neuen und dauernden Frieden.*

Sie schaute hoch und gewahrte die gestreifte Rundkuppel einer großen Kirche – einer russisch-orthodoxen Kirche in maurischem Stil, wie eklektizistisch ... warum war sie hier? Mamma ... Iwa ... wie achtlos hatte sie sich ihrem Schicksal überlassen! Ihre Schwestern Astrid, Gudrun und Ragnhild ...

was würde mit ihnen geschehen? Würde sie wirklich für immer in dieser Stadt bleiben?

Ja, Dagny Juel würde für immer hier bleiben – allerdings auf dem örtlichen Friedhof.*

In diesem Frühjahr begann Wascha-Pschawela mit der Arbeit an seinem Meisterwerk, einem Langgedicht namens *Der Schlangenesser.* Er war vierzig Jahre alt und lebte in Chargali, einem Dorf im Hochland, wo er sein »schöpferisches Gekritzel« verband mit Jagen, Unterrichten an der örtlichen Grundschule und Boxen. Viel Zeit verbrachte er auch damit, mit Pflanzen, Tieren und Steinen zu sprechen – die Kenntnis ihrer heiligen Sprachen hatte er zehn Jahre zuvor erworben, als er sich Milzbrand zuzog und sein Auge gegen den Honig der Poesie eintauschte. Das geschah im abgelegensten aller Bergdörfer, »lieblich anzuschauen, gleich dem Busen eines Weibes«, so hat er es später selbst genannt.

Der Schlangenesser sollte Wascha-Pschawelas eigene Erfahrungen als pardimemischer Schamane erzählen. Er wählte das Faustische Paradigma des »erhabenen Eingeweihten«, dessen Initiation zwölf Jahre dauerte, während derer er unter dämonischen Kreaturen leben und Schlangen mit ihnen essen mußte, um so die Vielzahl der Sprachen nichtmenschlicher Wesen zu empfangen. Die Geschichte spielt zur Zeit der

* 1901 wurde sie auf dem Koukia Friedhof in Tiflis begraben, 2001 exhumiert und direkt neben der Friedhofskapelle erneut bestattet, nicht weit entfernt vom Grab eines anderen Opfers pervertierter männlicher Gewalt: Tamriko Chovelidze war erst siebzehn, als sie am 9. April 1989 von sowjetischen Soldaten getötet wurde – während einer Strafaktion, um eine Demonstration für die Unabhängigkeit in Tiflis aufzulösen.

Königin Tamar – damit war die Verbindung zur Blüte der georgisch-pardimemischen Tradition wiederhergestellt.

Wascha-Pschawela schrieb in der kargen Sprache der Volkserzählungen des Hochlands, bediente sich einer verdichteten Syntax und einer abrupt-sprunghaften Erzählweise. Durch diese scheinbare Roheit vermittelte er ein düsteres Bild der Isolation und Einsamkeit eines von transzendenten Welten bedrängten Geistes. Der Umstand, daß in seinen Schriften Pflanzen und Tiere sprechen, kann keinesfalls mit John Ruskins Begriff der »pathetic fallacy«, also einer Vermenschlichung der Natur, abgetan werden. Nein, jene »pathetic fallacy« ist ein künstlerisches Mittel, während wir an Wascha-Pschawela sehen, wie ein schamanischer Geist die außer-menschliche Sprache in eine menschliche *übersetzt:* Es handelt sich hier um einen gewissenhaften hermeneutischen Versuch, die völlige Verständnislosigkeit, mit der Menschen der Natur gegenübertreten, zu überwinden; oder wie ein Mensch als *Daseiender* sich zum *Sein* verhält, wenn es sich offenbart.

In einer kurzen Ballade (*Der verwundete Tiger* aus dem Jahr 1890) erzählt Wascha-Pschawela von seiner Begegnung mit dem Mysterium des Ur-Leoparden. Ein Jäger, der hungrig durch den Wald streift, sucht nach Wild, das sich nie zeigt – eine verfluchte Jagd. Plötzlich gewahrt er einen Tiger, der mit einer blutenden Pfote am Fluß liegt und das Wasser rot färbt. Dieses völlig erschöpfte und verwundbare Wesen bittet den Jäger um den Tod, doch statt dessen heilt der Jäger die Wunde. Der Tiger läuft weg, und dann beginnt ein mysteriöses Phänomen: Jedes Tier, das der Jäger schießt, wird zu diesem Tiger, dem ubiquitären und polymorphen Lebensspender.

Pschawela konnte auch Inschriften in Wäldern, auf Wiesen und Berghängen finden und entziffern. Einmal verbrachte er Weihnachten mit ein paar Holzfällern. Als eine Kiefer gefällt wurde, sah er Tinte aus dem Stamm tropfen und Wörter auf den Schnee schreiben. In einer kindlichen Handschrift bat ein unsichtbares Wesen die Männer, von ihrer Habgier abzulassen und die Geschöpfe des Waldes, die durch ihre Hände starben, zu schonen.*

Pschawela war von dem Bruch der Einheit des Ur-Leoparden geradezu besessen. Danach zerstörte die leomemische Beschäftigung mit Gesetz und Tradition den pardimemischen Individualismus mit seinen Fanatikern der Liebe und Meistern des Laisser-faire. In seinen bitteren epischen Gedichten *Aluda Ketelaouri* und *Gastgeber und Gast* versetzte er sich in die rebellischen Individualisten, die das Gesetz der Gemeinde aufbrachen und deshalb vernichtet wurden. Sie wurden nicht etwa vernichtet, weil sie in die alte Überheblichkeit verfallen wären – nein, es waren die leomemischen Herrscher der kuhmemischen Gemeinde, die sich als überheblich erwiesen in ihrer Entschlossenheit, die etablierten Gesetze und Regeln zu bewahren (wie etwa das Gebot, einem besiegten Feind die Hand abzuschneiden). So wird auch Mindia, der Schlangenesser, vernichtet, da er zur Ernährung seiner Familie kuhmemische Verpflichtungen eingegangen war und später als leomemischer Oberbefehlshaber während des Krieges seines Volkes gegen die Invasoren agierte. Diese Taten beraubten ihn der magischen Kräfte, die ihm zugewachsen waren, und brachten ihn aus Enttäuschung dazu, die schlimmste Sünde für einen Pardimemen zu begehen – Selbstmord. In den letzten Strophen des Gedichts, in denen Mindias Selbstmord geschildert wird, öffnet Pschawela

* Pschawela hat viele solcher Vorkommnisse erlebt. 1909 beschrieb er eines davon in einem Gedicht, das er »Weihnachtslied« nannte.

gleichsam eigene Wunden, wenn es aus den Mündern der nichtmenschlichen Natur klingt:

Der Mond ging auf
hinter den Bergen,
wo die Steinböcke sind,
und starrte blaß
wie ein Klageweib
hernieder auf ihn,
der Hand an sich gelegt.
Eine Brise flog hin und her,
sorglos und leise singend,
umflügelte die Spitze
des bloßen Schwertes,
des rotgefärbten
vom Blut aus dem
Herzen des Mannes,
und tänzelte leicht
über das Wiesengrün
heiter säuselnd dahin.

In diesem Jahr, da er die ersten Strophen seines neuen Gedichtes skizzierte, betrachtete Wascha-Pschawela die Geburt des Frühlings – des ersten Frühlings im neugeborenen Jahrhundert. Er fastete viel und wanderte asketisch durch die Gegend. Seine vor Angst zitternde Frau sperrte er nachts mitsamt den Kindern in den Kuhstall, *wo die Kuhmemen hingehörten,* damit niemand seine geistigen Höhenflüge stören konnte. Und zu dieser Zeit hatte er die ersten klaren Eingebungen der Pardimemischen Vorahnung.

Zuerst erblickte er einen verletzten Schelladler im Kampf gegen Krähen und Raben, der einen Flügel über den Boden schleifte und aus der Brust blutete. Da Raben selbst schamanische Vögel sind, war das ein deutliches Omen des kommenden Krieges zwischen den falschen Schamanen und den Pardimemen; er fühlte Unterdrückung, Exil und Exekution freier und kreativer Geister voraus; die einheitliche Farbe der attackierenden Vögel bedeutete den Angriff einer einheitlichen und summarischen Identität auf den Variationsreichtum der Differenz.

Als nächstes sah Pschawela ein Rehkitz, das von einem Jäger ausgeweidet wurde, seine Hände und sein Messer troffen von Blut. Der Jäger zog dem armen Geschöpf die Haut ab, rieb sie mit Salz ein und hängte sie über einen Ast. Dort, auf dem Fell dieses Rehkitzes, las Pschawela Wörter, die sich aus winzigen weißen Punkten zusammensetzten: »Die Passion ist die Passage.«

Und dann sah er sich selbst, wie er mit einem hübschen Veilchen sprach und ihm erklärte, es würden Würmer kommen und es fressen; wenn das Veilchen etwa geglaubt haben sollte, das Leben sei das Tor zum Paradies, dann wäre es besser nicht in diese Welt gekommen und in der Erde versteckt geblieben; er bat die Erde, das Veilchen zu beschützen, es zu hegen und zu nähren, wie es ihr als Mutter zukäme.

Dann sah er Riesen bei einem Hochzeitsfest, die gekochtes Menschenfleisch aßen und ihn aufforderten, es ihnen gleichzutun ... er weinte und sah eine weibliche Brust in Flammen stehen, von einer blutenden abgehackten Hand gedrückt. Und dann sah er einen Panther mit funkelnden Sternen auf dem Rücken. Der sprach: »Geh in die Stadt der Ebene!«

Später fand ihn seine Frau in einem Sumpf liegend, wo er wie im Fieber vor sich hin sprach: »Die Kosmische Agape! Das Himmlische Fest der Liebe!«

Es dauerte sieben Wochen, bis Wascha-Pschawela wieder gesund und bei Kräften war. Eines herrlichen Maimorgens erhob er sich aus dem Bett, grinste seine Frau aus eben erwachten Zügen an, stopfte ein paar Manuskripte in seine Satteltasche, stieg aufs Pferd und ritt direkt nach Tiflis.

Du warst nicht in Tiflis, wenn du nicht in den Bädern von Tiflis gewesen bist – selbst der iranische Schah, der 1795 die Stadt zerstört hat, ging direkt nach der Schlacht dorthin (trotzdem gab er nach sattsam genossenem Bade den Befehl, die Bäder niederzubrennen). Puschkin und Alexandre Dumas haben die Bäder von Tiflis gerühmt, und in der Tat sind sie einzigartig in ihrer Kombination von Inferno, Purgatorium und Paradies – hätte Dante sie erleben können, so hätte er diese drei in einem sehen können. Das heiße schwefelhaltige Quellwasser riecht wie die Hölle; die Hitze im Zusammenwirken mit der Massage des speziellen Filzhandschuhs *Kessa* reinigt dich körperlich wie seelisch von Schmutz; der tiefe Atemzug kühler Luft beim Betreten des Vorzimmers gemeinsam mit dem ersten Schluck Tee oder Bier, oder was immer sie gerade servieren, erweckt das Gefühl in dir, der Solosänger im Chor der Heiligen zu sein.

Arm und reich, gesund und krank, alle gehen in die Bäder von Tiflis! Schließlich ist das der Ort, an dem Tiflis geboren wurde – aus diesem höllischen Schwefelgestank und dem heißen Fruchtwasser, das von ihrer Mutterfestung, der Nariqala, heruntergefiltert kommt. Die Gründung der Stadt vor fünfzehn Jahrhunderten wird mit einem anderen Schamanischen Individuum in Verbindung gebracht, das aber in Wirklichkeit ein König war und daher als leomemisch angesehen werden muß. Jedoch besaß der georgische König Wachtang Gorgassali, der Gründer von Tiflis, Werwolf-Kräfte. Bekannt als »Wolfsmensch« oder »Wolfskopf«, und zwar nicht etwa nur wegen der Form seines Helmes, konnte er sich auf dem Schlachtfeld in einen riesigen Wolf verwandeln und seine Feinde in Angst und Schrecken versetzen. Darüber hinaus war Wachtang ein unübertrefflicher Jäger, wie sein Totemtier. Es ereignete sich ausgerechnet bei der königlichen Vogeljagd, daß die Stadt gegründet wurde. Ein Falke, vom König losgelassen, jagte einen wunderbar farbigen Fasan, als beide Vögel in einen Brunnen unterirdischen heißen Wassers stürzten. Wachtang, der »Wolfskopf«, erkundete den Ort genau und gewahrte dessen Heilkräfte, deshalb erließ er das Gebot, daselbst eine Stadt zu errichten und sie Tbilissi zu nennen – »tbili« ist das georgische Wort für »warm«.

So ist die Stadt gegründet worden, und getreu der Magie ihres Namens ist den Bewohnern von Tbilissi oder Tiflis nie heiß oder kalt, sondern stets warm. Ja, diese Lage wurde Tiflis zur Bestimmung. »Tbilissi ist wie ein Januskopf: ein Gesicht nach Asien und das andere nach Europa gewandt«, wie einige Reisende später in ihre Tagebücher schreiben würden.

Der Schwarze Grieche hatte am Vorabend zu tief ins kachetische Weinglas geschaut und hatte nun einen schweren Kopf. Der aserbaidschanische Masseur war unbarmherzig: Mit seinem *Kessa* schabte er Gurdjieff fast die wettergegerbte Haut ab, die er sich in den trockenen Winden der Wüste Gobi und schwülfeuchter Luft des indischen Dschungels erworben hatte. Er bog und verdrehte Gurdjieffs Gelenke und Knochen, als wollte er ihn zu einem Teig verarbeiten, den er dann im Ofen backen könnte. Er wagte es sogar, sich auf Gurdjieffs Rücken zu stellen, doch als er ins Rutschen kam, ließ er davon ab. Der Aserbaidschaner legte Gurdjieff dann auf den Rücken und drückte mit ganzer Kraft auf sein Brustbein, wie es ein Sanitäter bei einem Herzstillstand machen würde, und Gurdjieffs Herzschlag setzte ein, mit einer neuen Ladung beängstigender Energie. Als nächstes kam der Eimer mit heißem Wasser, um die Schmutzröllchen, die der Filzhandschuh produziert hatte, abzuspülen. Wie oft man auch duschen oder baden mochte, der *Kessa* wird immer noch unsichtbare Unreinheiten am Körper aufspüren. Schließlich erschien der Aserbaidschaner mit einem Seidenbeutel, der aussah wie ein Kissenbezug, verteilte jede Menge Seife darauf, füllte ihn dann wie einen Ballon mit Luft und produzierte durch Zusammendrücken des Beutels eine Seifenschaumwolke über Gurdjieffs Kopf und Körper. Die Seife roch nach Lilien und lag weich auf seiner Haut ... er fühlte sich schläfrig, wurde jedoch von einem weiteren Eimer heißes Wasser geweckt. Dann war es vorbei.

»Ich bin schon seit über zwanzig Jahren in diesem Gewerbe«, sagte der Masseur. »Mein Vater hat das gemacht, mein Großvater, mein Urgroßvater ... Wir, die *Azeri,* sind die besten *Kessa*-Masseure.«

Das seid ihr ohne Zweifel, dachte Gurdjieff, während er zu einem in den Boden eingelassenen Bassin mit Schwefelwasser ging. Er ließ sich langsam in das Becken gleiten und erklärte dem Masseur: »Ihr Geld liegt auf dem Tisch, ich danke Ihnen sehr, mein Freund. Alles Gute!«

»Möge Allah mit Ihnen sein, Agha-dschan!« erwiderte der *Azeri* und verließ langsam den Raum, wobei er ein Lied über die Liebe von Leila und Madschnun vor sich hin summte: »Aus dem Schweigen tanzen wir ... betreten die Stille unseres eigenen Seins, befreit von Körper und Geist – wir treten ein in die Stille ... wenn wir uns auf die Stille richten, steigt eine neue Energie in uns auf ... wenn wir diese Energie in Bewegung versetzen, wird ihr der Körper folgen ... und der Tanz lebt in uns auf ...«

Gurdjieff saß in weiße Tücher gehüllt und nippte an seinem Tee aus einem *ince belli,* dem türkischen Teeglas. Er genoß die Stille und ließ sie andauern. Der Gedanke an den Tanz und der Tanz des Gedankens zogen durch seinen stillen Geist.

Bewegungen machen das Universum aus – Bewegungen der Gegensätze, der Widersprüche. Durch den heiligen Tanz wird der Mensch seine Stellung im Kosmos als Erhalter des Mondes und des *Anulios,* des unsichtbaren Satelliten, der die Erde umkreist, wiedererlangen. Aber wenn »die Kuh zum Mond fliegt« und die Massen durchdrehen, dann wird die Korrespondenz, die wechselseitige Entsprechung, verlorengehen, zumindest in diesem Sonnensystem. Der Mensch muß adäquate, entsprechende *Movements* finden, die zu den Bewegungen des Universums passen; er braucht Musik, die zu der Sphärenmusik paßt … Pythagoras … er braucht Musik, weil er Bedeutung braucht, weil nur Musik ein Maximum an Bedeutung mit der geringstmöglichen Materialität erzeugt. Aber welche Bedeutung? Die Stimmen, die Gurdjieff nach Tiflis gewiesen hatten, sprachen von einem Fest der Liebe, einer Kosmischen Agape … was hatte das mit Tanz und Musik zu tun? Diese Frau, der er gestern am Bahnhof begegnet war – sie war ihm die ganze Nacht nicht aus dem Kopf gegangen, und der Rotwein hatte ihm den Weg zu dieser Frau geöffnet, in seinen Adern und Muskeln und Hoden und seinem Penis und durch die Rudimente seines Kundabuffers hoch durch die Wirbelsäule, die sich mit himmlischen Klängen füllte … wieder dachte er an Pythagoras … sie trug eine ungewöhnliche Ladung erotischer Energie in sich. Er mußte sie wiedersehen, solange er in Tiflis blieb – würde sie ihm auf seinen Reisen folgen? Das Grand Hotel an der Michail-Brücke … die Stimmen hatten von einem Deutschen

Garten gesprochen, wo das kommende Ereignis stattfinden sollte, und an der Michail-Straße gab es so einen Garten ... aber Michail war der Bruder des Zaren, daher gab es viele Michail-Straßen in Tiflis!

Der Deutsche Garten ... Gurdjieff erfuhr also den Namen des Ortes, kannte aber das Datum noch nicht. Die Agape könnte mehrere Tage dauern, wer wußte das schon? Zeit ... er machte sich jetzt besser auf den Weg.

Der Maidan-Platz direkt bei den Bädern lag im Herzen des Herzens der Stadt. Es war der größte Markt, der Waren aus dem Osten und Geld aus dem Westen und Norden anzog. Aber er war weit mehr als nur ein kommerzieller Warenumschlagplatz – um ihn herum fand man eine schiitische Moschee, eine georgisch-orthodoxe Kirche und armenisch-gregorianische Kapellen und eine Synagoge. Ein Marktplatz auch zum Austausch religiöser Ideen: eine Räuberhöhle umgeben von Häusern des Herrn.

Ganz gleich, wo du betest, mein Freund – bleibe in allem stets der Mensch, der du bist.

Gurdjieff liebte Märkte wie diesen – auf seinen Reisen um die Welt hatte er Hunderte davon gesehen. Doch der Maidan-Platz bot eine einzigartige Mannigfaltigkeit.

Obwohl er nach dem Bad noch immer schwitzte, fühlte er sich ganz und gar erfrischt und voller Tatendrang. Während er sich einen Weg durch die Marktstände und die fliegenden Händler bahnte, spürte er das Sonnenlicht auf seinem Haupt wie nie zuvor. Er beschloß, sich direkt zum Deutschen Garten zu begeben, um den Ort des kommenden geheimnisvollen Ereignisses zu erkunden. Da er dazu aufs linke Ufer wechseln mußte, ging er in Richtung Avlabari-Brücke. Als er an einem kleinen *Tschaikana,* einem Teehaus, vorbeikam, flog ihm plötzlich ein Mann vor die Füße, der unter lautem Fluchen und Gelächter aus der Tür desselben geworfen worden war.

»Habe ich nicht einst gesagt, daß die ganze Welt auf gegensätzlichen Kräften beruht?! Der Tritt, den ich soeben erhalten habe, war Konsequenz genau dieses Umstands, das schwöre ich beim erwünschtesten, verehrtesten al-Mu'tasim!« sagte der Rausgeworfene, als Gurdjieff ihm auf die Beine half.

Er trug eine abgewetzte Jacke, löchrige Hosen, keine Schuhe und weder Hemd noch Unterwäsche, sah aus wie ein Iraner, sprach aber reinstes Georgisch. Gurdjieff, der viele Sprachen beherrschte, aber keine vollkommen, sprach ein ziemlich gutes Georgisch – oder zumindest war sein Georgisch wie sein Persisch besser als sein eigenartig gebrochenes Russisch.

Als sich der arme Kerl streckte, sah er Gurdjieff an und verkündete: »Wie schön, Sie zu sehen, Tiger von Turkistan! Oder nennt man Sie hier noch immer Der Schwarze Grieche?«

Seine lange Hakennase blutete.

»Beides«, erwiderte Gurdjieff leicht verblüfft.

»Ich heiße Sohrab, Sohrab Addin der Edelmütige«, stellte sich nun der abgewetzte-Jacke-löchrige-Hose-keine-Schuhe-Mann vor.

»Ich bin nicht sicher, daß ich Sie kenne.« Gurdjieff war ein höflicher Mensch.

»Nun, haben wir uns nicht in Konstantinopel getroffen – in der wunderbaren Stadt Byzanz? Sie studierten dort irgendwelche Derwisch-Praktiken …« Sohrab Addin verfiel in einen Singsang: »Ich bin der Tor der Liebe; der Liebling der Liebe bin ich … die Liebe hat mich zerstört, und die Liebe hat mich erhoben zum Anblick der achatnen Locken Gottes, der die Liebe ist, die Alles ist … ihre Mitte ist überall und Umsicht nirgends, das schwöre ich beim goldenen Schnabel unserer Herrin Simorgh.«

»Ja, so ist es, aber du bist kein echter Derwisch, du äffst sie nur nach«, sagte Gurdjieff, der den dreckigen Kerl loswerden und weitergehen wollte.

»Warten Sie, warten Sie, mein Tiger!« Sohrab Addin umklammerte Gurdjieffs Hand. »Sie kennen mich doch gar nicht, aber ich kenne Ihre Mission hier, und es gibt etwas, das ich Ihnen mitteilen muß über das Himmlische Fest der Liebe oder die Kosmische Agape!«

Diese Worte änderten Gurdjieffs Haltung: *Der Landstreicher könnte ein Bote sein.* Er sah Sohrab in die Augen, noch immer nicht wirklich überzeugt.

»Was können Sie mir mitteilen?«

»Besorgen Sie mir etwas zu trinken! Ich muß die Gehirnzellen, die für Wörter und ihre Verbindungen zuständig sind, auf Trab bringen«, säuselte Sohrab Addin, der Edelmütige.

Gurdjieff lächelte und zog dann langsam einen Flachmann mit Armagnac aus seiner Innentasche und gab ihn dem Scheinderwisch.

»Danke, mein Tiger! Möge sich al-Mu'tasim dir in all seiner Herrlichkeit offenbaren!« Mit diesen begeisterten Worten ergriff Sohrab Addin den Flachmann und schraubte ihn auf, als wollte er demonstrieren, was al-Mu'tasim tun würde. »Mögest du aus Seinem güldenen Becher trinken …« In einem bemerkenswerten Zug trank Sohrab drei Viertel des Armagnac. Er verschluckte sich dabei und gab den Flachmann hustend zurück. Den Mund wischte er sich mit dem Ärmel seiner ekelerregenden Jacke ab.

»Also rede«, sagte Gurdjieff.

»Ich denke, wir sollten besser ein paar Schritte gehen,

die Botschaft, die ich dir zu überbringen habe, braucht Bewegung in der Art der Peripatetiker wie Aristu der Weise oder Aristoteles, wie deine Vorfahren ihn nannten.« Sohrab nahm den Schwarzen Griechen an der Hand und bewegte sich auf die Brücke zu.

Jeder andere wäre vor dem Gestank, der aus den Kleidern des Kerls aufstieg, zurückgeschreckt, aber Gurdjieff hatte gelernt, derlei Unannehmlichkeiten hinzunehmen – er hatte alle möglichen Arten von Derwischen kennengelernt, sogar Scheinderwische wie diesen, der da neben ihm herging und ununterbrochen redete.

»Tatsächlich nämlich dürfte das, was ich dir zu sagen habe, mein Tiger, für dich mehr Sinn ergeben als für mich – ich bin nur ein Überbringer, ein *Vehikel*, wenn du so willst ... Die Stimmen, die ich gehört habe, sagten mir, du seist ziemlich bewandert in esoterischen Praktiken und okkultem Wissen, worum ich mich nie einen Furz geschert habe, um es vornehm auszudrücken.«

»Danke, mein Edelmütiger, für die freimütige Darstellung deiner Unwissenheit.« Gurdjieff begann den Kerl zu mögen.

»Fahren wir fort?« fragte Sohrab.

»O ja!« nickte sein Begleiter.

»Ich muß nicht hier sein in diesem gräßlichen Aufzug und mit gebrochenem Nasenbein ... aber etwas hat mich dazu gebracht, obwohl ich nicht weiß, was das war. Vielleicht der Geist einer höheren Ordnung, den ich nicht interpretieren kann? Aber das sind nur wilde Spekulationen. Laß mich dir sagen, was ich sicher weiß: Ich bin hier, um eine Botschaft zu übermitteln, die mit Musik zu tun hat, und aus diesem Grund habe ich dieses Schicksal akzeptiert. Ja, dieser ganze verdammte Quatsch dreht sich um Bewegungen und Musik!«

»Genau das hatte ich vermutet«, nickte Gurdjieff anerkennend.

»Laß mich dir also etwas erzählen, das du schon weißt. Alle Bewegungen im Universum erwachsen aus dem Zusammenspiel von Gegensätzen, und ihre Folge ist unendlich wie die Unendlichkeit unseres Höchsten Unendlichen. Doch all diese Myriaden von Gegensätzen stammen aus dem uranfänglichen – dem Gegensatz des Ich und des Nicht-Ich, zwischen Existenz und Nicht-Existenz. Es ist unmittelbar einleuchtend, daß dieser Ur-Gegensatz alle anderen sich entwickelnden umgreift. Aber hier kommt die Frage: Was ist die geheimnisvolle Essenz, die diesen Ur-Gegensatz erhält? Das ist der Geheiligte Stoff Askokin; es ist Die Liebe.«

Bei diesem Wort stimmte Sohrab seinen klagenden Singsang von neuem an. »Liebe ist die dritte der zwei, von Ich und Nicht-Ich; Liebe hält sie zusammen als die heilige Bedeutung des Ur-Gegensatzes. Ja, Liebe als die dritte der zwei ist die Bedeutung. Und da alle Gegensätze auf den uranfänglichen zurückgehen, ist Liebe die Bedeutung aller Bedeutungen im Universum ...«

»Beruhige dich, mein Freund, ich weiß das doch alles«, unterbrach ihn Gurdjieff mit sanfter Stimme. »Das bringt uns zum Gesetz der Wechselseitigen Erhaltung aller Existenz, worunter das subsumiert werden kann. Das Gesetz wurde zuerst von Makary Kronbernkzion entdeckt: ›Die Involution der Ursachen und die Evolution der Wirkungen.‹«

»What goes up, must come down«, sang der Scheinderwisch. »Glaube eher, dein Makary, der vor Tausenden von Jahren auf dem Kontinent Atlantis gelebt hat, könnte selbst unter Hegels Dialektik subsumiert werden: Die-Wirkungen-einer-Ursache-müssen-wieder-zur-Ursache-zurückkommen.‹«

»Nun, Makary ist bedauerlicherweise von vielen falsch

interpretiert worden, und dann landeten sie bei dieser dummen Unterscheidung von Gut und Böse.«

»Es gibt nur ein Böses: Die Entropie!« unterbrach ihn der Scheinderwisch leidenschaftlich. »Die Entropie wird das Universum töten, wenn sich die Gegensätze vermindern. Das Universum muß ein komplexes dynamisches System bleiben, und Die Liebe ist die Bedeutung, die alles am Laufen hält. Die Liebe ist Null-Entropie. Siehe, mein Tiger, du brauchst diese Bedeutung für deine Mission, und du wirst sie aus der Musik erhalten.«

»Welche Art Musik?«

»Die Art, bei der ein Maximum an Bedeutung mit einem Minimum an Materialität einhergeht.«

»Das ist bei jeder Musik so ...«

»Aber es gibt eine Art, die mehr als das Maximum an Bedeutung bietet mit weniger als der geringsten Materialität ... Die Musik des größten Schamanen aller Zeiten.« Vor lauter Ehrfurcht schwieg Sohrab Addin.

»Wer ist das?« fragte Gurdjieff fasziniert.

»Du wirst den Namen später erfahren ... jetzt aber, mein Tiger, ist es an der Zeit, daß ich dir deine Aufgabe genauer erläutere: Gib mir noch was zu trinken.« Wieder schwieg er.

Gurdjieff zog seinen Flachmann heraus und schraubte ihn auf. Der Scheinderwisch leerte ihn in einem Zug, steckte den Flachmann in die eigene Tasche und sprach weiter: »Gemeinsam mit den anderen Schamanischen Individuen wirst du diese Musik durch dein Bewußtsein verarbeiten, Die Liebe als die heilige Bedeutung des Ur-Gegensatzes daraus extrahieren und das dann in die Bewegungen der Gedanken übersetzen, die die Felder der Thermodynamik und Information durchqueren. Du kennst diese Bewegungen – es sind die, die du die Heiligen Tänze nennst, in denen ich eine Mixtur aus

Leiblichkeit und Wissen sehe, wo Bewegung etwas bedeutet und Bedeutung sich bewegt. Transkribiere diese Bewegungen in die heiligen Texte Der Liebe und verbreite sie!« Wieder schwieg er.

»Die heiligen Texte der Liebe? Wie soll ich die Verbreitung bewerkstelligen?«

»Du wirst Den Leib der Liebe als Hostie in der Heiligsten Kommunion verteilen, so daß er gegessen wird, und du wirst die Massen vor dem aufkommenden Wahnsinn schützen, in anderen Worten: Du wirst die Kuh daran hindern, zum Mond zu fliegen. So einfach ist das«, antwortete Sohrab Addin.

»Aber wie genau kann ich Den Leib der Liebe verteilen?«

»Bloß nicht übereifrig werden, mein Freund, denk daran, du bist nur der Verbindungsmann. Ein spezielles Navigationszentrum wird auf dem Saturn etabliert, um die Kommunikation über das ätherographische System aufzubauen und zu organisieren, und da du das System gut kennst, wirst du die Kontrolle des Netzwerks hier übernehmen.* Mittels der Ätherogramme kannst du die besten schamanischen Köpfe in diese Stadt locken, wo sich Ost und West, Nord und Süd treffen! Ziehe die Geister her, die die wichtigsten Enden der Nervenbahnen der Erde sind, durch die planetarische Schwingungen empfangen werden, um sie zu übertragen! Die erhoffte Verteilung wird genau über diese planetarischen Schwingungen erfolgen.«

»Schwingungen ... wessen Musik muß ich da verarbeiten? Wer ist der größte Schamane aller Zeiten?«

* Ich denke, das »ätherographische System« war Beelzebubs Vorwegnahme des Internets. Doch sein System hatte einen weit höheren Grad an Virtualität, als wir uns vorstellen können. Das System basierte zum Teil auf einem Ideenaustausch, der in der Luft hing.

»Sein Name wurde auf meinen Rücken geschrieben«, sagte Sohrab der Edelmütige und zog die Jacke aus. »Eines unserer göttlichen Individuen hat den Namen für dich dorthin geschrieben; er hat mir gesagt, er stamme ursprünglich aus Zentralasien.«

Gurdjieff betrachtete die Schrift auf dem dürren Rücken des Scheinderwischs. Sie lautete: *Shaman of Haizanakh.*

»Haizanakh ... Eisenach ... du meinst, dieser Schamane ist Bach?!« Gurdjieff war leicht enttäuscht, er mochte es lieber pythagoräisch.

»Um Gottes willen, vergiß deinen Pythagoras; seine Musik ist viel zu wissenschaftlich für diese Aufgabe. Auf der anderen Seite – was könnte näher am Ur-Gegensatz sein als die Kontrapunkte und Fugen des Haizanakh-Schamanen?! Ich präzisiere deine Aufgabe folgendermaßen: Du sollst die schamanischen Köpfe des Orients anheuern, um das Medium zu studieren und zu interpretieren, durch welches der abendländische Geist seinen höchsten Ausdruck fand – die Musik Bachs.« Der Saufderwisch holte den leeren Flachmann aus der Tasche und steckte ihn wieder zurück, als er seines Zustands der Leere gewahr wurde. »Frag nicht weiter, ich habe alles gesagt. Jetzt bist du dran, du und deine Kollegen. Wie dein so geschätzter Hodscha Nasreddin sagen würde, äh, *Ars longa, vita brevis.* Du findest noch mehr Details zu dem heiligen Ereignis auf dem Plakat am Tor zum Deutschen Garten. Übrigens hat das alles etwas mit dem Pantherfellgedicht zu tun, hast du's gelesen? Die Stimmen waren bisher nicht sehr mitteilsam dazu. Aber es wird sich irgendwann alles aufklären ... bis dann, mein Tiger!« Und mit der Beweglichkeit eines Guido Cavalcanti, als er die Friedhofsmauer übersprang, hüpfte er von der Brücke in die schmutzigen Fluten des Flusses.

»Hoffentlich schicken mir Die Stimmen nächstes Mal einen verläßlicheren Boten als diesen versoffenen«, dachte Gurdjieff und ging weiter.

Der Weg zum Deutschen Garten war ziemlich weit, was Gurdjieff entgegenkam, da er die verworrenen Anweisungen des Scheinderwischs erst mal verdauen mußte. Gehen war da – in der Art des Peripatetikers Aristu – genau das Richtige. Der Tiger von Turkistan war nie ein großer Freund der abendländischen Kunst, geschweige denn der abendländischen Musik gewesen. Die Wahrheit war da draußen – aber im Osten. Der Westen sollte nur die materielle Basis liefern, hauptsächlich eine finanzielle, um die Wahrheit des Ostens gedeihen und die Menschen erreichen zu lassen. Bach ... »der größte Schamane aller Zeiten«? Als er auf dieser lächerlichen Daschnak-Mission in der Schweiz war, lernte Gurdjieff einen Musikwissenschaftler kennen – wie hieß der noch? Ah, ja, der Name war Kurt. Der Kerl machte sich Sorgen über die Krise der »romantischen Harmonie« – was für ein idiotischer Begriff, »romantisch«! Wagners *Tristan und Isolde* sei der Anfang vom Ende dieser »Harmonie«, behauptete Kurt. Aber er war geradezu besessen von Bach, all diese »linearen Kontrapunkte« und »melodischen Polyphonien« ... einige seiner Vorstellungen zu musikalischer Energie und Bewegung kamen Gurdjieffs Konzept des Tanzes ziemlich nahe, aber auf seine Frage, was er denn vom ostasiatischen Kehlgesang hielte, hatte Kurt geantwortet, der sei »zu primitiv«. Leider konnte das unsensible und »primitive« abendländische Ohr die Schönheit des Kehlgesangs nicht erfassen – die Herrlichkeit der Obertöne, die durchdringende Kraft der Klänge ... Die Kunst des Ostens basierte auf der Mathematik, während die westliche sich allein aus dem Gefühl speiste.

Um die musikalische Aufgabe für die Kosmische Agape zu erfüllen, würde er Leute mit besonderen Fähigkeiten brauchen … er bräuchte zumal die Unterstützung des Führers der Sieben: des großen Bewahrers und Übermittlers der Lehren des Heiligen Krischnatcharna. Er würde die Anwesenheit des Führers brauchen, die direkte Kommunikation mit seinem Verstand und seinem Höheren Wesen … Durch Äthegramme würde er seine Botschaft auch an die paar noch lebenden Mitglieder der Achaldan-Gesellschaft kommunizieren – *Männer, die das Wesen des Seins der Seienden suchten.* Aus dem antiken Atlantis stammend, waren sie über die ganze Erde verstreut, einige in Europa, die man dort als *Existenzphilosophen* kannte. Unabdingbar für das Projekt, die heiligen Schwingungen Der Liebe zu lenken, war die virtuelle Präsenz des chinesischen Königs Too-Toz, des Erfinders eines Apparates, der sieben Oktaven Ganztöne umfaßte, deren vollkommene Konsonanz mit dem großen Weltklang zusammenfiel, den wiederum ein anderes antikes Mitglied der Achaldan-Gesellschaft entdeckt hatte. Das ganze Arrangement der Saiten auf diesem Apparat entsprach dem präzisen Arrangement belebender Quellen zwischen jedem beliebigen Planeten und der Sonne Absolut. Aber wie konnte Bach, dieser wurstfressende Spießer, eine Ahnung vom Weltklang und den sieben Oktaven haben?! Das alles war nicht zu finden in seiner Musik, die aus einer verunreinigten Quelle stammte – andererseits ist alle Musik gesegnet. Der Schamane von Haizanakh?! Andererseits mußte die Schrift auf dem Rücken des Scheinderwischs von Kerbalay-Asis-Nuaran sein … Nuaran, ein echter Derwisch, obwohl Uhrmacher von Beruf. Er lebte in der Nähe von Buchara und war befreundet mit dem wunderbaren Musikwissenschaftler Hadschi-Asvaz-Truv, Entdecker der Vibrations-Gesetze, der die Theorien von Malmanasch, Selne-Ech-Avaz und Pythagoras studierte. Gemeinsam mit Nuaran entwickelte er einen mechanischen Flügel, der in Achteltönen gestimmt wurde gemäß dem altchinesischen absoluten Ton *do*. Weshalb hatten Die Stimmen Nuaran und Truv Bach gewiesen?! Das ergab keinen Sinn. Einige schamanische Eingeweihte sagten, Truv wolle sich mit der Untersuchung der Frage befassen: »Warum hat Gott die Laus geschaffen *und* den Tiger?« Warum existiert überhaupt etwas und nicht vielmehr nichts? Der Ur-Gegensatz ... Die Liebe ist seine heilige Bedeutung ... sie soll verbreitet werden durch planetare Vibrationen ... durch die klaren und dynamischen Bewegungen der Gedanken ... die Tänze ... Die Kuh wird zum Mond fliegen, wenn sie nicht zu tanzen lernt ... ha ha ... und ja, er würde wohl diesen Dichter aus dem Hochland sehen müssen ... wo? Da Die Stimmen ihn erwähnt hatten, würde er wohl irgendwo auftauchen ... ja, aber was ist mit dem Pantherfell-Gedicht?

Gurdjieff stand am Tor des Deutschen Gartens auf der Michail-Straße gegenüber dem Michail-Krankenhaus und las das folgende Plakat.

Montag, 4. Juni 1901, 20 Uhr im Saal des Deutschen Gartens:

Möglicherweise das größte,
sicher aber das sensationellste Spektakel:

Der weltbekannte Weltreisende Gene Morris
(zum zweiten Mal in unserer Stadt)
präsentiert

Eine *Laterna Magica* Vorstellung,
mit der Projektion »mystischer Bilder«
aus dem Epos des berühmten Schota Rustaweli
Der Recke im Tigerfell
(Illustrationen des Hofmalers Herrn Zichy)

Gefolgt von:
Orchester und Chor Leipzig präsentieren Ausschnitte aus
Die Johannespassion
des deutschen Komponisten Bach

Gefolgt von:
Bilder aus dem Burenkrieg Englands
und aus dem Chinesischen Krieg!

Das Programm wird unterstützt von den Firmen Marcus Samuel
und Alfred Nobel in Batumi und Baku
Ebenfalls von der Bank der Georgischen Landbesitzer
und der Georgischen Literarischen Gesellschaft
Während der Pause werden Erfrischungen und Getränke gereicht
Ungestempelte Eintrittskarten sind ungültig

»Was hat das Pantherfellgedicht von Rustaweli mit der Passion Christi nach dem Evangelium des Johannes in der Vertonung von Bach zu tun?!« Er war verblüfft. In diesem Moment lokalisierte sein Gehirn ein Ätherogramm:

Oh, Ost ist Ost, und West ist West,
   und es verbindet sie nichts,
bis Himmel und Erde stille stehen,
   am Tage des Jüngsten Gerichts.
Doch zählen weder Ost noch West,
   Erziehung, Geburt oder Geld,
wenn zwei starke Menschen ins Antlitz sich sehen,
   und kämen sie vom Ende der Welt!

Es blieben ihm noch vierzehn Tage, um sich auf die Kosmische Agape vorzubereiten.

Vom ersten Tag an erregte Dagny Aufmerksamkeit, wo immer sie sich in Tiflis zeigte. Hauptsächlich die georgischen Männer waren dafür verantwortlich, sie warfen ihr Blicke zu, die weit unverhohlener anzüglich waren als die des Mannes, der sie im Bahnhofsbüfett so eingehend gemustert hatte. Sie war »blond, schlank, elegant und mit einem Raffinement gekleidet, das die Geschmeidigkeit des Körpers zur Geltung brachte, aber sorgfältig vermied, bestimmte Konturen zu geben ...«, wie einer ihrer Bewunderer aus dem »Schwarzen Ferkel« in seinen Erinnerungen festhielt.

Solche Frauen, ich meine die »blonden und schlanken«, besetzten eine einzigartige Position innerhalb der sexuellen Phantasien georgischer Männer, vielleicht weil die Mehrzahl der Georgierinnen dunkelhaarig war. Doch eine solche quantitative Erklärung ist irrelevant. Blondinen waren schon immer ein besonderes Faszinosum für die männliche Sexualität. Und im übrigen waren vor über hundert Jahren, zu der Zeit also, in der meine Geschichte spielt, die Frauen von Tiflis weit zurückhaltender, was erotische Beziehungen anlangte, als ihre »blonden und schlanken« Geschlechtsgenossinnen in Europa oder Rußland. Man denke beispielsweise an die zwölfhundert jungen georgischen Intellektuellen, die 1726 aus ihrem Land nach Rußland fliehen mußten, um einer weiteren persischen Invasion zu entgehen … was passierte mit deren intellektuellen Fähigkeiten, als sie sich unter so vielen schlanken und verlockenden Blondinen wiederfanden? Einige von ihnen wurden zwar wichtige Figuren bei der Entwicklung der akademischen Welt Rußlands, doch die meisten gingen der Wissenschaft verloren und gaben sich sinnlicheren Aktivitäten hin. Vielleicht übertreibe ich auch.

Wie auch immer, Dagny Juel Przybyszewska muß eine bemerkenswerte Zugabe zum gesellschaftlichen Leben in Tiflis gewesen sein. Nicht allein wegen ihrer schlanken Figur, nein, alles an ihr war reizvoll: Wie sie ihren Hut trug, wie sie an ihrem Weinglas nippte, wie sie ihre Zigarette hielt – o ja, dieser Engel mit Zigarette im Mund fing die Blicke jedes Studenten und jedes Offiziers, jedes heißblütigen Adligen, jedes verschwitzten Dieners. Ihr Stil, eine Mixtur aus Bohème und Aristokratie, zog viele an, ihre Gesellschaft zu suchen. Für sie lag nichts Ungewöhnliches darin, daß sie die Männer faszinierte – schließlich war sie »die Königin« der Künstlerkreise in Berlin und Warschau gewesen. Doch hier in Tiflis spürte sie mehr Feuer in den Blicken derjenigen, die sie begehrten – als würden sie sie ausziehen und in die heiße Luft des Südens einhüllen. Diese Blicke starrten viel eindeutiger, als sie es aus Europa kannte. Wenn sie hier auf Gesellschaften mit Männern zusammentraf, fühlte sich Dagny als Frau –

ja, als Frau und nicht als »Objekt höchster intellektueller Inspiration« oder als »Sphinx«, oder was für einen Quatsch auch immer man ihr in Berlin angedichtet hatte. Mit ihren Blicken übertrugen diese Männer heiße Wellen – manchmal auch Sturmböen – von Begehren und Erregung zu ihr, und sie empfand sie wie ... erinnern Sie sich der wunderbaren Beschreibung von Connie Chatterley, wie sie auf dem Weg zu ihrem Liebhaber durch eine Wiese geht? Ihre erotische Wahrnehmung der Natur um sie? Nein, diese Anspielung führt in die Irre ...

Dieses männliche Interesse an ihr lenkte Dagny allerdings nur gelegentlich von ihren realen Problemen ab: Stach antwortete nicht auf ihre Telegramme, in denen sie ihn beschwor, Reisepässe für sie und Zenon zu schicken; sie vermißte ihre Tochter Iwa und ihre Schwestern so sehr; ihre Zukunft lag im Dunkeln, und auch Emeryk schien Probleme zu haben – er war eifersüchtig auf alles und jeden um Dagny, und doch konnte der arme Kerl nicht darüber sprechen, weil er kein Anrecht auf Eifersucht hatte, denn er war nur ein Freund, ein Freund, der die Aufgabe übernommen hatte, sich um sie zu kümmern. Außerdem brach sein Salzhandel gerade zusammen, und er gab immer mehr Geld aus. *Sie hätte nicht herkommen dürfen – hätte seine Einladung niemals annehmen dürfen ... wie unverantwortlich und leichtsinnig von ihr ...*

An diesem sorgenvollen Abend war sie bei einem gewissen Fürsten oder Grafen Avilashvili oder auch Avaloff eingeladen.* Anton Keller und Wład Emeryk nahmen ebenfalls an dem Dîner teil. Man speiste im Restaurant des Hotel Lon-

* Einige Jahre später heiratete Graf Avaloff Dagnys Freundin Maya Vogt (auch eine Geliebte Stachs). 1905 ließ sie sich mit ihrem Mann in Tiflis nieder und besorgte einen Grabstein für Dagny.

don, das direkt gegenüber von Dagnys Hotel lag. Den kleinen Zenon hatte sie bei einer polnischen Gouvernante, die sie für solche Gelegenheiten engagierte, in ihrem Zimmer zurückgelassen.

Dagny mochte die georgische Küche, ihren Reichtum an Gewürzen, die scharfen Gerichte, Koriander und Walnüsse fast bei jedem Gericht (Auberginen, Bohnen, Kohl). Und es gab ungewöhnlichere Gemüsesorten wie Mangold oder Rote Bete. Auch den Wein mochte sie, besonders den roten aus Kachetien.

»Heute zum Frühstück gab es etwas ganz Köstliches, Quark mit Pfefferminze gewürzt. Wie nennt man dieses Gericht, Wład?« fragte Dagny.

»Es heißt *Matsoni,* eine Art vergorene Milch, Büffelmilch, um genau zu sein«, erklärte Anton Keller.

»*Matsoni* ist hier das am meisten verbreitete Milchprodukt, besonders im Hochland – sehr gesund, gut für den Magen, die Gallenblase, die Leber, einfach für alles«, ergänzte Graf Avaloff. »Eines Tages wird es überall auf der Welt zu haben sein.«*

»Und es ist besonders empfehlenswert, wenn man am Abend davor zuviel kachetischen Rotwein getrunken hat«, lachte Keller augenzwinkernd.

»Kein Wunder – diese Leute trinken derartig viel, da brauchen sie jede Menge solcher Hilfsmittel zum Frühstück«, bestätigte Emeryk.

»Das mußt gerade du sagen, Wład, die Polen sind doch auch ganz schön trinkfreudig! Ich jedenfalls mag Menschen, die viel trinken«, sagte Dagny und nahm einen gehörigen

* Wo er recht hat, hat er recht: Matsoni ist heute weltweit als Joghurt bekannt.

Schluck Rotwein. »Dieser Wein ist ganz anders als die europäischen Weine. Er ist so *herb.*«

»Wein ist der Nationalstolz Georgiens«, mischte sich Avaloff ein. »Wir sagen, daß dieses Land die Wiege des Weinbaus und der Weinproduktion ist und daß die europäischen Wörter wie Wein vom georgischen Wort *ghvino* abstammen.«

»Das Georgische klingt völlig fremd, ich kann kein einziges Wort erkennen, das einem slawischen oder gar deutschen auch nur im mindesten ähnelt«, sagte Dagny.

»Versuche niemals, es zu lernen, hier ist alles genau andersrum – *Mama* ist *Papa,* und *Papa* ist *Mama*«, erklärte Keller.

»Richtig«, bestätigte Avaloff lächelnd. »In einigen georgischen Provinzen trinken stillende Mütter Wein, damit ihre Babys gut schlafen.«

»Jetzt verstehe ich endlich, warum die georgischen Männer viel länger an ihren Müttern kleben als bei uns in Europa und warum sie so viel trinken«, schloß Emeryk.

Ich bin eine schlechte Mutter, ich habe meine Tochter im Stich gelassen … dachte Dagny selbstquälerisch und trank noch mehr Wein. »Erzählen Sie mir etwas über die georgischen Frauen! Wie frei sind sie?« wandte Dagny sich an Avaloff.

»Im großen und ganzen sind sie weniger frei als die Europäerinnen, aber sie genießen wesentlich mehr Freiheiten als die Frauen des Orients«, antwortete er. »Ja, man achtet die Tradition, aber die traditionelle Rolle der Frau verlangt hier weniger Gehorsam als in Asien. Historisch betrachtet, spielten die Frauen eine sehr wesentliche Rolle im Leben des Landes. Schließlich hatten wir höchst einflußreiche Königinnen wie Tamar, die noch immer in den Köpfen der Leute herumspuken. Im Hochland, wo das Leben auch heute sehr hart ist, spielen die Frauen eine wichtige Rolle, etwa wenn es zu Konflikten kommt ... aber ich würde doch die These unterstützen, daß in Georgien die Mutterrolle die wichtigste der Frau ist.«

»Sie meinen also, der junge Mann an dem Tisch dort drüben betet in dem hübschen Mädchen ihre potentielle Mutterschaft an?« fragte Emeryk und zeigte auf eine Szene in der Mitte des Raums. Ein Mann, offenbar ein Adliger, kniete vor einer jungen Frau und pries, mit einem Kelchglas in der Hand, feurig ihre Schönheit.

»Das ist Prinz Sidamon-Eristavi, ein ziemlich schillernder junger Mann«, sagte Avaloff mit leicht hochgezogenen Brauen. »Nein, das hat nichts mit Mutterschaft zu tun; es ist eine Demonstration der theatralischen georgischen Brautwerbung.«

»Trinken wir auf die Liebe«, rief Dagny erregt. »Die Liebe ist alles!« Sie leerte ihr Glas bis zum Boden. »Wie warm es hier ist!« sagte sie und löste ihr Haar, wie sie es im »Schwarzen Ferkel« gewohnt war.

Avaloff wurde rot, Emeryk rutschte unruhig auf seinem Stuhl herum

»Ich würde ein bißchen vorsichtig sein mit dem Wein, Ducha«, wandte er sich zu ihr.

»Mach dir keine Sorgen um mich, Wład«, beschwichtigte Dagny und legte ihm die Hand auf die Schulter. »Dieser Wein hier ist nichts gegen den Absinth, den wir in Berlin trinken.«

»Wir könnten zum Dessert etwas Stärkeres bestellen, wie wäre es mit Weinbrand? Der hiesige ist sehr gut«, schlug Avaloff vor.

»Danke, ich ziehe den Wein vor«, erklärte Dagny und ließ sich zu Włads Entsetzen ein weiteres Glas einschenken.

»Diese Musik langweilt mich«, sagte sie und deutete über das Restaurant hinweg auf zwei Männer, die mit Violine und Piano populäre französische Liedchen zum Besten gaben. »Ich vermisse Chopin, Grieg … trinken wir auf die Musik! Auf unser Höchstes, die Musik!«

»Auf die Musik«, stimmten Avaloff und Keller ein; Emeryk war weniger begeistert, sagte aber: »Ducha spielt exzellent Klavier. Sie ist eine großartige Musikerin.«

»Ich hätte vielleicht eine werden können, wäre da nicht dieser Mann in mein Leben getreten – Stach, dem ich mein Leben geweiht habe«, sagte Dagny mit einem melancholischen Lächeln.

»Oh, bitte Madame Przybyszewska, spielen Sie für uns! Sie würden mir eine riesige Freude machen«, bat Avaloff. »Ich könnte das mit den Musikern arrangieren …«

»Nein, o nein! Ich bin nie öffentlich aufgetreten. Nur ein einziges Mal zu Hause in Norwegen …«

»Bitte, Madame Przybyszewska, tun Sie's für uns«, bekniete Keller sie.

»Los, Ducha, zeig ihnen dein Talent …« Emeryk gab auf.

»Ach, ich glaube nicht, daß die Leute hier in der Stimmung sind, meine Musik zu hören«, beharrte Dagny.

Obwohl sie sich geweigert hatte zu spielen, stand Graf Avaloff auf und ging zu den Musikern. Er flüsterte dem Geiger etwas ins Ohr und steckte ihm eine Rubelnote in die Tasche. Die Musik hörte auf. Avaloff gab dem Pianisten auch ein paar Banknoten, und dieser verkündete:

»Meine Damen und Herren! Es ist mir eine große Ehre und Freude, eine berühmte Pianistin auf die Bühne zu bitten, die in Norwegen, Deutschland und Polen große Erfolge feiern durfte. Bitte begrüßen Sie mit mir Madame Dagny Juel Przybyszewska! *Regardez!*« Damit lenkte er die Aufmerksamkeit des Publikums auf den Tisch, an dem Dagny saß. Die Gäste des Restaurants applaudierten lautstark. Prinz Sidamon-Eristavi sprang auf und zog seine Pistole, um ihr durch einen Schuß in die Decke zu huldigen; glücklicherweise verhinderten seine Tischnachbarn das. Einige Männer traten an Dagny heran und baten darum, sie zur Bühne begleiten zu dürfen.

»Das ist eine Falle!« zischte Dagny wütend. »Sie widern mich an, Graf Avaloff!«

Aber sie erkannte, daß es keinen Ausweg aus dieser verfahrenen Situation gab. Sie nahm ihr Weinglas, leerte es zur Hälfte, stand auf und bahnte sich ihren Weg zur Bühne. Sofort begann sie zu spielen, Chopins *Étude Op. 10, No. 12,* mit den stürmischen Passagen in der linken Hand und den drängenden Akkorden in der rechten. Warum Chopin? Weil sie ihn bewunderte und auch weil Stach sie in Berlin oder Warschau immer um die Chance brachte, Chopin zu spielen. Er unterbrach sie und spielte selbst. Chopin gehörte ihm, dem *Jungen Polen,* nicht ihr.

Wie ihr Spiel beschreiben? Statt eine weitere falsche Beschreibung in die Welt zu setzen, will ich es lieber mit Dagnys eigenen Worten tun:

Und der Ton lüftet seine nassen Schwingen und flattert die Schlafenden hinaus in den Raum, er sucht, sucht und wendet sich mit einem *Seufzen* zurück.

Danach hebt er seine weißen Schwingen, und leicht wie ein Sonnenstaub fliegt er hoch zwischen die Sterne und setzt sich zwischen sie, selbst ein Stern.

Und nun hebt der Ton seine breiten Schwingen, und majestätisch segelt er aus übers weite, weite Meer, über Berge und Felszacken, höher und höher, schwindelnd, alles vergessend, alles – nun flog er in die Sonne!

Eine schnelle Coda, die letzten Akkorde … Dagny erntete riesigen Applaus und Bravorufe. Eine stehende Ovation. Und diesmal gelang es dem so betrunkenen wie leidenschaftlichen Prinzen Sidamon-Eristavi, seine Pistole abzuschießen. Die Kugel fuhr in die Decke, was seine Begleitung dazu brachte, ihm die Waffe sofort zu entwinden. Dagny stand auf, verbeugte sich vor dem Publikum und ließ sich von Avaloff zu ihrem Tisch zurückbringen.

»Würden Sie, lieber Graf, die Liebenswürdigkeit haben, nun mir einen Wunsch zu erfüllen, nachdem ich Ihren erfüllt habe? Könnten wir bitte gehen? Ich brauche unbedingt frische Luft.«

»Aber mit dem größten Vergnügen, verehrte Madame Przybyszewska!« antwortete Avaloff, und als sie an ihrem Tisch ankamen, schlug er vor, sie sollten sofort gemeinsam in den Alexandergarten gehen und das Dessert später an einem anderen Ort nachholen.

Als sie durch die Hotelhalle gingen, folgten ihnen ein paar Leute aus dem Restaurant, die unbedingt Madame Przybyszewska vorgestellt werden und ihre Bewunderung für ihre Darbietung zum Ausdruck bringen wollten. Es waren hier lebende Deutsche, Polen und Russen, die Dagnys Begleiter kannten, und ein paar Geschäftsleute, die auf ihrem Weg nach Baku und anderen Orten in Tiflis haltgemacht hatten.

»Ich finde, wir sollten einen Konzertabend für Sie arrangieren, Madame Przybyszewska«, schlug Avaloff vor.

»Lieber Graf, eines Tages werden Sie zu weit gehen«, antwortete Dagny mit gespieltem Zorn.

»Dann werde ich den schönsten aller Tode sterben!« gab Avaloff mit einer theatralischen Geste zurück.

»Eine echte Kleopatra-Nacht.« Emeryk rang sich ein Lächeln ab, man sah ihm den erneuten Eifersuchtsanfall an.

»Zumindest haben wir ähnliche Nasen.« Dagny schien aufgeregt, die frische Luft und der Alkohol verstärkten gegenseitig ihre Wirkung.

Sie saßen auf einer Bank im Alexandergarten, vom Fluß wehte eine kühle Brise herauf. Keller erzählte Witze, sie lachten viel und laut. Und dann sah Dagny das Gesicht des Mannes mit dem durchdringenden Blick – den Mann aus dem Bahnhofsbüfett. Er kam auf sie zu.

»Guten Abend, meine Dame, meine Herren, bitte gestatten Sie, daß ich mich vorstelle. Mein Name ist Georges Georgiadis. Ich kam zufällig am Hotel vorbei, und da die Fenster des Restaurants offenstanden, habe ich Sie spielen gehört, Madame, und war tief beeindruckt.«

»Ich fühle mich geschmeichelt, Monsieur Georgiadis. Haben Sie vielen Dank. Mein Name ist Dagny Juel. Darf ich Ihnen meine Freunde vorstellen? Graf Avaloff, WładEmeryk und Anton Keller.« Dagny ging über das Eindringen in ihre Gesellschaft sanft hinweg.

»Meine Herren, es ist mir eine Ehre«, sagte Gurdjieff, dessen richtiger griechischer Familienname Georgiadis war.

»Bitte, schließen Sie sich uns an«, lud ihn Dagny ein, »wir sind eben dieser lauten Menge entflohen und wollen nun noch irgendwo etwas trinken gehen.«

»O nein, ich fürchte, ich kann Ihre großherzige Einladung nicht annehmen«, lehnte Gurdjieff ab.

»Was ist Ihr Beruf, Monsieur Georgiadis?« fragte Keller.

»Ich lehre Tanz«, war die Antwort.

»Welche Art von Tanz? Europäisch? Ausdruckstanz oder klassisches Ballett?« Dagnys Interesse war geweckt.

»Nichts davon. In gewisser Hinsicht sind die Tänze, die ich unterrichte, orientalisch beeinflußt, aber um es zu präzisieren, würde ich sagen, sie stellen eine eher universelle Art des Tanzes dar.«

»Wie vielversprechend«, sagte Emeryk knapp und sah zur Seite, um klarzumachen, daß er sich nicht die Bohne um diesen Kerl scherte. Von diesem Moment an sah er aus, als wäre ein Dämon der Depression an ihm vorbeigegangen und hätte seine Stirn gestreift.

»Die Tänze basieren auf bestimmten Bewegungen, die den menschlichen Körper mit kosmischer Energie aufladen«, fuhr Gurdjieff fort, obwohl er Emeryks gezwungenes Lächeln unterdrückter Wut und seine ablehnende Haltung durchaus wahrnahm. »Man könnte sagen, die Bewegungen umfassen die Grundelemente des Derwischtanzes.«

»Wie interessant!« Dagny war begeistert. »Das möchte ich unbedingt sehen!«

»Könnten Sie uns ein paar der Derwisch-Bewegungen hier demonstrieren?« fragte Avaloff höflich lächelnd.

»Oh, nein, nicht hier und jetzt. Aber vielleicht zu einem anderen Zeitpunkt, ich könnte zu Ihnen kommen und Ihnen etwas über meine Tänze erzählen und ein paar der wichtigsten Positionen zeigen«, bot Gurdjieff an.

»Ja, das machen wir! Gleich morgen in dem Hotel, in dem ich wohne – im Grand Hotel.« Dagny zierte sich nicht.

»Ich danke Ihnen für Ihr Interesse an meiner einfachen Kunst, Madame«, antwortete Gurdjieff und fügte dann wie unbewußt hinzu: »Entschuldigen Sie, Madame, ich hoffe, Sie werden mich nicht mißverstehen, aber es erschreckte mich, daß die Musik, die Sie gespielt haben, so grob und voller Fehler war – eine Mixtur aus fehlgeleiteten leidenschaftlichen Illusionen, die nichts mit objektiver Erkenntnis zu tun haben ... aber Sie haben mit einer solchen Vertiefung, einer solchen Hingabe gespielt ... nein, Sie haben die Musik nicht einfach gespielt, *Sie haben mit ihr geschlafen!*«

»Oh, là, là!« Dagny war beinahe schockiert. »Wie können

Sie es wagen, Chopin grob zu nennen? Chopin, den größten aller europäischen Komponisten!«

»Mein Herr«, schaltete sich Emeryk, nun richtig wütend, ein. »Ich denke, Sie sollten Ihre erotische Anspielung zurücknehmen!«

»Ja, und zwar auf der Stelle!« pflichtete Avaloff bei.

»Oh, Verzeihung, ich bitte um Verzeihung!« sagte Gurdjieff mit der Hand auf dem Herzen. »Es war nur eine Metapher, eine rhetorische Figur. Ich bekenne mich schuldig, die Gesetze des guten Geschmacks verletzt zu haben.«

Keller wirkte völlig konfus, versuchte aber, die Sache herunterzuspielen.

»Ist ja gut, Freunde!« unterbrach er. »Der Mann wollte doch nur zum Ausdruck bringen, wie sehr er Madame Przybyszewskas musikalische Fähigkeiten bewundert. Laßt uns das nicht weiter vertiefen.«

»Und im übrigen gefiel mir der Vergleich sogar«, sagte Dagny. »Ich stimme ihm zu.«

»Bravo!« entfuhr es Avaloff, dessen Miene sich prompt aufhellte.

»Aber was Sie betrifft, mein Herr«, sagte sie an Gurdjieff gewandt, »wagen Sie es nicht noch einmal, so etwas über Chopin zu sagen. Sie haben keine Ahnung von seiner Musik.«

»Ich schwöre es, Madame«, versicherte Gurdjieff feierlich. »Zumal ich selbst gar kein Instrument spiele.«

»Als Entschuldigung für das, was Sie gesagt haben«, fügte Dagny mit beschwipstem Lächeln hinzu, »müssen Sie morgen früh um elf Uhr in mein Hotel kommen und mir zeigen, welche Tänze Sie lehren. Wenn sie mir nicht gefallen, lasse ich Ihnen den Kopf abschlagen, aber wenn sie mir gefallen, essen wir zusammen zu Mittag. Ist dir das recht, Wład?«

Natürlich war es Władalles andere als recht, und er wollte eben protestieren, als sie plötzlich aus einem anderen Teil des Gartens lautes Rufen und Pfeifen hörten.

»Was ist da los?« fragte Dagny.

»Da wird wohl geboxt – ein improvisierter Boxkampf, so etwas findet ab und zu hier statt«, erklärte ihr Avaloff. »In der Stadt ist das Boxen inzwischen verboten, deshalb ... möchten Sie zuschauen?«

»Nein, vielen Dank. Sport interessiert mich nicht«, lehnte Dagny ab. »Außerdem will ich meinen Sohn ins Bett bringen. Bringst du mich zum Hotel, Wład?«

»Selbstverständlich, Ducha. Gehen wir!« Emeryk bot ihr den Arm und warf Gurdjieff einen Blick zu.

»Gute Nacht, Monsieur Keller. Und vielen Dank für die Einladung, Graf«, sagte Dagny.

»Es war mir eine große Freude«, antwortete Avaloff mit einer Verbeugung.

»Aber ich bin Ihnen noch immer böse, weil Sie mich so hinterlistig ins Rampenlicht gezerrt haben«, setzte sie hinzu und gab ihm einen leichten Klaps auf den Arm.

»Ich danke Ihnen von Herzen in meinem Namen und im Namen des ganzen Publikums für den wundervollen Auftritt!« Erneut verbeugte sich Avaloff.

»Monsieur Georgiadis, ich freue mich, Sie morgen zu sehen«, sagte Dagny und machte die Verabredung für den nächsten Tag fest.

»Mit dem größten Vergnügen, Madame, doch nur, wenn Monsieur Emeryk nichts einzuwenden hat«, sagte Gurdjieff vorsichtig.

»Nein, das hat er nicht«, sagte Dagny leichthin, drehte sich um und ging mit Emeryk weg.

»Ich fahre Sie nach Hause, Anton«, sagte Avaloff und

winkte eine Droschke heran. Sie stiegen ein und nickten Gurdjieff zum Abschied zu. Gurdjieff blieb regungslos stehen und sah Dagny und Emeryk nach, bis sie im Hotel verschwanden.

Sie wird ihn dazu bringen, sie zu töten, dachte Gurdjieff über das Paar. *Und er wird es tun wie ein kleiner Junge einen großen Nachtfalter tötet, der um eine Lampe flattert.*

Dann ging er, irgend etwas zog ihn unwiderstehlich zu dem Lärm des Boxkampfs ... etwas sagte ihm, daß der Dichter aus dem Hochland dort sein würde.

Wie sich herausstellte, handelte es sich nicht um einen spontan arrangierten Boxkampf, sondern um eine Schlägerei, die ein paar Merkmale des Boxens aufwies. Zwei betrunkene Engländer hatten einen Einheimischen angegriffen, einen Mann mit ziemlich exzentrischem Äußeren – etwas zwischen Proletarier und Schäfer. Als Gurdjieff ankam, sah er einen der beiden Engländer übel zugerichtet auf dem Boden kriechen und Blut spucken. Der andere agierte eher wie ein Profiboxer, offenbar hatte er das trainiert; er tänzelte herum, duckte Schläge ab und lauerte auf Lücken in der Dekkung seines Gegners, um einen gezielten Schlag anzubringen. Der Einheimische hielt seine Fäuste vor sein Kinn und bewegte sich wie ein Mungo im Kampf mit einer Kobra. Sein unrasiertes, wettergegerbtes Gesicht hatte etwas Sonderbares, vielleicht lag das an seinem rechten Auge, das weit aufgerissen war, als wäre er erschrocken – es war ein Glasauge. Unter einer bestickten Weste trug er ein schwarzes Hemd, wie alle Männer aus dem Hochland.

Einige Umstehende wollten eingreifen und den Kampf stoppen, aber andere hinderten sie daran. »Er schafft sie beide! Er schafft sie!« riefen die Begeisterten.

»Wer ist dieser Mann?« fragte Gurdjieff einen zappligen jungen Kerl.

»Das ist Wascha-Pschawela, unser berühmter Dichter!« antwortete der Junge. »Ich habe ihn noch nie boxen gesehen, er ist stark, verdammt stark sogar.«

»Worum geht es denn überhaupt?«

»Die beiden Ausländer haben sich über sein Glasauge lustig gemacht«, erklärte der Junge.

Pschawela war wirklich stark: Er wartete den richtigen Moment ab, setzte einen linken Haken und wollte den Engländer gerade mit einem Aufwärtshaken zu Boden schicken, als eine Polizeipfeife ertönte; die Menge zerstob in alle Winde.

Der Schäfer-Proletarier hob seinen Hut und seine Satteltasche auf und eilte ins Dunkel des Gartens davon. Gurdjieff folgte ihm und holte ihn an einer Bank ein, wo er seine Kleider abklopfte und sich herrichtete. Er hatte eine Verletzung an der Hand, vermutlich vom letzten Haken, der die Zähne seines Gegners gestreift hatte. Pschawela holte ein Taschentuch heraus und setzte sich auf die Bank, um die Wunde zu verbinden.

»Ich habe dich gesucht«, sagte Gurdjieff und setzte sich neben ihn.

»Ich kenne dich nicht«, gab der Mann aus dem Hochland barsch zurück.

»Manche nennen mich Der Schwarze Grieche, andere Tiger von Turkistan.«

»Tiger?« Pschawela sah ihn aus seinem einen Auge skeptisch an.

»Ganz egal, wie man mich nennt, ich bin wegen der Kosmischen Agape hier.« Gurdjieff kam sofort auf den Punkt und meinte ein kurzes Aufleuchten in Pschawelas Auge zu bemerken.

»Das Fest der Liebe«, sagte Pschawela und streckte sich. »Ja, ich habe Hunger.«

»Darf ich dich dann zum Essen einladen?« schlug Gurdjieff vor.

»Nein, ich lade dich ein«, grinste Pschawela. »Komm mit!«

Sie gingen direkt zu einem nahegelegenen Gasthaus, das von in Tiflis ansässigen Persern betrieben wurde. Auf ihrem Weg stießen sie auf die beiden kampflustigen Engländer. Der nüchternere der beiden hatte eine lautstarke Auseinandersetzung mit einem Polizisten; der ausgeknockte schwankte halb ohnmächtig neben ihm her. Der Nüchterne steckte dem Polizisten einen Geldschein in die Tasche – eine durchaus übliche Geste im russischen Reich –, und der Fall war erledigt.

Gurdjieff und Pschawela aßen Lammragout mit Weichkäse und *Lavash,* dem persischen Fladenbrot. Sie tranken und redeten ...

Das erste Thema waren die Frauen.

Der Mann aus dem Hochland sprach von Mädchen, die aus Brüsten von Veilchen und Rosen genährt wurden, und erklärte, daß es im Hochland Gegenden gibt, die in ihrer verzaubernden Schönheit dem weiblichen Körper ähnelten, und wie gerne er sein Bett mit Blumen teilen würde. Er erinnerte sich an eine Begebenheit in St. Petersburg, als er einer Frau nachging, die ihn angezogen, ja, mesmerisiert hatte; so folgte er ihrer Spur, wie er die ständig ihre Gestalt verändernde Göttin der Jagd verfolgt hätte. Der Schwarze Grieche wiederum sprach über Rabia von Basra – die Prostituierte und vergeistigte mystische Dichterin der Sufi-Tradition, die Gott die Liebe gelehrt hatte, indem er sie für viele Jahre in ein Bordell sandte. Ja, und auch Die Schönheit war ihre Lehrerin, sie half ihr zu verstehen, daß Gott ihr zugetan war. Er sprach über Mirabai, die Dichterin und Heilige Indiens, die sich als Gattin Krishnas fühlte und nackt durch die Straßen lief, da sie wußte, Die Liebe gab allen Wahnsinn, den man braucht, um sich im Universum zu entfalten. Er redete von trunkenen Schönen, die dem Monde glichen und wußten, daß Gott Seine Liebe zuerst in den Herzen von Tieren geübt hatte, bevor Er den Menschen schuf; Er lehrte erst die Vögel seine Lieder, und die Pflanzen sprechen nachts und verraten Geheimnisse über Ihn ...

Dann sprachen sie über die Natur.

»Wir leben in der Natur, wie die Natur in uns lebt«, sagte Pschawela. »Sie ist der Meister und dessen Sklave zugleich. Die Ebene dient dem Hochland, das Hochland dient der Ebene, das Wasser dient dem Wald, der Wald dient dem Wasser, die Blumen dienen der Erde, die Erde dient den Blumen, und der Mensch dient dem allen im Schweiße seines Angesichts.«

»›Wechselseitige Entsprechung‹ nennt man das«, nahm Gurdjieff den Faden auf. »Deshalb wird Energie aus aktiver innerer Arbeit direkt in neue Energie umgewandelt, während Energie aus passiver Arbeit für immer verloren ist.«

»Diesen Gedanken hast du aus Rustawelis *Wepchisstqaossani,* dem Epos über das Pantherfell. Dort heißt es: ›Was du ausgibst, ist dein, was nicht, geht doch alles verloren‹«, zitierte Pschawela.

»So ist es«, bestätigte Gurdjieff und fuhr fort: »Was ich die innere Arbeit nenne, ist Liebe; wer lieben kann, *existiert,* alles andere ist der Tod. Das ist die Grundlage des Ur-Gegensatzes: Die Liebe ist die Transsubstantiation der Nicht-Existenz in die Existenz, und das ist eine der durchgehenden Grundthesen in deinem Pantherfellepos, soweit ich weiß.«

»Tod«, wiederholte Pschawela gedehnt. »Manchmal sehe ich einen Wiedehopf mit goldener Federhaube auf meinem Grabstein sitzen, wenn ich dann tot und begraben bin ... und meine Gefühle vermischen sich mit der kalten Erde des Grabes und den gierigen Maden, die mein Herz fressen. Die Blumen, mit denen ich mein Bett teile, leuchten in den Strahlen der Abendsonne.«

Gurdjieff versuchte, diesen Punkt zu klären, merkte aber, daß der Hochlandmann abgelenkt war; Pschawela war plötzlich bleich geworden, bewegungslos starrte er auf die Schüssel mit Lammragout vor sich. Dann wandelte sich der Schrekken in Ekel.

»Was ist mit dir?« fragte Gurdjieff besorgt.

Pschawela blickte mit offenem Mund ins Leere. Dann kehrte sein Bewußtsein zurück.

»Entschuldige ... Ich bin dumm ... Ich hatte so etwas wie eine Halluzination. Es kam mir so vor, als wäre dieses Ragout aus Menschenfleisch gekocht. Ja, ich sah menschliche Finger darin ... Irgendwas ist wohl mit meinem Gehirn nicht in Ordnung. Ich habe zuviel mit Pflanzen und Regenwolken gesprochen. Dieser April war grausam, der grausamste. Ich habe den Haferbrei meiner Sehnsüchte in meinen Tränen gekocht. Pilze, Pilze können dich zu den verrücktesten Sachen bringen ... auf der anderen Seite habe ich Panikattakken – was, wenn ich eines Tages meine magischen Kräfte verliere?«

»Es gibt nur eine Art von Magie, das *Tun*«, sagte Gurdjieff. »Die höchste Magie, die ein Mensch erreichen kann, ist *tun* zu können.«

»Daraus folgt, daß das höchste ›Tun‹ Leiden ist«, argwöhnte Pschawela.

»Ja, freiwilliges Leiden ... im bewußten Leben ist das

höchst wertvoll.« Gurdjieff sah aus, als wollte er noch weiter ausholen. »Im Fluß des Lebens ist Leiden nicht gewollt; die Menschen leiden wie Maschinen, gefangen in diversen mechanischen Interaktionen; während leider das Bewußtsein unter einer Art Kruste liegt, die nur durch intensives Leiden aufgebrochen werden kann, das man als kritisches Experiment versucht ...«

»Ja, das Selbstopfer ist eine Wissenschaft«, fiel ihm Pschawela ins Wort, fast positivistisch, beinahe ein Zitat von Herbert Spencer, dessen Schriften er mit seinem schamanischen Auge gelesen hatte.

Und dann redeten sie über Leiden und Opfer als Wissenschaft – die avantgardistische Wissenschaft der Übertreibung, die Wissenschaft des Über-sich-selbst-Hinaustretens – den eigenen Raum in reine Zeit spannen, wie eine Saite gespannt wird und dann die Frequenz ihrer Vibrationen in die Lautstärke des Klangs verwandelt; die Kunst des Erhabenen, sich selbst aus einer sozialen Gruppe herauszubrechen, um dem Blick des Unendlichen in den tierischen Augen der Natur entgegenzutreten, dem Blick, der einen bricht, wie das Licht in einem Prisma gebrochen wird, um dann die Teile neu zusammenzusetzen in der Ordnung ihrer Wellenlängen.

Gurdjieff war wohl bewußt, daß Pschawelas einzigartige Fähigkeit, Botschaften der Natur zu übermitteln, für den Erfolg der Kosmischen Agape äußerst wichtig war. Freiwilliges Leiden war der Natur gänzlich unbekannt, wie er wußte; vegetabilisches Wachstum und animalische Triebe kannten keine Willkür. Doch Die Natur versorgte mit jener Energie, welche die unbewußten Mechanismen menschlichen Leidens bekämpfte – jenes Räderwerk an Psychosen, die schließlich im Massenwahn enden würden. Das Ende des 19. Jahrhunderts kündigte spektakuläre technologische Entwicklungen an, die wiederum menschliche Leidenschaften noch mechanischer werden ließen. Diese Entwicklungen wurden angestoßen und vorwärtsgetrieben durch Infektionen des menschlichen Gehirns mit fiskalpolitischen Viren, die eine dramatische Entfremdung zwischen Menschen und dem organischen Leben bewirkten, obwohl letzteres eine extrem wichtige kosmische Funktion hatte.

Gurdjieff verfocht den philosophischen Gedanken, daß das organische Leben auf der Erde eine unverzichtbare Verbindung in der Kette der Welten bildete, keine konnte ohne die andere existieren. Sein Argument war, daß es einen Strom von Vibrationen gibt, von Einflüssen anderer Planeten – um den ungehinderten Durchgang dieser Einflüsse durch die Erde zu gewährleisten, wurde das organische Leben geschaffen, als ein empfangender und weiterleitender Mechanismus. Indem sie sich also vom organischen Leben entfremdeten, wurden die Menschen genau von jenen planetarischen Vibrationen entfremdet, die Vibrationen der megalokosmischen Musik der Liebe waren – zwischen Existenz und Nicht-Existenz –, also die Bedeutung des erwähnten Ur-Gegensatzes; sie wurden entfremdet von der Kraft, welche die Differenz und Diversität des Ich gegen die Totalität des Nicht-Ich aufrechterhielt. Um diese Entfremdung aufzuhalten, brauchten die Menschen eine besondere Sprache – die *parole,* die den Fluß planetarischer Vibrationen und die Einflüsse durch das organische Leben verbalisieren und die Botschaft an die automatisierten Massen weitergeben konnte. Deshalb hatte Gurdjieffs Interesse an Pschawela einen guten Grund: Der Hochland-Dichter war einer der wenigen pardimemischen Schamanen seiner Epoche, der eine solche Sprache kreieren konnte. Außerdem wußte Pschawela, wie man aus organischem Leben poetische Substanz gewinnen konnte – eine Substanz, aus der die menschliche Seele besteht und die unerläßlich war für die Agape, denn es war genau diese Substanz, die helfen konnte, die *parole* in »Fleisch« und »Brot« umzuwandeln. Erinnert sich jemand an die beiden Emmausjünger? Sie konnten Das Wort Gottes nicht erkennen, als Er neben ihnen wandelte, doch als sie das Brot mit Ihm brachen, erkannten sie Ihn. Eines der Ergebnisse der Kosmischen Agape sollte sein, daß die Menschen fühlten, was sie dachten, und dachten, was sie fühlten.

Eine Melodie wehte herüber, gespielt von den Musikern in einer Ecke des Gasthauses – ihr Leiter, der *Sazandar,* zupfte ein elegantes Saiteninstrument, die *Saz,* auf der er eine Geschichte vortrug über seine »Gefühle, die sein Denken nicht verstehen konnte«. Und dann spielte er etwas von Dschalal ad-Din ar-Rumi, es klang wie »Liebe mit Leidenschaft / Iß, trink, tanz und spiel mit Leidenschaft!«

Gurdjieff gefiel das, es erinnerte ihn an seine Begegnungen mit den tanzenden Derwischen in Buchara. Pschawela wirkte weniger angetan, er kann nicht besonders interessiert gewesen sein an dieser Art von Musik; er war an seine Hochland-Liedchen voller Humor und Erotik gewöhnt, begleitet von *Panduri,* einem dreisaitigen Zupfinstrument, und *Salamuri,* einer Flöte.

»Ich brauche eine Frau«, sagte Pschawela plötzlich und starrte wieder mit seinem Glasauge ins Nichts, das gesunde hatte er geschlossen.

»Ich fürchte, diese Art Dienstleistung gibt es hier nicht«, erwiderte Gurdjieff ein wenig überrascht von der Äußerung.

»Ich brauche keine gewöhnliche Hure«, präzisierte der Mann aus dem Hochland, »ich brauche eine Frau, die viel geliebt hat.«

Gurdjieff zitierte ein Gedicht von Mirabai. »Gott nimmt /

besonders Anteil an den Frauen / Denn sie können die Welt an ihre Brust legen / und Ihm helfen / zu trösten.«

Im Grunde ging es bei dem komplexen Symbolismus der Himmlischen Agape um den gemeinsamen Verzehr des Körpers Der Liebe; durch diesen Ritus würde dieser das menschliche Gehirn erreichen, das in mechanistischem Leiden befangen, verkrustet und betäubt war. Um den Körper Der Liebe auf diese Betäubung wirken lassen zu können, bedurfte es eines Gefäßes, in dem er sich materialisieren, eine bestimmte Dichte und Form annehmen konnte und worin er sich mit der aus der Natur extrahierten poetischen Substanz und der aus komplizierten musikalischen Clustern extrahierten Bedeutung vermischen konnte. Sie brauchten also etwas Ähnliches – und gleichzeitig völlig anderes – wie den Kessel der Alchemisten, der ein reines erotisches Element enthielt und eine geschmeidige weibliche Sensibilität – *Eine Frau, die viel geliebt hat.*

Gurdjieff war ganz in diese Gedanken und die Musik des *Saz* vertieft, als er plötzlich eine Hand auf seiner Schulter spürte.

»Cherchez la femme!« ertönte die Stimme des Scheinderwischs Sohrab Addin, diesmal in saubere persische Bekleidung gewandet, einen Packen Kunstdrucke in der Hand und wie üblich betrunken. Er zog sich einen Stuhl vom Nebentisch heran, setzte sich zu ihnen und sagte: »Und was ist noch besser als Weisheit? Eine Frau ist besser. Und was ist besser als eine gute Frau? Nichts.«

»Wer ist das?« Pschawela war nicht erfreut über diese Einmischung.

»Geoffrey Chaucer«, antwortete der Scheinderwisch.

»Wer?« fragte der Mann aus dem Hochland leicht verärgert nach.

»Das Zitat, das ich eben paraphrasiert habe, ist von Geoffrey Chaucer, dem Vater der englischen Poesie«, erklärte Sohrab Addin und fuhr fort: »Es ist mir eine große Ehre, hier den Vater der modernen georgischen Poesie kennenzulernen.«

Pschawela schien geschmeichelt, beäugte den Fremden aber noch immer mißtrauisch.

»Noch so ein Witz über meine Schriftstellerei, und ich packe dich am Kragen und schmeiße dich draußen in den Fluß«, knurrte er.

»Reg dich nicht auf, der Mann ist offenbar ein verdammt guter Taucher«, beschwichtigte Gurdjieff. »Erst vor kurzem habe ich gesehen, wie er von der Avlabari-Brücke gesprungen ist, und jetzt scheint er keine Schramme zu haben.«

»Nein, nein, ich bin kein Taucher, bloß ein Schwimmer«, wehrte der Scheinderwisch ab. »Normalerweise gehe ich den Sachen nicht auf den Grund, sondern lasse mich auf der Oberfläche treiben.«

»Ihr seid euch also schon mal begegnet?« fragte Pschawela.

»Ja, und es war mir eine Freude, denn der Mann weiß mehr über die Kosmische Agape als ich«, antwortete Gurdjieff. »Betrachte ihn als Verbindungsmann, wie ich einer bin.«

Bei diesen Worten entspannte sich der Hochlanddichter sichtlich und sagte kurz: »Willkommen.«

»Es ist mir eine große Ehre, Teil dieser bemerkenswerten Gesellschaft zu sein«, begann der Scheinderwisch. »Wascha-Pschawela, Sie sind ...«

»Genug davon«, fiel ihm der Dichter ins Wort, weil er einen weiteren Versuch voraussah, seinen Platz in der modernen georgischen Literatur zu definieren.

»Ich entschuldige mich in aller Form!« Sohrab Addin hatte verstanden.

»Irgendwelche Neuigkeiten seit unserer letzten Begegnung, mein Freund?« fragte ihn Gurdjieff.

»Nein, nein ... keine Stimmen, keine neuen Anweisungen bisher. Habe mich ausgeruht, ein bißchen getrunken ...« sagte Sohrab, wobei ihm der Kopf auf die Brust sank, als schliefe er ein, dann aber, als wachte er abrupt wieder auf, fuhr er fort: »Ich habe übrigens gerade ein paar Flaschen Wein mit einem sehr netten Kerl geleert, einem Maler von hier – er bemalt Wände in Gasthäusern und Läden und so. Wie hieß der noch? Verdammt ... hat irgendwas zu tun mit Feuerwerk, ja, Pyrotechnik ... ah, jetzt fällt's mir ein: Pirosmani, Nikala. Wir haben ganz in der Nähe was getrunken. Er ist Maler, und ich habe seine Bilder gesehen, sehr schön, schöne Bilder des reinen Seins ...« Er schien mit sich selbst zu sprechen, sein Gemurmel war kaum zu verstehen. »Vom reinen Sein ... jenseits des letzten Gedankens, ragt in die bronzefarbene Ferne ... Giraffen, Panther, Rehe, feiernde Leute, ein Junge auf einem Esel, Bewegungen im Dunkeln, alles vor dem ersten Gedanken ...«

Gurdjieff und Pschawela grinsten über diesen trunkenen Bewußtseinsstrom.

»Wach auf, mein Freund!« Der Hochlandmann knuffte den Derwisch leicht. Der verlor davon das Gleichgewicht und wäre vom Stuhl gefallen, wenn Gurdjieff und Pschawela ihn nicht gehalten hätten. Die ernüchternde Wirkung dieses Vorfalls wurde noch verstärkt durch den lauten Eröffnungsakkord eines neuen Liedes der Musiker.

»Oh, Sayat Nova!« rief Gurdjieff, der gleich die erste Zeile erkannte.

»Klar, das ist von Sayat Nova!« bestätigte der betrunkene Derwisch. »Ein Armenier, der als Hofdichter bei König Erekle dem Zweiten diente und seine Lieder auf aserbaidschanisch schrieb ... was für eine überaus diversifizierte ethnische Identität, welch glückliche Hochzeit kultureller Backgrounds! Ich will euch etwas sagen. Ich weiß ganz genau, Die Stimmen von oben prophezeien eine Reinkarnation von Sayat Nova.« Er sprach *sotto voce* weiter. »In ein paar Jahrzehnten wird er mit bewegten Bildern und als Künstler wiederkehren ... ja, wieder als Armenier in Tiflis, und wieder wird er aserbaidschanische Motive in seine bemerkenswerten Werke einfügen.«*

»Bewegte Bilder ...« wunderte sich Pschawela. »Du redest über Kunstformen der Zukunft, beherrschst aber selbst nur eine Kunst richtig, nämlich die Saufkunst, mein Freund.« Er zwinkerte Gurdjieff zu.

»Ah!« Sohrab Addin wurde munter. »Das hier hat der Maler Nikala dagelassen. Er war voll wie eine Strandhaubitze – jammerte, heulte, quatschte mich voll über seine unsterbliche Liebe zu einer Schauspielerin namens Margo und lamentierte dann endlos über seine armselige primitive Malerei. Er hat eine so miserable Meinung von sich selbst, hält sich für völlig unbegabt, einen Kleckser bestenfalls ... und dann holte er diese Drucke heraus, die er von einem anderen Kerl ausgeliehen hatte. Reproduktionen von neuen europäischen Künstlern ...« Der Scheinderwisch streute einige von

* Der Scheinderwisch muß sich hier auf Sergei Paradjanov beziehen, einen armenischen Filmregisseur, der den größten Teil seines kreativen Lebens in Tiflis verbrachte. Sein letzter Film, *Ashik Kerib*, basiert auf einer aserbaidschanischen Legende über einen verliebten Dichter auf Wanderschaft. Paradjanov starb 1990; kurz darauf brach der armenisch-aserbaidschanische Krieg in Nagorny Karabach aus.

ihnen über dem Tisch aus und machte dabei eine beträchtliche Sauerei.

»Paß doch auf!« Pschawela, der sich zu Hause nicht an ganzen Horden von betrunkenen Hochlandmännern störte, wurde ziemlich wütend über diesen Burschen, der Wein auf seine Hose geschüttet hatte. *Sollte er diese häßliche Mißgeburt vielleicht doch noch in den Fluß werfen?*

Gurdjieff nahm ein paar der Drucke in die Hand und betrachtete sie. Pschawela wischte mit einer Serviette den Wein von seiner Hose, warf dem Scheinderwisch einen wütenden Blick aus seinem gesunden Auge zu und schaute dann ebenfalls uninteressiert auf die Bilder vor ihm.

Die Reproduktionen zeigten Gemälde von modernen deutschen, österreichischen und skandinavischen Künstlern: Gustav Klimt, Oskar Kokoschka und anderen. Gurdjieff erkannte darin Elemente der *décadence,* Nietzsches *Götzen-Dämmerung,* eine Art uniforme Deformation aller Formen, den Zerfall aller Werte, ein Abendland, das sich selbst ablehnt. Dann aber kam Edvard Munchs Figur auf der Michail-Brücke, schreiend; ihr gequälter Blick ergriff den Betrachter und schien eine Botschaft überbringen zu wollen – konnte das ein weiterer Hinweis der pardimemischen Prophezeiung sein? Ja, absolut. Munch hatte den kommenden Wahnsinn gesehen ... er war zu etwas Gewaltigem durchgedrungen, hatte die brutale Schönheit politischen Terrors vorhergesehen. Dann fand Gurdjieff ein weiteres Bild von Munch mit dem Titel *Madonna.* Eine Frau trug ihre Nacktheit zur Schau, mit einem seltsamen Grinsen im Gesicht, fast wie eine Hure sah sie aus; in der Ecke des Bildes lag ein winziger toter Fötus – *Santa Muerte?* Aber warum Tod?! Wie morbid diese Vision war! Wie kindisch in ihrer Zurückweisung der unanfechtbaren Wirklichkeit des Lebens, wenn man sie mit der unpersönlichen und präzisen Ikonographie des Orients verglich, wo die Wechselseitigkeit von Leben und Tod stets präsent war. Doch die Frau auf dem Bild war faszinierend. Sie kam ihm seltsam bekannt vor ... Plötzlich wurde Gurdjieff klar, daß sie ihn an die »Chopin-Dame« erinnerte, die er kennengelernt hatte, *Madame Przybyszewska!*

Hatte sie nicht gesagt, sie käme aus Norwegen?! Und Munch war Norweger ... Der nächste Druck mit dem Titel *Die Sphinx* war ebenfalls von Munch: Eine stehende nackte Frau, die Arme im Nacken verschränkt, als würde sie sich strekken; wieder stellte sie ihre Schönheit und das Mysterium ihrer Weiblichkeit zur Schau, vor einem dunklen Hintergrund und mit zwei bekleideten Frauen neben sich. Ja, das war tatsächlich Dagny Juel, sie hatte Munch inspiriert. Und Gurdjieff ebenfalls: Der Tod durfte nicht die Herrschaft an sich reißen! Diese Frau würde Unsere Heilige des Fests der Liebe werden! Der Gesegnete Alchemiekessel der Liebe!

»Ich glaube, ich kenne die Frau, die wir brauchen«, sagte er und gab *Madonna* und *Sphinx* an Pschawela weiter.

»Die die Welt an ihre Brust legen kann ...« sang der Scheinderwisch mit alkoholschwerer Stimme.

»Die viel geliebt hat!« sagte Pschawela und betrachtete die Drucke. Er studierte die abgebildeten Formen genau, doch sein Gesicht zeigte keine Spur einer Erregung. Aber Gurdjieff entging nicht, daß sein Glasauge zu zucken begann; eine intensive erotische Elektrizität lief durch die Wirbelsäule des Hochlanddichters und erreichte sein Gehirn.

»Warum bin ich als Mann geboren worden? Ich hätte ein Regen sein sollen, damit ich auf Nackte wie diese herabströmen könnte!« ließ sich der schamanische Dichter vernehmen.

»Sie berauschen sich an bürgerlicher Kunst, Meister Wascha-Pschawela? Ich dachte, Sie hielten es mit dem Proletariat!« mischte sich plötzlich ein junger Mann ein, der von hinten an Pschawela herangetreten war. Er war relativ klein, hatte dunkles Haar, und ein Bart bedeckte die Pockennarben auf seinen Wangen nur unvollständig. In seinen Raubvogelaugen blitzte eine gefährliche Gerissenheit auf.

»Wer sind denn Sie? Und warum nennen Sie mich *Meister?*«

Meine Damen und Herren, es ist mir eine große Ehre, hier den »stärksten« aller starken Männer des zwanzigsten Jahrhunderts einzuführen – und den größten aller falschen Schamanen: Premier Josef Stalin!

In diesem Frühling, als Dagny in Tiflis ankam, war er nicht »Premier« und noch nicht einmal »Stalin«, sondern ein junger Mann von einundzwanzig Jahren mit dem Namen Iosseb Dschughaschwili. Als begeisterter Revolutionär und unübertroffener Konspirator war er der regierende Prinz des politischen Untergrunds von Tiflis. Gelegentlich tauchte er bei Arbeiterkundgebungen auf, verteilte Manifeste und hielt Reden über den Weg in die richtige Zukunft. Aus dem Priesterseminar hatte man ihn unlängst wegen atheistischer Neigungen ausgeschlossen (einige Historiker behaupten allerdings, der wahre Grund sei gewesen, daß seine verwitwete Mutter die Studiengebühren nicht mehr bezahlen konnte), und so war er nun bekannt unter dem Namen *Koba* – den hatte er dem Roman *Der Vatermörder* des nationalistischen georgischen Autors Alexander Kasbegi, der viele junge Leute inspiriert hatte, entnommen.

Als Teenager war Iosseb Dschughaschwili *Sosso* oder *Sosselo* genannt worden. Er lernte schnell und gut in der Schule und zeigte bereits Anzeichen, eines Tages eine herausgehobene Position zu besetzen; er war rachsüchtig, selbstbewußt und ehrgeizig. Sein Vater, ein Schuhmacher und heftiger Trinker aus der Kleinstadt Gori, war bei einer Schlägerei unter Betrunkenen ums Leben gekommen, als Iosseb zehn Jahre alt war. Seine Mutter Ekaterine (genannt *Keke*) war Näherin, eine bescheidene, liebevolle Person, die davon träumte, daß ihr Sohn eines Tages Priester sein würde. Und er wurde tatsächlich Priester – Hohepriester einer diabolischen Gemeinde namens Sozialistische Partei mit einem riesigen Pfarrbezirk, der sich vom Fernen Osten bis nach Mitteleuropa erstreckte, mit Hunderten Millionen Gläubigen, die seine Diktator-Gottheit anbeteten.

In mancher Hinsicht ist Stalins Geschichte der vom Aschenputtel verwandt: Aus tiefster Armut in der Provinz stieg er zu unumschränkter Macht auf. Manche wenden dieses Gleichnis auf ganz Rußland an. Ein oft gebrauchtes Zitat zu Stalin lautet: »Er führte Rußland vom Ackerpflug zur Atomwaffe.« Ja, er war Rußlands letzter Zar, Iosseb der Erste (und der Letzte).

Doch war Stalin nicht Teil des Zeitgeists? Einer Zeit, die noch andere schreckliche Aschenputtel hervorbrachte? Moderne Politik war wie modernistische Poesie, wie sie Anna Achmatova definierte: »Gedichte wachsen wie Blumen schamlos aus dem Mist empor.« Auch der kleine Sosselo schrieb einst Gedichte, wie es jeder stolze Georgier tun sollte. Er schrieb patriotische kurze Gedichte, die von Ilia Tschawtschawadse gelobt und veröffentlicht wurden, dem wichtigsten Intellektuellen seiner Zeit. Dieser war als Vater der Nation bekannt und wurde von Repräsentanten eben jener Nation 1907 ermordet. (»Nicht schießen!« schrie er. »Ich bin Ilia!« – »Genau deshalb erschieße ich dich!« antwortete einer der Attentäter und drückte ab.)

Ich hätte sehr gern ein kleines Gedicht von Sosselo hierhergesetzt, doch fürchte ich, meine Übersetzung würde ihm jeden poetischen Gehalt nehmen, sofern es einen solchen denn besaß. Es ist ein nettes Stück, geschrieben von einem kleinen Jungen aus Gori, und nicht ohne literarische Kunstfertigkeit. Jeder Georgier kennt dieses Gedicht; es handelt von einer aufblühenden Rosenknospe, die ein Veilchen umarmt, von einer erwachenden Lilie, die im Wind schwankt, von einer Lerche, die hoch in den Wolken ihr Lied singt und von einer aufgeregten Nachtigall, die mit sanfter Stimme spricht: »Sei voll von Blüten, o liebliches Land. Frohlocke, Staat der Iberier, und du, o Georgier, durchs Lernen mach deiner Heimat Freude.« Klägliche Verirrung? Ja. Patriotismus in ländlicher Idylle? Ja. Aber warum auch nicht?! Selbst reife Dichter des ausgehenden neunzehnten Jahrhunderts schufen solche Bilder, verbanden Natur und Vaterland – mit Ausnahme von Wascha-Pschawela, von dem bereits die Rede war.

Es lag hauptsächlich an Stalins spärlichen poetischen Ambitionen, daß er an diesem Abend in dem persischen Gasthaus Wascha-Pschawela als »Meister« ansprach. Doch wie seine Kommentare beweisen, war seine Bewunderung für den großen Mann aus dem Hochland mit Ironie durchsetzt. Mit seinen einundzwanzig Jahren hatte Stalin bereits das Gefühl, Georgien und seiner Poesie entwachsen zu sein. Doch alte Gewohnheiten sind zäh oder, wie Mick Jagger (eine schamanische Persönlichkeit der Popkultur) einst sang: »Old habits die hard.« Sogar als er die höchste Stellung in der bolschewistischen Hierarchie eingenommen hatte, versuchte Stalin noch, dem Meister Pschawela die gebührende Ehre zu erweisen – 1934 verfügte er, daß Wascha-Pschawelas Werk zu den Klassikern gehörte, neben Ilia Tschawtschawadses (zu der Zeit wurde dieser in Georgien wenig gefeiert, geschweige denn im Rest der Sowjetunion). Daß Stalin die russische Übersetzung von Rustawelis *Der Recke im Tigerfell* redigiert hat, zeigt seine poetische Ader, die noch immer nicht gänzlich versiegt war; oder zumindest war er gewillt, ihr einen Sitz auf den Hinterbänken seines obersten Gremiums zuzugestehen.

Was machte aus diesem zarten Jungen Sosselo den haßerfüllten, kaltblütigen Aktivisten des bolschewistischen Untergrunds? Das ist die Frage. Wie wurde seine erwachende schöpferische Einbildungskraft in revolutionäre Verschwörungen kanalisiert, an deren Ende der rücksichtslos pragmatische Mißbrauch der Technologie der Macht stand? Walter Benjamin sah bekanntlich in Stalin »die Politisierung der Kunst« und in Hitler »die Ästhetisierung der Politik«. Wie auch immer, jedenfalls mißbrauchten beide ihre schamanische Begabung, um politische Macht zu erlangen, und darum gab es in ihrem Leben keine Liebe. Beide Frauen Stalins starben jung, und Hitler war impotent. Sie wurden gewiß von den Massen geliebt, und sie verführten diese Massen, aber der Liebesakt mit formlosen Massen hat einen Haken – es fühlt sich an, als schliefe man mit dem verwesenden Leichnam eines Elefanten.

Doch nun folgt eine weitere Frage, und die ist komplizierter: Weshalb taucht der junge Koba, Iosseb Dschughaschwili, in der Geschichte von Dagny und dem Fest der Liebe auf?

Ich will eine Antwort versuchen.

Etwas früher, im März, hatte die Polizei Stalins Unterkunft im geophysikalischen Observatorium von Tiflis durchsucht, wo er laut seiner Biographie seit Dezember 1899 wohnte. Obwohl er dort nur Hausmeister war, hatte er doch Zugang zu den Apparaten des Observatoriums und nutzte sie gelegentlich zur Betrachtung der Himmelskörper. Was für ein Thema für ein Wandgemälde: *Der junge Stalin beobachtet den gestirnten Himmel über sich und erkennt das moralische Gesetz in sich …* Aber Scherz beiseite: Es muß so gewesen sein, daß Iosseb Dschughaschwili, der durchaus einige schamanische Züge trug, diese nutzte, um sich, wie man heute sagt, ins pardimemische Netzwerk zu »hacken« und dort einige Fragmente der Pardimemischen Prophezeiung abzufangen. Glücklicherweise war die Nachricht verschlüsselt, und Stalin konnte nur einen kleinen Teil davon lesen; außerdem war zu dieser Zeit sein Gehirn vollauf damit beschäftigt, die Schriften Wladimir Lenins zu verdauen, wodurch er eine gewisse interpretatorische Unbeweglichkeit und Parteilichkeit angenommen hatte. Daher entdeckte er zwar die Prophezeiung, daß »die Kuh zum Mond fliegen« wird, seine ideologische Prägung aber ließ sie vor seinen Augen als »den unmittelbar bevorstehenden Sieg des Proletariats im revolutionären Klassenkampf« erscheinen. Immerhin aber war er imstande, einige Bruchstücke aus der Nachricht zu extrahieren, über bevorstehende quasireligiöse Aktivitäten in Tiflis, an denen ein Hochlanddichter und einige dubiose Visionäre beteiligt sein sollten. Das Ganze kam ihm aber so wirr vor, daß er es als unwichtig abtat. *Objektive historische Prozesse sind weit wichtiger als quasireligiöses Getue,* schlußfolgerte er.

»Gewalt ist die Hebamme der Revolution!« würde er später verkünden, und, ja, dieser Mann fürs Grobe war bei der Geburt der Historie zugegen. Früh schon begann er sich zum künftigen Minister für kreative Gewalt zu formen. Konnte seine Mutter Keke das billigen? Wieso wurde er nicht Schuster wie sein Vater Bessarion, der ungehobelte Säufer? Ja, ein *totalitärer Schuster,* der Menschenleben als Leder für die Stiefel der Historie verwendete.

Koba sollte an diesem Abend eigentlich nicht in dem persischen Gasthaus auftauchen; das widersprach den Grundregeln des politischen Untergrunds. Doch seine Begeisterung für Pschawela war größer. Außerdem suchte die Polizei eher in Arbeitervierteln nach ihm als in teuren Restaurants im Stadtzentrum.

Koba war auf dem Rückweg von einem konspirativen Treffen mit jungen Revolutionären gewesen, als er Pschawela im Park bei der Schlägerei sah.* Er blieb stehen und schaute zu, dann folgte er Pschawela zu dem Gasthaus, wo er, hinter einem Vorhang verborgen, den Hochländer und seine Begleiter ausspionierte. Er erhaschte einige Brocken der Unterhaltung über die Musik des *Sazandar* hinweg, doch nur abgerissen und schwer zu verstehen.

Was brachte ihn dazu, sich selbst zu verraten und den »Meister« anzusprechen? Und dazu noch mit einem Funken Ironie? Seine Arroganz und sein Ehrgeiz. Außerdem steckte Ironie in jeder Faser seines Wesens. Als er dann der absolute Herrscher über fast den halben Erdball wurde – »Vater aller Völker« nannte man ihn in der Sowjetunion –, ließ seine Ironie nach und wurde zu schwarzem Humor. In den späten 40er Jahren bat ein Schauspieler namens Micheil Gelowani, der im Sowjetfilm Stalin darstellte, um die Erlaubnis, ein paar Tage auf der Datscha des Diktators in der Nähe von Moskau verbringen zu dürfen, um »einen besseren Eindruck vom Charakter des Großen Führers zu bekommen, seine Gesten zu studieren, seinen Gang ...« etc. Als diese ernstgemeinte Bitte an Stalin herangetragen wurde, antwortete er: »Wenn der Genosse Gelowani einen besseren Eindruck von

* Einer dieser jungen Revolutionäre war der Großvater meiner Frau, der sich 1936 während der Großen Säuberung das Leben nahm.

meinem Charakter und einen tieferen Einblick in meine Gestik bekommen möchte, warum geht er dann nicht in das sibirische Arbeitslager Turuchansk, wo ich meinen Dienst als proletarischer Revolutionär leistete?« Nicht übel, oder?

Und so geschah es, daß *round about midnight* – wie der Schamane des Jazz-Pianos, Thelonious Monk, sagte – der junge Stalin Wascha-Pschawela gegenübertrat, der, von der Betrachtung der Drucke abgelenkt und keineswegs erfreut über die dreiste Einmischung, dem »Jungen« einen mißbilligenden Blick aus seinem gesunden Auge zuwarf.

Meine Freunde, es gibt eine durchaus populäre Legende in Georgien, der zufolge irgendwann irgendwo – niemand weiß Genaues – Pschawela den jungen Stalin mit einem Kinnhaken zu Boden geschlagen haben soll. Könnte das eines Nachts in einem persischen Gasthaus geschehen sein? Es könnte ..., doch sei es fern von mir, meine Geschichte mit derlei nicht verifizierten Märchen und Legenden aufzumöbeln! Laßt uns deshalb diesen Ort verlassen und zu unserem Schäfchen zurückkehren, genauer gesagt unserem schwarzen Schäfchen Madame Przybyszewska oder Dagny Juel.

Als nächstes sehe ich sie von Tiflis nach Westen reisen, ans Schwarze Meer. Der Zug fährt langsam, auch wenn es sich laut Fahrplan eigentlich um einen Schnellzug handeln sollte. Sie ist mit Zenon und WładEmeryk unterwegs, der seinen Geschäftspartner in Poti oder Batumi oder irgendwo dort treffen will ... *nach Westen, wo die Sonne untergeht.*

Das Schwarze Meer – der Name fasziniert sie. Ein schwarzsamtener Abgrund, auf dessen Boden riesige Blumen blühen, zwischen denen ihre Seele schwimmt ... der Zug wird sie zu sich selbst zurückbringen, zu den finstersten Winkeln ihrer Phantasien. *Wenn die Sonne untergeht* war der Titel eines ihrer Dramen, ein weiteres expressionistisches Experiment mit Dreiecksbeziehungen ... ihre Liebe zur Geometrie ... »Oh, wie sehnst du dich danach, meinen Fuß wieder auf deinem Nacken zu spüren«, sagt eine der männlichen Figuren darin zu seiner Geliebten, die ihren Mann verlassen hat in dem Bewußtsein, daß ihn das zerbrechen wird.

Alle Dramen Dagnys handeln von der Abtötung der Unschuld: Du mußt die Unschuld in dir ermorden, um dein wahres Ich zu entdecken, das wiederum aus Rache dich zerstören wird – das ist die niederträchtige Dialektik körperlicher Liebe. Oder ist es vielleicht nur das spießige Drama einer emanzipierten Bürgersfrau?! Wenn sie Ehebruch begeht, versündigt sie sich am Heiligen Geist ... doch ihre Dramen handeln nicht allein von Ehebruch; eines beschreibt den Tod von jemandem, der im Weg war: *Sie mußte sterben. Es war uns ein großes Glück, daß sie ins Wasser ging ... Jetzt ist sie aus dem Spiel.* Nun, basiert nicht die ganze Welt auf genau dieser Art Zerstörung, dem Selbstopfer, dem Selbstmord der Unschuld?! Christus im Todeskampf am Kreuz – beging da nicht Gott Selbstmord zur Erlösung der Menschen? Unschuldige müssen geopfert werden, um die Erschaffung der Welt nachzuspielen und sie aufrechtzuerhalten, denn die Welt wurde geschaffen durch die Zerstückelung Gottes. Töte den schrecklichen Engel im Haus, *es ist zu schwer für dich, gut zu sein, es laugt dich aus, es fühlt sich an wie ein schwerer Mühlstein um deinen Hals ... ich kenne deine arme böse Seele, und ich liebe sie ...*

Zenon schläft auf ihrem Schoß. Sie streichelt seinen Kopf, aber ein totes Kind singt in ihrer Seele, von Maden zerfressen, und prophezeit ihr Vernichtung von außerhalb ... sie wandert tief in das Labyrinth, zu ihrem wahren Ich hin ... der Minotaurus ... nein, sie ist Pasiphae, die lüsterne zoophile Königin, die den Stier begehrte und ein Monster gebar. Aber ist Sexualität so einfach? Nur willige Unterwerfung unter überwältigende Konvulsionen und obszöne Triebe? Sind diese Triebe überhaupt obszön? Was will eine Frau – *eine Frau, die viel geliebt hat?* Was hat sie dazu gebracht, *viel zu lieben?* Was sind diese Attacken des Begehrens, die einen die gesellschaftlichen Normen, gar die menschliche Natur vergessen lassen? Nein, ich spreche nicht von der weiblichen Erotik, nicht von der Sehnsucht nach einem Mann, durch den eine Frau sich eine Stellung schaffen könnte. Es gibt Frauen, die sich nach mehr sehnen, nach der Berührung durch einen Gott, danach, daß Er *seine pulsierende Masse in ihren Wald pflanzt und sich dort ausregnet.* Es geht darum, dasjenige begreifbar zu machen, das über die Wahrnehmung hinausgeht, und der Name für dieses Gefühl ist *Entzücken. Ja, er kennt meine arme, böse Seele … und er liebt sie.*

Emeryk, der vor ihr sitzt, stellt ihr eine Frage. Sie antwortet nicht. *Töte den schrecklichen Engel in deinem Zimmer, töte die falsche Unschuld …* Es *ist* verlogen, weil es nur existiert, um den gesellschaftlichen Mechanismus zu schmieren. Emeryk ist bloß ein Detail … Nein, sie ist diejenige, die von den Unschuldigen *eine Nutte* genannt wird. Aber sie ist keine Nutte! Höchstens eine Tempelhure, die sich Fremden hingibt und sie zu ungekannten Göttern führt. Aber Emeryk ist leider nun mal kein Fremder, er ist bloß ein Detail, aber verrückt nach ihr, ja, *ein verrücktes Detail …* und er weiß nicht, was *Entzücken* ist. War es die Tempelhure in ihr, die sie mit diesem Mann flirten ließ, Georges Georgiadis, den sie vor ein paar Tagen zu sich bestellt hat, um über seine »Heiligen Tänze« zu sprechen? Der Schwarze Grieche, wie er sich selbst nannte, ein dunkler, kleingewachsener Mann mit stechendem Blick. Ja, er *war* ein Fremder, ein mysteriöser Reisender, dem sie die Schönheit ihres Frauseins auf dem Altar des Unbekannten Gottes offenbaren konnte … sie stellte sich vor, wie sie ihn in einer fahrenden Kutsche liebte, à la Madame Bovary … wie emanzipiert von ihr! Und wie unschuldig spießbürgerlich. Der Schwarze Grieche … die Tänze, die er ihr vorführte, waren mehr als ungewöhnlich: *Der Kamelderwischtanz* zum Beispiel, bei dem Mensch und Tier einander bewohnen und unterstützen; sie sprechen eine gemeinsame Sprache, die Sprache des Seins. Dann folgte *Sema,* der Tanz der Sufi-Derwische, die sich drehen und drehen in Ekstase, wie sich alles in dieser Welt dreht, von den Atomen bis zu den Planeten. »Ihre hohe kegelförmige Kopfbedekkung ist der Grabstein über ihrem Ich«, erklärte Georgiadis, »und ihr weißer Rock ist das Leichentuch des Ichs … sie sterben, um wiedergeboren zu werden in einem Tanz zur Vollkommenheit.« Ja, auch sie töten falsche Unschuld, die von der Unterscheidung zwischen Gut und Böse verdeckt wird … eine wahnhafte Unterscheidung, die als Fluch auf dem Westlichen Denken liegt; es braucht Belehrung aus dem Osten, muß die Freude des spirituellen Tanzens lernen, um seinen Wahn zu brechen. Er hatte von Freude, von Entzücken gesprochen und von freiwillig auf sich genommenem Leiden, einem Leiden, *das bewußt ist, das um sich weiß …* Und ja, er hatte auch von Der Liebe gesprochen als »innere Arbeit«, als die authentische Fülle des Seins. Sie war gefesselt von den orientalischen Schriften, auf die er sich bezog und die von der Kunst der Liebe handelten, davon, wie ein gewöhnlicher Geschlechtsverkehr transformiert werden könne in eine metaphysische Harmonie zwischen Körper und Seele; in Der Liebe betet man wechselseitig sein/ihr unendliches Anderssein an, und Kenntnis erotischer Praktiken bereitet den Weg zu einem höheren Wesen. Danach lud er sie zu einem besonderen »Fest« ein, das Anfang Juni im Deutschen Garten veranstaltet werden sollte. Dann sprach er von Bach als einem »Schamanen« – ihren Musikprofessor in Berlin hätte der Schlag gerührt. Er drückte sich nicht besonders klar aus, was dieses »Fest« betraf, nannte es abwechselnd »Kosmische Agape« und »Fest der Himmlischen Liebe«. Versuchte er einfach, sie ins Bett zu kriegen, dort die Sterne zu betrachten und eine sexuelle Entsprechung zur *Kunst der Fuge* aufzuführen?! Jedenfalls nicht in einer fahrenden Kutsche, das ganz sicher nicht ... er mußte über Heilkräfte verfügen, dieser Schwarze Grieche – er hielt seine Hände über sie, und ihre Kopfschmerzen hörten auf, und sie spürte eine Ruhe und einen Frieden, wie sie sie nur bei Wanderungen in ihrer Kindheit mit ihren Schwestern durch neblige Wälder oder am Strand entlang erfahren hatte ... *Das Schwarze Meer* ... sie war auf dem Weg zurück zu sich selbst.

Der Zug hält. Ihr Ziel ist Kutaissi, und sie haben die Hälfte der Strecke hinter sich. Jetzt haben sie eine Stunde Zeit, sich die Füße zu vertreten und etwas zu essen. Zenon ist sehr froh darüber.

Im Bahnhofsrestaurant begegnen sie einem Engländer, der sich als Oliver Wardrop vorstellt, ein Diplomat, Vizekonsul Seiner Majestät in Kertsch auf der Krim. Was brachte ihn nach Georgien? Nun, ein starkes Interesse, man könne auch Sympathie sagen, für Land und Leute. Ja, die Hauptattraktion Georgiens sind seine Menschen; die Georgier sind nicht nur schön anzusehen, sie sind in ihrem Wesen ein liebenswertes Volk ... unter so offenherzigen, fröhlichen, freigiebigen, ehrlichen, spontanen Menschen zu leben sei die beste denkbare Medizin gegen Melancholie und Misanthropie. Genau das hat Wardrop in seinem Reisebuch geschrieben, das 1888 erschien und sehr positiv aufgenommen wurde. Schon seit über dreizehn Jahren kommt er regelmäßig nach Georgien und hat sich mit Intellektuellen und Schriftstellern angefreundet, deren Werke er gemeinsam mit seiner Schwester Marjory ins Englische übersetzt hat. Fürst Ilia Tschawtschawadse und Wascha-Pschawela zum Beispiel – letzterer ein höchst bemerkenswerter Dichter aus dem Hochland, der Tiere und Pflanzen zum Sprechen bringt. Dagny sagt, sie habe von ihm gehört, von einem anderen bemerkenswerten Mann, den sie vor ein paar Tagen kennengelernt und der sie von quälenden Kopfschmerzen befreit hat. Sie hätte ihn zu gerne auch etwas gegen die Melancholie ihres Freundes tun lassen, setzt sie hinzu und meint Emeryk. Der arme Mann wird auch noch immer mehr zum Misanthropen ... aber sie will ihn natürlich nur necken und streicht sanft über seine Wange. Emeryk weicht dieser falschen Zärtlichkeit aus und und fragt den Vizekonsul Seiner Majestät, was ihn dieses Mal nach Georgien bringe. Wardrop erklärt, auf einer Fundraising-Mission zu sein, wozu er sich mit Ölmagnaten aus Baku und Batumi treffe, um sie um Unterstützung für kulturelle Projekte zu bitten. Kulturelle? Ja, es gibt Anfang Juni einige bereits fest geplante Veranstaltungen; zum Beispiel wird ein britischer Künstler eine Laterna-Magica-Projektion zeigen mit mystischen Bildern aus einem mittelalterlichen georgischen Epos, Illustrationen eines österreichisch-ungarischen Malers. Das Epos heißt *Der Recke im Tigerfell* und ist von Schota Rustaweli. Wardrops Schwester Marjory hat es ins Englische übertragen. Dagny fragt, was für eine Art Epos das denn sei. Wardrop zitiert aus dem Anfang, den fast jeder Georgier auswendig kann: »Jene Liebe, jener Urtrieb, zur Vollendung hochgetrieben, den ich singen will und sagen, bleibt unsäglich, unbeschrieben. Wirkt sie auch beflügelnd, jene Kraft, hingebungsvoll zu lieben, ist doch keinem, der sie kannte, grimmes Leid erspart geblieben.« Das Epos spricht auch von *niedrer Buhlschaft,* doch imitiert diese nur die höhere, die *in brünstiger Andacht Himmelshuld erflehen* will … Es handelt von Wanderschaft und Einsamkeit, Verzückung und Heimsuchung, kurz von *Passionen.* Zufällig wird dieser Vorstellung die Aufführung der *Johannes-Passion* von Bach folgen. Die Musiker kommen nur für diese Aufführung aus Leipzig.

Gedanken an das Fest der Liebe steigen wieder in Dagny hoch … Die *Agape,* von der Der Schwarze Grieche sprach.

»Wie interessant!« sagt sie. »Welch ungewöhnliche Verquickung von orientalischer Mystik mit europäisch-protestantischer Musik!«

»Da haben Sie recht«, stimmt ihr der Diplomat zu. »Dieses Land ist selbst eine Verquickung von West und Ost. Früher war es von den großen Mächten des Orients besetzt gewesen, von Persien und dem Osmanischen Reich. Heute kommt es den Georgiern geradezu so vor, als würden sie von den Europäern wiederentdeckt.«

Das Gespräch wechselt zu gegenwärtigen politischen und ökonomischen Themen, die Emeryk mehr interessieren; gerne redet er über das Öl- und Mangan-Geschäft, Warenverkehr, den Marcus-Samuel-Tanker *Murex* (1890 fertiggestellt, 5000 Tonnen), die Aussichten auf bessere Handelsverbindungen zwischen Turkistan und Europa über den Kaukasus, den bedauernswerten Zustand der georgischen Eisenbahn und derlei mehr.

Dagny sitzt daneben und hört seinem leeren Gerede kaum zu. Worte treten in ihren Geist, schweben hernieder wie die Federn eines Vogels in eisernem Käfig. Sie bewegt sich nur auf der Oberfläche der Dinge … nein, sie steckt tatsächlich fest, atem- und bewegungslos. Sie fühlt sich wie eine gemalte Dryade in einem gemalten Wald. Plötzlich spürt sie, wie jemand sich verzehrt in dem Wunsch, in sie einzudringen, als studierte er dieses gemalte Bild und stellte sich in einem Anfall von Wahnsinn vor, in ihren nacktfunkelnden Körper einzudringen. Sie spürt eine auratische Präsenz um sich her, ein bißchen wie ein sanfter Wind, der durch ihr Haar fährt. Eine seltsame Fülle durchdringt sie … den eisernen Käfig aus Worten … die rationale Welt reißt auf durch eine unaussprechliche Bedeutung, die von jenseits kommt und unter lüsternen Atemstößen zu ihren Sinnen spricht, sie mit einem süßen und feinen Schmerz erfüllt … dann verliert sie das Bewußtsein.*

Als sie wieder zu sich kommt, ist sie im Zug, und Zenon, Emeryk und der britische Diplomat sitzen mit besorgten Mienen um sie herum. Sie ist auf dem Weg zum Schwarzen Meer – nach Westen, wo die Sonne untergeht. »Ich muß nach Tiflis zurück«, sagt sie mit schwacher Stimme.

Es war Gurdjieff, der Tiger von Turkistan, der während der intensiven Betrachtung des Munch-Bildes – er studierte es

* Das letzte Kapitel von J.M. Coetzees Buch *Elizabeth Costello* ist ein fiktiver Brief aus dem Jahr 1603 von Lady Chandos an Francis Bacon. In diesem Brief spricht Lady Chandos von »extremen Geistern«, noch ungeboren, die das unsagbare aussprechen werden, »wo Worte unter den Füßen nachgeben wie morsche Bretter«. Könnte Dagny einer dieser Geister sein? Ich weiß es nicht. Doch würde ich behaupten, daß die verrückten Meister der avantgardistischen Kunst und Lyrik 300 Jahre nach Lady Chandos sich als »extreme Geister« erwiesen haben. Infolgedessen sehe ich Dagny als eine *dekadente* Maria Magdalena, die dem Christus der Moderne mit ihren Tränen die Füße wäscht und sie mit ihrem Haar trocknet.

wie ein Dermatologe, der die Haut seines Patienten untersucht – den Versuch unternahm, in Dagnys Körper einzudringen.

Ich sehe einen gedeckten Tisch vor mir, im Ortatschala-Garten – dem angenehmsten Ort von Tiflis. Gurdjieff, Pschawela und Pirosmani trinken dort Tee. Pirosmani sitzt schlafend zwischen den beiden anderen, und Gurdjieff und Pschawela bedienen sich seiner als Kissen, um ihre Ellbogen aufzustützen, während sie über seinen Kopf hinweg miteinander reden. Sie trinken Tee aus Gläsern mit geschwungener Wandung, wie man sie in der Türkei und in Persien benutzt; man sollte aber bei dieser Gelegenheit nicht unerwähnt lassen, daß in Georgien oft Rotwein aus solchen Gläsern getrunken wird.

»Warum ist die Liebe so stark wie der Tod?« fragt Gurdjieff und klingt dabei wie der verrückte Hutmacher bei der Frage: *Was hat ein Rabe mit einem Schreibtisch gemeinsam?* »Gott stellt diese Frage durch mich, denn nur in bezug auf den Menschen ist Gott so unsicher, daß er Fragen stellen muß.«

»Das Hohelied!« sagt Pschawela. »Ich mag Lieder ... und die Hohefrage – ich mag Fragen ...«

»Wenn der Tod aus allem nichts macht, dann macht Die Liebe alles aus nichts«, fuhr Gurdjieff fort. »In beiden Fällen wird Energie freigesetzt, die Existenz und Nicht-Existenz, Ich und Nicht-Ich verbindet. Das ist die Bedeutung des Wortes *Kraft*. Diese Energie wird verwendet, um das Übel der Entropie zu bekämpfen, das sich mit der menschlichen Ordnung ausbreitet, von der Vernunft sowohl Entitäten wie Nicht-Entitäten auferlegt. Der Heraufkunft des entropischen Übels der menschlichen Ordnung kann nur widerstanden werden durch das Eingreifen des Göttlichen Chaos, und Die Liebe ist Das Göttliche Chaos in uns.«

Gurdjieff hält inne und fragt die anderen, ob sie verstehen, was er sagt. Sie antworten nicht.

»Der Tod ist menschlich, allzumenschlich«, doziert er weiter. »Nur Menschen sterben, Pflanzen und Tiere nicht – sie kehren lediglich zu ihren Ursprüngen zurück. Daraus folgt, daß Tod Ordnung ist. Schaut euch die Friedhöfe an, die Gräber, was für eine Gleichförmigkeit, Uniformität – wie berechnet alles dort ist! Und jetzt schaut auf die Ruhestätte Der Liebe – was für ein Chaos von Laken, Kissen, Decken, Schenkeln, Händen, Keuchen, Stöhnen, Pulsieren ... drücke ich mich deutlich genug aus?«

»So klar wie der Urin des Rehs, wenn er auf das zurückgebogene Köpfchen des Veilchens fließt«, kommentiert Pschawela und bohrt dabei mit taschentuchumwickeltem Finger in seiner Nase.

»Nun gut, dann breite ich es noch einmal vor euch aus.« Gurdjieff läßt sich nicht beirren. »Wenn der Tod unsere kleine Schwester ist, wie der Derwisch von Assisi sagt, was ist dann Die Liebe für uns?«

»Unsere Schwester ist klein und hat keine Brüste: Was soll sie für uns tun, wenn ... im Frühtau zum Sterben wir ziehn, Fallera ...« singt Pschawela.

»Die Antwort ist in der Flasche«, sagt Gurdjieff, nimmt die Weinflasche vom Tisch und stellt sie sich auf den Kopf. Er beginnt einen traditionellen georgischen Tanz und hält die Flasche dabei aufrecht. Pschawela klatscht den Rhythmus dazu.

»Was glaubt ihr, wie alt die Existenz ist?« murmelt Pirosmani im Schlaf, ein bißchen wie die Heilige Teresa von Avila.

»Und was glaubst du, wie *jung* die Nicht-Existenz ist?« fragt Gurdjieff zurück.

»Gott vervielfacht die Menschen, um die Fragen zu vervielfachen, und Er ist zu verliebt, um Antworten zu finden …« schließt Pschawela.

»Gott sagt: ›Ich werde vollkommen durch dein Leben. Jede Seele, jede Seele vervollkommnet Mich‹«, zitiert der tanzende Gurdjieff Hafis. »Deshalb vervielfältigt Er Fragen.«

»Nein, deshalb ist das wahre Opfer das Menschenopfer!« erklärt Pschawela und niest.

»Möge Gott dich kitzeln, Bruder«, murmelt Pirosmani. »Killekille, killekille …«

Um ihn zum Schweigen zu bringen, steckt Pschawela ihm ein Stück Brot in den Mund.

»Als sie mich küßte, mit Küssen auf den Mund, wurde ich unsichtbar«, bringt Pirosmani hervor und spuckt das Brot wieder aus. »Deshalb mache ich die Dinge sichtbar, eine Giraffe, einen Angler, eine Frau.«

Durch eine schmale Pforte hinter dem Tisch betritt Dagny Juel den Garten. Sie ist vollkommen nackt, trägt nur Pumps, goldene Ohrringe und Armbänder. Sie tritt an den Tisch und setzt sich in einen breiten Sessel am Kopf.

Gurdjieff tanzt zu ihr hin, während Pschawela aufsteht, sich vor sie kniet und ihre Füße küßt. Dabei stottert er: »Wie schön sind deine Füße in den Schuhen, du Tochter eines Edlen! Die Wölbungen deiner Hüften sind wie Halsgeschmeide, das Werk von Künstlerhänden, deine Brüste wie zwei Rehkälbchen, Gazellenzwillinge.«

»Wie können wir Gott lieben?« fragt Dagny wie in Trance.

Noch immer tanzend antwortet Gurdjieff: »Erst küßt du Seine Füße, dann Seine Hände, dann Seine Lippen … dann wird dein Geliebter seine Hand in das Türloch stecken, und Deine Eingeweide werden von ihm bewegt. So verschmilzt das Höhere mit dem Niederen, um gemeinsam ein Mittleres zu verwirklichen.«

»Das Sperma verschmilzt mit der Eizelle, um den Embryo zu erzeugen«, stellt Pschawela klar.

»Das ist das Gesetz der Drei«, fährt Gurdjieff ungerührt fort. »Es ist die Interaktion der drei Kräfte, die das ganze Universum bestimmt. Die *erste* ist die Heilige Bejahung, die aktiv ist, die *zweite* ist die Heilige Verneinung, die passiv ist, und die *dritte* ist die Heilige Versöhnung, die neutral ist. Na und? Sie sind alle aktiv, und nur in Relation zueinander werden sie unterschiedlich ...«

»Es ist, als ob du dich selbst ißt«, unterbricht ihn Pschawela. »Indem du dich selbst ißt, erhältst du dich.«

»Wie liebt man Die Liebe? Das ist der Trick«, fügt Pirosmani hinzu.

»Da gibt es keinen Trick, und die Heilige Teresa wußte das«, sagt Dagny. »*Er* tritt ans Ufer unserer Seelen, legt Seine Kleider ab und taucht in uns ein.«

»Du mußt aber in jedem Fall die Unstetigkeit der Vibrationen, die von Ihm ausgehen, passieren. Du bist deinem Geliebten so nahe wie ein Kosmos dem anderen, eine Beziehung, die permanent und immer gleich ist. Will heißen, du liebst Gott wie die Null die Unendlichkeit. Seine Unendlichkeit dringt in deine Null ein, wie seine feste Masse in deinen Wald eindringt und sich dort ausregnet«, erklärt Gurdjieff.

Wieder niest Pschawela.

»Möge Die Liebe dich zweimal kitzeln, Bruder«, sagt Pirosmani.

Pschawela lacht, auch Dagny und Pirosmani lachen. Gurdjieff hört auf zu tanzen.

»Unser Allmächtiger Alliebevoller Gemeinsamer Vater, Der Unendlich Einsseiende Schöpfer kitzelt uns, ja, wie er den Megalokosmos kitzelt und am Leben erhält«, stößt Gurdjieff in einem Lachanfall hervor. Die Flasche fällt von seinem

Kopf auf den Tisch und zerbricht; Rotwein färbt das weiße Tischtuch.

»Wieviel besser als Wein ist deine Liebe!« wendet sich Pschawela an Dagny.

»Und wieviel besser als Tee ist Wein!« variiert Pirosmani noch immer schlafend, nimmt sich ein Glas und trinkt es leer.

»Wenn eine Flasche zerbricht, entleert sich ihr Inhalt, so einfach ist das«, stellt Gurdjieff kategorisch fest. »Die Flasche, die aktiv ist, fällt auf den Tisch, der passiv ist, und bringt die Antwort hervor, die irgendwo in der Mitte liegt – neutralisierend. Ja, das Mittlere, das Dritte der gegensätzlichen Zwei ... ja, das Gesetz Der Liebe ist das Gesetz der Drei: Die Wirkungen einer Ursache müssen wieder zur Ursache zurückkommen und eine weitere Ursache hervorbringen, die andere Wirkungen hervorbringt und so weiter *ad infinitum*, hinunter in den Kaninchenbau. Und jetzt wollen wir mal sehen ...«

Er nimmt eine Glasscherbe, schneidet sich damit in die Hand und läßt ein paar Blutstropfen in den verschütteten Wein fallen.

»Was ist das?« fragt er.

»Wenn du dich in die Hand schneidest, blutet es«, antwortet Pschawela und niest wieder.

»Nein, das ist freiwilliges Leiden, das Wein in Blut verwandelt!« verkündet Gurdjieff. »Gut. Jetzt wollen wir ein paar Takte von dem hören, was ich *megaloskosmisches Solfeggio* nenne!«

Er nimmt einen Löffel vom Tisch und schlägt ein paar Geschirrteile an: *do, re, mi, fa, sol, la, ti, do.* »Hört ihr die Oktave, die aus einfachen Gerätschaften zum Teetrinken entsteht? Sie repliziert die Große Oktave, die das ganze Universum umspannt!« erklärt Gurdjieff. »Und sie führt das Gesetz der Sieben ein, das jede Entwicklung abdeckt, wie groß sie auch sein mag – unendlich groß oder unendlich klein, aufsteigend oder absteigend. Jeder vollständige Prozeß muß ausnahmslos sieben unterschiedliche Phasen aufweisen, wie in den Sieben Letzten Worten, der letzten Äußerung des sterbenden Gottes, festgelegt. Nehmen wir diese als Beispiel: ›Vater, in deine Hände lege ich meinen Geist.‹ Seht ihr, wie die Wirkung (*Sohn*) wieder eintritt in die Ursache (*Vater*)? Auch in diesem Fall sehen wir das Gesetz der Drei in Funktion.«

»Trinken wir auf das reine Sein ...« läßt sich Pirosmani im Schlaf vernehmen und nimmt erneut einen Schluck Wein aus seinem Teeglas.

Pschawela küßt weiter Stellen an Dagnys Körper; sie sitzt wie hypnotisiert da und scheint auf etwas weit außerhalb dieser Szenerie zu blicken.

»Hört zu«, insistiert Gurdjieff, »*do, re, mi* – die Ganztöne ... *fa* – der Halbton ... *sol, la, ti* – wieder Ganztöne ... *do* – der Halbton. Ich nenne das Das Gesetz des *Doremifasollasismus.*«

»Nein, Sie sollten es *Silasolfamiredomination* nennen«, schlägt Dagny vor.

»Sie hören wohl nicht mehr gut? Lassen Sie sich die Haare schneiden!« Gurdjieff ist verärgert. »Es ist nicht gerade höflich, idiotische Bemerkungen zu machen!«

»Nein«, unterbricht Pschawela, »sie sollte sich den Kopf rasieren lassen wie du, Tiger von Turkistan.«

»Ja, als ein Symbol«, stimmt Gurdjieff zu. »Als deutliches Zeichen, daß die Null ihres Geistes offen ist für die Unendlichkeit Unseres Allmächtigen Alliebevollen Gemeinsamen Vaters, Den Unendlich Einsseienden Schöpfer. Und dann ab ins Kloster!«

»Der menschliche Geist ist nicht Null!« protestiert Dagny.

»Doch das ist er!« beharrt Gurdjieff. »Er ist Null, bis er von der Unendlichkeit penetriert wird! Sobald das geschieht, wird die Null zu 1, 2, 3, 4, 5, 6, 7, 8, 9, 12, 13, 666, 999, 30.000, eine Million, eine Milliarde, eine Billion etc. *ad infinitum,* wie damals auf dem Ölberg!«

Mit diesen Worten hebt er eine Gitarre auf, die hinter seinem Stuhl lag, und schlägt laut ein paar dissonante Akkorde an.

»Trinken wir auf die Musik, meine Freunde«, murmelt Pirosmani.

»Vibrationen, Schwingungen!« ruft Gurdjieff und spielt eine Melodie aus dem Mittleren Osten auf nur einer Saite. »Die Megalokosmische Oktave besteht aus Schwingungen, und die Frequenz dieser Schwingungen ist unregelmäßig, sehr unregelmäßig, mit zwei vorhersagbaren Abweichungen genau dort, wo Halbtöne fehlen zwischen *mi–fa* und *ti–do.* Diese Unregelmäßigkeit ist die All-Schöpferische Unregelmäßigkeit Der Liebe, die der Schamane von Haizenakh entdeckt, geschätzt, entwickelt und geformt hat zu dem Geheimnis der Selbstverwirklichung und Selbsterkenntnis – der Aufstieg durch absteigende Halbtöne: *b–a, c–h* – er entdeckte ihn, als er diese Welt auf den Schwingen der schamanischen *Kunst der Fuge* hinter sich ließ ... ich nenne das *evolvierende Involution der Liebe,* und ich schwöre darauf bei den Rudimenten meines Kundabuffers!«

»Kundabuffer?« Dagny erwacht und schiebt Pschawela weg. »Was bedeutet Kundabuffer?«

»Es ist der Scherz eines Idioten«, sagt Pschawela.

»Ja, es ist der Sterz, mit dem Menschen geboren werden, um idiotische Scherze zu ertragen«, erklärt Gurdjieff. »Als die Menschen ihren natürlichen Schweif oder Sterz verloren, entwickelten sie unnatürliche, die sie benutzten, um sich an den Mond zu binden und die idiotischen Scherze zu verewigen, die sie sich selbst und allen anderen von sich erzählten.«

»Wird die Natur unterdrückt, dann fliegt die Kuh zum Mond«, setzt Pschawela hinzu und führt dann weiter aus: »Das Problem, meine Liebe, ist, daß, seit die Einheit des Ur-Leoparden auseinandergebrochen ist, die Menschen nur sehen können, was sie essen, statt zu essen, was sie sehen. Leider ist das wahr ... deshalb können die Menschen nur einen mageren, unterentwickelten Teil des ganzen Seins sehen – einen Laib Brot vielleicht, ein Stück Fleisch, Gemüse oder Nüsse und Beeren ...«

»Und sie trinken auch Wein«, sagt Pirosmani und nimmt noch einen Schluck.

»Dank dieses heimtückischen Organs also, des Kundabuffers, können die Menschen die anderen eßbaren Teile des Megalokosmos nicht erkennen«, beginnt Gurdjieff und ruft dann aus: »Mein Gott, es gibt aber so viele köstliche Dinge zu essen – eine solche unerhörte Vielfalt an Geschmack und unendlich nahrhafte Varianten! Aber nichts, *nichts,* läßt sich vergleichen mit dem Geschmack des Wortes Gottes, das Die Liebe ist! Es schmeckt besser, unendlich viel besser als Milch und Honig oder die Brüste einer Frau, die besser als Wein sind ...«

Hier unterbricht ihn Pirosmani: »Einspruch, Euer Ehren. Nur Wein kann besser schmecken als Wein.«

Gurdjieff beginnt zu singen und schlägt dazu wild in die Saiten:

Du bist, was du ißt
Du ißt, was du bist
Du bist, was du liebst
Du liebst, was du nicht bist.
Iß Gott, der Liebe ist
Iß Liebe, die Gott ist
Iß dich selbst, um dich für die Ewigkeit zu erhalten

Pschawela fällt in den Gesang ein:

Laß die Wälder sein
Laß deine Kinder sein
Laß Lebewesen sein
Laß einfach Leben sein

Pirosmani versucht einen Refrain:

Trink, trink, trink, trink ...
Trink, trink, trink, trink ...

Mit somnambuler Stimme psalmodiert Dagny:

Ich gab meinen Leib, damit er gekocht werde
in der Hitze deiner Küsse
für das Fest der Liebe, ja
komm, ja, komm, mein Geliebter
Ich bin das Schmalwild, du der Panther
ja, deine Liebe ist wie die Pantherklaue, ja
Komm mit mir, mein Bräutigam, vom Libanon
von den Wohnungen der Löwen,
    von den Bergen der Leoparden
Deine Liebe ist wie deren Zähne

iß mich, iß meine Schenkel
    und das Fleisch auf meinen Rippen
meine Hände, meinen Hals,
    du bist wie der Turm Davids, der in mich eindringt
Wo bist du, Liebster, hell entfacht in mir
mach mich zu deinem Flußbett,
    dein Wasser auf die tote Erde zu gießen
Sehnsucht und Zuneigung zu mischen
Du öffnest meinen Quell, entsiegelst meinen Brunnen
Komm, ja, komm in meinen Garten
Und iß meine köstlichen Früchte
Ja, meine Brüste sind deine köstlichen Früchte
Und mein Schoß ist dein Lustgarten von Granatäpfeln
Iß sie, die aufplatzenden, trink ihren süßen Saft
Verschlinge mich mit deiner Liebe,
    so daß ich in dir bin wie du in mir
Ich bin schwarz, aber gar lieblich, sündig, aber unschuldig
Komm nicht wie die Hüter,
    die mich fanden, schlugen und verwundeten
Aber komm in mich mit deinem heißen Samen
Und ich will deine Gedanken
    und deine Leidenschaft empfangen
Ja, deine Leidenschaft geht durch mich hindurch,
    durch meinen Leib
Den ich gab für das Fest der Liebe
Die deine, die meine Liebe ist
Die mehr als sie selbst ist, ja, nur Liebe ist besser als Liebe
Nur Liebe ist stärker als die Liebe, als der Tod,
    wenn du in mich kommst
Wie Heerscharen auf dem Schlachtfeld des Todes
Denn ja, Liebe ist stärker als Liebe
Was ist deine, was meine Liebe

Ja, mein Leib ist deine Liebe, die du ißt
Und ich bin, was ich liebe, und liebe, was ich nicht bin
Ja, ich bin, was ich liebe, und liebe, was ich nicht bin
Nicht bin nicht bin nicht bin, nichts bin, nichts bin
Nichts nichts nichts nichts …

Plötzlich taucht über der ganzen Szene ein riesiges Gesicht auf wie das Gesicht der Grinsekatze über dem Spielplatz der Königin. Es ist das Gesicht Kobas, des jungen Stalin. Er schaut von oben auf sie herunter mit scheelem Blick, grinst sie an, wie sie sich im Garten vergnügen. Sein Grinsen wird größer und breiter, größer und breiter, bis nur das Grinsen bleibt – nur das Grinsen und kein Stalin …

Schließlich verflüchtigt sich auch das Grinsen, verschwindet in der Luft, und die Szene ändert sich zu Edouard Manets *Frühstück im Grünen*. Die nackte Frau im Vordergrund ist Dagny; mit einem Funken Überraschung in ihrem ruhigen, heiteren Gesicht schaut sie *dich* an.

Sohrab Addin erwachte aus einem komischen Traum, Bruchstücke davon taumelten noch durch sein vernebeltes Gehirn; drei verrückte Kerle und eine verzauberte Frau hatten über die Liebe gesprochen und dabei Tee getrunken, der zu Wein wurde – eine Scheinagape, geträumt von einem Scheinderwisch. Er hatte die ganze Nacht auf einer Bank im Ortatschala-Garten geschlafen. Sein Schlaf war tief und erholsam gewesen, die Art von Schlaf, die Risse im Leben schließt; leider waren jedoch die Ärmel seines schmutzigen Jacketts zerrissen wie eh und je. Sohrab atmete die frische Gartenluft tief ein und wusch sein Gesicht im goldenen Dunst der aufgehenden Sonne. Er leerte seinen Geist und stimmte ihn auf den Gesang der Vögel in den Bäumen ein; ihre Musik war unwiderstehlich …

Zweiter Teil

Gornachur Harharch IV, Urenkel des ersten Gornachur Harharch, saß in seinem Forschungsnest auf dem Planeten Saturn und hörte Musik, die von der Erde kam. Genauer gesagt, kam sie aus der Stadt Straßburg in der Mitte des Kontinents Europa, und zwar aus der Kirche Saint Nicolas. Gespielt wurde sie von dem jungen Kantor der Kirche, einem gewissen Albert Schweitzer, der sich an Jesus von Nazareth und an Bach abarbeitete. Im Moment spielte er ein Stück von Bach, ein Orgelvorspiel mit dem Titel *O Mensch, bewein dein Sünde groß.*

Wie sein Urgroßvater war Gornachur Harharch IV Wissenschaftler, und wie alle Wesen auf diesem Planeten hatte er den Körper eines Raben. Von seinem berühmten Vorfahren hatte er besondere Fertigkeiten im Erfinden von allerlei Instrumenten und Apparaten geerbt. Dank dieses Erbes hegte er großen wissenschaftlichen Enthusiasmus für etwas namens *Okidanoch:* ein einzigartig aktives Element, dessen Eigenschaften der Hauptgrund für jede Form der Existenz im Universum sind. Es wird bestimmt vom Prinzip der einbezogenen Mitte, bei dem zwei gegensätzliche Begriffe durch die Einbeziehung eines dritten ihre eigenständigen Werte verlieren. Genau so beschreibt die Quantenphysik den Status, in dem Objekte gleichzeitig Wellen und Teilchen sind. Die Kombination dieser drei bringt ein viertes Element hervor, das *Ätherokrilno,* das dem Okidanoch den Charakter eines Stoffs verleiht.* Gornachurs Experimente konzentrierten sich im wesentlichen auf diesen Stoff.

* *Okidanoch* und *Ätherokrilno* sind Begriffe, die zuerst in Gurdjieffs *Beelzebubs Erzählungen für seinen Urenkel* auftauchen. Gornachur Harharch ist ebenfalls seine Erfindung.

Zu einem gewissen Grade war Gornachurs Begeisterung nicht ungefährlich, denn sein Urgroßvater war im gesamten Universum in Ungnade gefallen, weil er mit genau diesem Okidanoch experimentiert hatte, ebenso mit dem heiligen Mysterium der Substanzen. Der alte Gornachur war verrückt genug, die Möglichkeit künstlicher Manipulationen durch die Trennung und Neuzusammensetzung der drei Elemente des Okidanoch in Betracht zu ziehen.

Doch der junge Gornachur erwies sich als erdverhafteter (ich sollte wohl eher »saturnverhafteter« sagen); er konzentrierte sich auf das Ätherokrilno, das in seiner Beziehung zum Okidanoch ein wahres Kuddelmuddel von Bewegungen, Transformationen und Energieübertragungen ist. Es steckt voller unbeschreibbarer Bedeutungen, die vom Okidanoch ausschwingen, hervorgebracht von der Sphärenmusik innerhalb und außerhalb des Sonnensystems. Um diese Bedeutungen in intelligible audiovisuelle Einheiten zu transformieren, erfand er einen multidimensionalen, semiotischen Raum-Zeit-Apparat, den *Linguo-Chronotopos Beschleuniger;* dieser Apparat ermöglichte ihm die audiovisuelle Darstellung jedes beliebigen Bedeutungsclusters aus den diversen Ecken des Universums, er konnte diese entziffern und in Form von Ätherogrammen beantworten. Der Umfang dieser Korrespondenz wuchs ins Unermeßliche; selbst mit den entferntesten Galaxien tauschte er sich aus. Der alte Gornachur wäre verdammt stolz gewesen auf seinen Nachkommen!

Wegen dieser Erfindung kontaktierten Die Stimmen Gornachur Harharch IV und beauftragten ihn mit (wörtlich): »Beschleunigung und Erhöhung der Schwingungen zur Auffüllung des Obligatorischen-Lücken-Aspekts-im-ununterbrochenen-Fließen-des-Ganzen, wie von einigen kreativen federlosen Zweifüßlern übermittelt, die planen, diese Schwingungen in einem Ritual der Extraktion maximaler Bedeutung aus der geringsten Materialität zu entladen, das die Form einer Agape annehmen soll, die in einer urbanen Gegend zwischen zwei Meeren auf dem Planeten Erde bevorsteht.«

Wegen der gewaltigen Größe seiner galaktischen Bestandsaufnahme kostete es Gornachur einige Anstrengung, dieses winzige Projekt zu lokalisieren. In den letzten hundertfünfzig Jahren (unserer Zeit) hatte er den ungewöhnlich angenehmen Kombinationen von Geräuschen gelauscht, die vom europäischen Teil der Erde kamen; bemerkenswert schöpferische federlose Zweifüßler machten diese Geräusche mit Instrumenten aus Tastaturen, Saiten, Holz und Blech ... die ersten hundert Jahre seines Lauschens umspannten eine so komplexe Gegenüberstellung diverser melodischer Sequenzen, daß selbst Gornachur die Präzision, Vielseitigkeit und Fertigkeit dieser Zweifüßler bewundern mußte. Für ihn bildete die Tripelfuge den Höhepunkt dieser Musik: Aus drei verschiedenen Themen aufgebaut, wobei jedes erst einzeln durchgeführt wird, bevor es mit den anderen in einer überwältigenden Mehrstimmigkeit kombiniert wird und alles im aufsteigenden Absteigen der Halbtonschritte B-A-C-H kulminiert, bevor es in sich zusammensinkt. Von diesem Zeitpunkt an wurde die Musik aus jener Ecke der Erde weniger komplex, doch keineswegs weniger faszinierend; Sonaten, Konzerte und Symphonien zappelten in Gornachurs Apparat wie große Fischschwärme im Netz eines Fischers. Schließlich stellte er seine Raum-Zeit-Skala genau auf das terrestrische Jahr 1901 ein, und so landete er in der Kirche Saint Nicolas in Straßburg mit dem jungen Kantor Albert Schweitzer an der Orgel.

Gornachur konzentrierte sich auf das, was die federlosen Zweifüßler den »cantus firmus« des Orgelvorspiels nennen und das der Kantor nun interpretierte; neben der getragenen Melodie des cantus firmus sang eine andere Stimme in kontrapunktischer Manier, gekennzeichnet durch eine eingeschränkte Freiheit. Diese melodische Kombination brachte nicht nur eine akustische Resonanz in Gornachurs Apparat hervor, sondern gleichzeitig gestochen scharfe Bilder – einen gigantischen Zeigefinger, der über einem knienden federlosen Zweifüßler hing, wobei man sogar Worte hören konnte: »O Mensch, bewein dein Sünde groß!« Gornachur Harharch IV genoß diese Synthese aus Musik, Bild und Bedeutungsgehalt.

Ich kann nicht sagen, weshalb sich Gornachur für den Kantor Schweitzer interessierte, ich weiß nicht, ob es eine Zufallsauswahl war, wie unsere Statistiker sagen würden, oder ob eine Suche voranging, inspiriert durch Die Stimmen, die zu dem saturnischen Raben gesprochen hatten. Eines aber kann ich sagen, nämlich daß Gornachurs Projekt den lebensnotwendigen Gedankenaustausch zwischen Orient und Okzident auf dem Planeten Erde hervorhob – ein wechselseitig bereichernder *brain drain* sozusagen; eine Fusion diverser Bedeutungssysteme, die schöpferische federlose Zweifüßler aus dem terrestrischen Osten und dem terrestrischen Westen zusammenbringen würde. Eine solche Umschlingung aller Energien auf diesem kleinen Planeten war genau das, was man brauchte, um die glatte, vollständige Entladung der kosmischen Schwingungen zu sichern – den Geheiligten Stoff *Askokin* – während der erwähnten Agape, auch bekannt als Himmlisches Fest der Liebe ... Aber vorher will ich noch zu unserem »cantor firmus« zurückkehren.

Albert Schweitzer empfing den ersten flüchtigen Eindruck der Pardimemischen Vorahnung in Paris in den späten 1890er Jahren, als er beim Blick in eine neben ihm fahrende

Kutsche einen falschen Schamanen sah – Georges »le Tigre« Clemenceau, den künftigen Premierminister Frankreichs und Architekten des Friedensvertrags von Versailles, der schließlich zum Zweiten Weltkrieg führte. Bei der Betrachtung von Clemenceaus Gesicht unter einem glänzenden Zylinder verspürte Schweitzer gleichzeitig Ekel und Trauer: In den Zügen dieses Machtmenschen fehlte jegliche Spur von Spiritualität. Es ging sogar noch weiter, das Gesicht strahlte geradezu eine Aversion gegen spirituelle Fragen aus, es bestand ganz und gar aus unzivilisierter menschlicher Natur und unreflektiertem, rücksichtslosem Willen. So waren jene »Männer des Fortschritts« in der europäischen Politik damals, infiziert mit der machtbewußten Begierde, die verrückten Kuhmemischen Massen zu manipulieren. In diesem Jahr veröffentlichte Schweitzer seine Eindrücke und Gedanken in einem Buch über den Verfall der Kultur: Die Menschen konsumierten nurmehr, was bereits vor ihnen geschaffen worden war, existierten also als bloße Epigonen! Die Moderne war überwältigt vom Wahn der Organisationen, zwang so die Menschen in mechanistische Konsumgruppen – das war die Botschaft des Buches.

Doch war es nicht allein seine Einsicht in die Pardimemische Vorahnung, die Schweitzer zu einem brauchbaren Werkzeug für Gornachurs Aufgabe machte. Wie schon erwähnt, vereinigte Schweitzer in sich die Erfahrung und das Wissen der beiden spirituellen Gebiete, welche die hauptsächlichen Dimensionen der Agape bildeten: Die Musik Bachs auf der einen Seite und das Leben Jesu auf der anderen: präziser ausgedrückt, die Realität seiner Leidensgeschichte. Im Jahr 1901 schrieb Schweitzer zwei Bücher: *Das Abendmahl im Zusammenhang der Geschichte Jesu und der Geschichte des Urchristentums* und *Das Messianitäts- und Leidensgeheimnis:*

eine Skizze des Lebens Jesu. 1906 folgte seine wegweisende Studie *Geschichte der Leben-Jesu-Forschung.* In allen diesen Schriften legte er die Tiefe von Jesu Erkenntnissen dar, und mittels seiner meditativen Anstrengungen und schamanischen Ekstasen konnte Schweitzer die falschen Begrenzungen der Zeit überwinden und dem realen Christus begegnen, im Engagement für Seine eschatologische Mission.

Geht man davon aus, daß die Agape auf dem kollektiven Denkvorgang der Bachschen *Johannespassion* aufsetzen sollte, hätten Die Stimmen kaum einen besseren Protagonisten finden können als den jungen Kantor aus Straßburg; er verstand nämlich, daß das Letzte Abendmahl der extremen Materialisation einer Agape vergleichbar war und daß die Eschatologische Kraft von Christi Leidensgeschichte in Bezug steht zu der umfassenden Vision von Struktur und Geist in Bachs Kantaten und Passionen; den letzteren Punkt stellte Schweitzer in seinem herrlichen Buch über die unübertreffliche Kunst des Großen Schamanen von Eisenach dar.*

Schweitzers Theologie war eine rätselhafte Mixtur aus Agnostizismus und animistischem Pantheismus, die er selbst »ethische Mystik« nannte. Ein solches Denken bereitete ihn auf die radikale Entscheidung vor, die er später treffen würde: Mit 30 Jahren, enttäuscht von dem Verfall der europäischen Kultur, gab er Theologie und Musik zugunsten der Medizin auf und verbrachte Jahrzehnte in Gabun, wo er seine schamanischen Fähigkeiten unter afrikanischen Medizinmännern verfeinerte und die mittellosen Patienten be-

* Es soll hier festgehalten werden, daß Schweitzer immer die Besonderheit und außergewöhnliche Signifikanz des Vierten Evangeliums (d.h. des Johannesevangeliums) herausstrich; es enthält mystische Nachrichten von größter Bedeutung, die in den anderen drei fehlen.

handelte. 1954 wurde er mit dem Friedensnobelpreis ausgezeichnet.

Das Orgelvorspiel kam an sein Ende. »Bene!« lobte Gornachur in Latein, das er ziemlich gut beherrschte, seit er die Kirchenmusik des 17. Jahrhunderts genau studiert hatte – Gregorianische Gesänge, Messen und derlei mehr. Der nächste Schritt zur Erledigung seiner Aufgabe war dieser: Mittels des Linguo-Chronotopos Beschleunigers mußte er Schweitzer physisch an den Ort des bevorstehenden Ereignisses *transferieren,* also in »die kleine urbane Gegend zwischen zwei Meeren«. Nach dem Gesetz der Unstetigkeit schien ein solcher Transfer durchaus möglich; in die Sprache terrestrischer Physik übersetzt, würde er ein »elementares Wirkungsquantum« erfordern (wie es 1900 durch einen federlosen Zweifüßler namens Max Planck definiert wurde). »Wirkung« ist eine physikalische Quantität, die die Dimension Energie mal Zeit hat. Das Gesetz der Unstetigkeit macht jede denkbare Aktion möglich – man nehme zum Beispiel einen Vogel, der von einem Ast zum anderen flattert, ohne dazwischen einen Punkt zu berühren; er existiert auf einem Ast und erscheint plötzlich auf einem anderen. Als Quasi-Vogel (also als saturnischer Rabe) wußte Gornachur, wie man solche Transfers durchführte, im übrigen war das, was für die federlosen Zweifüßler allein im hypothetischen Reich mathematischer Theorie existierte, auf dem Planeten Saturn physikalisch möglich.

Da Die Stimmen darauf hingewiesen hatten, daß die Agape mit einer besonderen Art von poetischem Gewebe zu tun haben würde (hier kam das *Tigerfell* ins Spiel), sollte Gornachurs nächste »Etüde« (wie er seine Pilotmodelle für unstetigen Transfer nannte) auch einige federlose Zweifüßler der Poesie beinhalten – solche, für die Dichten und Leben eins war. Trotz ziemlich nebulöser Kriterien gelang es ihm, jemanden namens Rilke auszuwählen, dessen poetischer Diskurs von den anderen verseschmiedenden Zweifüßlern über den grünen Klee gelobt wurde.

Wie er nun zu seiner großen Aufgabe ansetzte, die Begriffe *Transfer* und *Unstetigkeit* schwirrten ihm im Kopf herum, hörte Gornachur Harharch IV plötzlich einen wüst krachenden Lärm aus dem Raum-Block seines Linguo-Chronotopos Beschleunigers.

»Der Raum ist am Arsch!« rief Gornachur, als er den Block untersuchte. »Ich werde auf jeden Fall Zeit brauchen, um ihn wieder hinzukriegen.«

Gornachur meinte damit, er würde einige Zeitextrakte in reinen Raum transformieren müssen, um dann damit die eingetretene Quantenunstetigkeitsfraktur zu flicken. Solche Transformationen waren nur mittels *objektiver Musik* möglich, mit der sich Gornachur jedoch auskannte.

»Könnte sein, daß es dort unten eine kleine Linguo-Chronotopos Konfusion gibt …« dachte der saturnische Rabe. »Ich will mal sehen, wie es läuft; manchmal erweisen sich solche Raumrisse als durchaus epochal und regen neue Entwicklungen und wichtige Veränderungen an; vielleicht werden die federlosen Zweifüßler ihre Raumwahrnehmung modifizieren. Ja … epochal! Fast schon *epochalyptisch!*« Während er solche Witzchen riß, beugte sich Gornachur über den Raumriß und murmelte die Worte »kin dza-dza!«, was auf saturnisch soviel heißt wie »shit happens«.

Ja, meine Freunde, die Quantenunstetigkeit, oder, um es anders auszudrücken: Die Tatsache, daß shit happens, läßt die Erde sich drehen und treibt auch meine Erzählung weiter.

Einige von Ihnen werden Milan Kunderas Roman *Die unerträgliche Leichtigkeit des Seins* gelesen haben. Neben anderen seltsamen Betrachtungen enthält das Buch auch eine bemerkenswerte Definition von *Kitsch.* Ich erinnere mich nicht an die genaue Formulierung, aber die Kernaussage ist diese: Der Kitsch ist die absolute Verneinung der Scheiße. Und das ist tatsächlich so.

Um jetzt zu beweisen, daß meine Geschichte ganz und gar kitschfrei ist, möchte ich einen weiteren bemerkenswerten Mann einführen: Semjon Arschakowitsch Ter-Petrosjan, der in der sowjetischen Geschichte unter seinem Spitznamen bekannt wurde: *Kamo.* Als glühender Revolutionär war Kamo hauptsächlich mit dem »Fundraising« der Partei betraut; Banküberfälle und andere kleinere Terrorakte waren sein Metier. Er war auch ein Sandkastenfreund Stalins – sie wuchsen zusammen in der sandkastenlosen georgischen Kleinstadt Gori auf; Koba kümmerte sich um den armenischen Jungen, als wäre er sein Bruder. Kobas Mutter, »Tante Keke«, mochte ihn ebenfalls sehr. Es soll auch nicht unerwähnt bleiben, daß Lenin Kamo mit größtem Wohlwollen behandelte und ihn deutlich als seinen Favoriten unter den Parteiaktivisten auszeichnete.

Kamo trat 1901 in die Partei ein – auf Empfehlung Stalins – und blieb ihr als treues Mitglied verbunden, bis er 1922 diese Welt verließ, unmittelbar nach dem sowjetischen Einmarsch in Georgien; eines schönen Abends fuhr er mit dem Fahrrad durch Tiflis – sein hauptsächliches Fortbewegungsmittel –, als er auf einem Hügel mit einem LKW kollidierte. Ein Unfall, sollte man meinen, aber angesichts der Tatsache, daß es damals in Tiflis nur zwei oder drei LKWs gab und auch kaum andere Motorfahrzeuge, war die Wahrscheinlichkeit eines Autounfalls äußerst gering. Derlei Unfälle geschahen selten ohne die Genehmigung eines hochrangigen Parteiführers: Könnte das Koba gewesen sein? Wer weiß? Wie dem auch sei, »die Revolution frißt ihre Kinder«, heißt es nicht zu Unrecht. Kamo wurde also von der Revolution gefressen wie ihre viel größeren Kinder Bucharin, Trotzki und viele andere.

Kamo wurde auf dem Hauptplatz von Tiflis begraben, heute heißt er Freiheitsplatz, neben einem kleinen Garten mit einer Puschkin-Büste – das erste Denkmal im gesamten Zarenreich, das an den Vater der russischen Literatur erinnerte.

Wie es so zu gehen pflegt, bekommt das Verb »fressen« aus einer anthropologischen Perspektive betrachtet eine besondere Bedeutung im Zusammenhang mit unserem Freund Kamo. Dieser nämlich weitete die Grenzen des Eßbaren enorm aus, indem er, und das ist leider ein Faktum, einmal seine eigene Scheiße fraß (auch wenn einige meinen, er habe dies mehrfach getan, spielt Quantität hier keine Rolle). Das geschah 1907 in Berlin, wo Kamo von der Polizei festgenommen worden war und wegen terroristischer Aktivitäten unter Anklage stand. Um zu beweisen, daß er weder Terrorist noch Bolschewik war, machte er auf geisteskrank, indem er seine eigenen Exkremente aß. Er war ein finsteres Genie.

Die bolschewistische Mentalität hat einiges von den revolutionären russischen Anarchisten der 1870er Jahre geerbt – die nihilistische Ideologie zum Beispiel und die Ablehnung jeglicher traditioneller Werte und Tugenden. Ohne jetzt in die erkenntnistheoretischen Feinheiten einer solchen Denkart vordringen zu wollen, möchte ich hier doch feststellen, daß es Kamo gelang, das Erbe seiner Vorgänger auf eine ganz besondere Art und Weise weiterzuentwickeln, weil das Fressen der eigenen Scheiße die ultimative Form des Nihilismus ist! Darüber hinaus war er ein kreationistischer Revolutionär, der an die Erschaffung von etwas aus nichts glaubte; wiederum anthropologisch betrachtet, ist Scheiße genau dieses Nichts, aus dem die Welt hervortritt. So erhält Kamos skatologische Aktion (oder vielmehr seine dekonstruktivistische Aktion, wie der Schamane des Schreibens, der Derwisch der Differenz und Tiger des Poststrukturalismus Jacques Derrida sagen würde) mythologische Dimensionen. Das kollektive Gedächtnis nämlich mythologisierte Kamo ein Stück weit in Liedern und Versen und machte ihn zum revolutionären Helden analer Phantasien.

Es lohnt sich, einen kurzen Vergleich anzustellen zwischen Kamos Koprophagie und der bei de Sade und Pasolini. Im Fall von de Sade ist das Essen von Exkrementen ein Akt totaler Freiheit, ein libertärer Durchbruch, der den Sieg über soziale Sitten und Normen symbolisiert, während für Pasolini, der politisch engagiert war, die Koprophagie gerade die Unterdrückung individueller Rechte und Freiheiten bedeutet: Faschismus und Totalitarismus werden gleichgesetzt mit dem gemeinschaftlichen Konsum gemeinschaftlicher Exkremente.

Genug mit Scheiße, kehren wir zu unserer Geschichte zurück.

Eines Morgens Ende Mai 1901 saßen Kamo und Koba in ihrem Underground-Hauptquartier im Avlabari-Bezirk von Tiflis und genossen ein einfach-proletarisches Frühstück.

»Koba-dschan, ich denke immer noch über dieses Buch nach, aus dem du mir neulich vorgelesen hast«, sagte Kamo. »Das war stark, verdammt stark sogar.«

»Welches Buch denn?«

»Das von Dostojewski, *Die Dämonen* ... es ist so lehrreich, wir können vieles daraus übernehmen.«

»Ja«, bestätigte Koba und trank einen Schluck Tee. »Wir werden daraus lernen, und wenn wir dann an der Macht sind, werden wir es verbieten.* Es handelt von kreativen Leuten wie dir und mir, die verzweifelt nach Mitteln und Wegen suchen, alle Menschen gleich und glücklich zu machen ... Puh, dieser lauwarme Tee schmeckt wie Urin. Guter Tee sollte wie der Kuß einer schönen Frau sein, heiß und stark.«

»Gut gesagt, Koba-dschan!« lachte Kamo. »Stark und heiß ... heiß und stark.«

»Ich rühre ein bißchen Kirschmarmelade rein, vielleicht hilft das.«

»Tante Kekes Kirschmarmelade ist unschlagbar. Wie geht es ihr denn? Hast du sie mal wieder besucht?« fragte Kamo, der an die schönen Zeiten seiner Kindheit in Gori dachte.

»Nein, Kamo-dschan, dafür haben wir keine Zeit«, antwortete Koba. »Die Revolution stellt dieselben Ansprüche an uns wie Christus an den wahren Gläubigen: Laß Brüder oder Schwestern oder Vater oder Mutter oder Weib oder Kind oder Äcker, nimm dein Kreuz auf dich und folge mir nach! Verzweifelte kreative Köpfe – erinnerst du dich an Schigalew, diesen hochbegabten Theoretiker politischer Reformen, wie er in mühevoller Kleinarbeit versucht, das ewige Problem

* Und das taten sie auch. Es war Lenin, der Dostojewski seiner ultrareaktionären Haltung und religiöser Verirrungen wegen denunzierte. Statt dessen hob er Tolstoi auf den Schild als »Spiegel der russischen Revolution«. Später, in den 1930er Jahren vermutlich, faßten ein paar Leute den Plan, in Moskau ein Denkmal für Dostojewski zu errichten; man hielt Debatten ab, um über die Inschrift darauf zu entscheiden. Einer der Schriftsteller schlug diese vor: »Unserem Freund Fjodor Michailowitsch Dostojewski von den dankbaren Dämonen.«

der Gleichheit zu lösen? Er ist die beste Figur, die Dostojewski je geschaffen hat.«

»Ja, Koba-dschan, an den habe ich gedacht, als ich von Dostojewskis Buch sprach.« Kamo gerät in Fahrt. »Die Revolution muß stark sein wie die Religion – heiß und stark!«

»Gleichheit, Kamo-dschan, Gleichheit ist, wenn jedes allen gehört, und alles jedem – das wird unsere Religion sein. Von der absoluten Freiheit zur absoluten Leibeigenschaft und von absoluter Leibeigenschaft zur absoluten Freiheit.«

»Ja, Koba-dschan, wie poetisch du dich ausdrückst! Fast wie der Oberdämon Werchowenskij, der in Dostojewskis Buch ausruft: ›Ich bin Nihilist, aber ich liebe die Schönheit!‹«

»Bei der Revolution geht es nicht um Schönheit, sondern um Mysterium, Kamo-dschan. Wer das Mysterium besitzt, besitzt die Wahrheit, und wer die Wahrheit besitzt, besitzt die Freiheit des Volkes.«

»Das klingt ziemlich unklar in meinen Ohren, aber im Geiste stimme ich dir zu, Koba-dschan. Ich würde es nur einfacher ausdrücken, damit das Volk es auch versteht: Nimm von den Reichen und gib den Armen und hart Schuftenden.«

»Aber was gibst du dem Volk, wenn die Vermögen der Reichen aufgebraucht sind, mein Freund? Hast du jemals daran gedacht?« fragte Koba im Tonfall eines Erwachsenen, der einen kleinen Jungen ausfragt.

»Ich weiß es nicht, Koba-dschan«, dachte Kamo laut. »Für mich scheint die Umverteilung der Reichtümer der Bourgeoisie unter den Armen zu genügen, damit sie das Lebensnotwendige haben, das ihnen jetzt fehlt.«

»Richtig, das Lebensnotwendige ... und was ist für den Menschen das Notwendigste?«

»Das weiß ich nicht, Koba-dschan, was ist es denn?«

»Das Mysterium, du mußt ihm die Wahrheit des Mysteriums geben«, dozierte Koba. »Das Mysterium der gemeinschaftlichen Arbeit. Nur gemeinschaftliche Arbeit kann die Massen befreien. Wir lassen die Leute riesige Fabriken und Dämme bauen, und sie werden sich in diesen Fabriken versammeln wie in Kathedralen oder Tempeln und die Gebete sprechen, die wir für sie schreiben – wir, der oberste Klerus der permanenten Revolution.«

»Was ist die permanente Revolution, Koba-dschan?« wollte Kamo wissen.

»Permanente Transformation.«

»Transformation von was?«

»Transformation von Liebe in Macht, Kamo-dschan, und Transformation von Macht in Liebe!« Koba wurde von seinem eigenen Gedanken beflügelt. »Ich würde es so sagen: Die Arbeiterklasse bringt Liebe hervor, die wir – Mitglieder des Ordens der kreativen Individuen – zu der Macht transformieren, die wir brauchen, um die Revolution zu starten. Das funktioniert aber auch umgekehrt: Wir, die kreativen Individuen, bringen Macht hervor, welche die arbeitenden Massen in Liebe transformieren, die wir wiederum in Macht transformieren. Das ginge dann endlos so weiter.«

»Koba, mein Bruder, was kann ich zu der permanenten Revolution beitragen?« fragte Kamo sichtlich aufgewühlt.

»Blut vergießen.«

»Blut?«

»Was ist die grundlegende Substanz aller Religionen?«

»Weiß ich nicht, Koba-dschan, schließlich war nicht ich auf dem Priesterseminar, sondern du.«

»Diese Substanz ist Das Blut«, sagte Koba nachdenklich. »Als ich meinen toten Vater sah, als sie ihn nach der Schlägerei nach Hause gebracht hatten, sein blutüberströmtes Gesicht, da bekam ich Angst. Ich war ja noch ein kleiner Junge damals ...«

»Oh, ich erinnere mich an diesen furchtbaren Tag, Koba-dschan! Der arme Onkel Besso!« sagte Kamo bekümmert. »Tante Keke hat geweint ... du hast bleich und zitternd in der Ecke gestanden ... aber warum denkst du gerade jetzt daran? Du klingst so seltsam ...«

»Zitternd, ja. Aber dann verwandelte sich meine Angst allmählich in Scham und Schmach.« Kobas Tonfall blieb nachdenklich. »Ich habe meinen Vater immer gehaßt – ein roher, bedeutungsloser Säufer. Aber als ich da seine blutenden Wunden sah und die Blutflecken auf meinen Händen roch, stiegen gemischte Gefühle in mir auf – Schuld und Trauer, beide mit Liebe vermischt.«

»›Angst schafft Liebe‹, Koba-dschan, wie der große Rustaweli geschrieben hat«, zitierte Kamo das Nationalepos.

Während seiner gesamten späteren politischen Karriere wird Stalin diesen Satz immer wieder verdrehen, um seinen Machtmißbrauch zu rechtfertigen: »Es ist weit sicherer, gefürchtet als geliebt zu werden.« Der junge Stalin aber vermischte noch revolutionären Idealismus mit einem verblasenen religiösen Dogma. Der rücksichtslose »Mann aus Stahl« kam erst später, nachdem Stalin den Tod seiner ersten Frau zu beklagen hatte; einigen seiner Biographen zufolge spielte diese Tragödie eine zentrale Rolle bei seiner Verrohung.

»Ja, das ist wahr«, stimmte Koba zu, »aber hier spreche ich von Blut als einer Substanz, die geheimnisvoller ist, als sie unser Rustaweli mit seinen Ideen von Liebe, Freundschaft, Ritterlichkeit je erträumt hat. Blut ist narkotisierend, deshalb haben es die christlichen Kirchenväter ins Zentrum ihrer Riten gesetzt. Schau dir die Bauern dieses Landes an, einfache Gläubige – die schlachten ihre Opfertiere nur aus einem einzigen Grund: um Blut zu vergießen. Die verstehen nicht mal den Sinn dieser verdammten Riten! Vergossenes Blut ist Das Wort der Gewalt, und, mein Bruder, durch Gewalt spricht die Zukunft zu uns. Ja, Gewalt bringt uns die guten Nachrichten aus der Zukunft näher, und wir Revolutionäre sind die Sachwalter der Zukunft; durch Gewalt machen wir die Zukunft zu unserer Realität, die große Zukunft der Befreiung des Menschen!«

»Oh, Koba-dschan!« rief Kamo aus. »Deine Rede läßt diesen lauwarmen Tee mit Kirschmarmelade wie besten kachetischen Rotwein schmecken!«

»Kamo, mein Bruder«, fuhr Koba fort, »wir müssen uns neue Formen der Gewalt einfallen lassen. Sie ist unsere kleine Schwester, und wir müssen ihr das Gehen beibringen. Wir brauchen kleine Terrorakte. Explosionen. Ja, wie Werchowenskij sagte, müssen wir mit Rebellion anfangen; wir brauchen zumindest ein kleineres Blutvergießen, nur ein bißchen, um die Leute in Rage zu bringen ... es gibt viel zuviel Saturiertheit unter uns, und das ist langweilig, so verdammt *langweilig!*« Nachdem er diesen Punkt so stark hervorgehoben hatte, hätte er gleich die Worte aus Shakespeares *Richard III* hinzusetzen können: »Und darum, weil ich nicht als ein Verliebter / Kann kürzen diese fein beredten Tage, / Bin ich gewillt, ein Bösewicht zu werden.«*

* Shakespeares wichtigste Dramen waren von Prinz Ivane Machabeli über ein Jahrzehnt zuvor ins Georgische übersetzt worden, es ist also durchaus möglich, daß Stalin sie gelesen hat. Auch wenn Prinz Machabeli kein geborener Pardimeme war, erlangte er durch seine Shakespeare-Übersetzung eine gewisse schamanische Höhe. Im Juni 1898 verließ er diese Welt auf höchst geheimnisvolle Weise: Er verschwand einfach, und sein Leichnam wurde nie gefunden.

»Gebrauchsanweisungen für Anarchisten!« rief Kamo. »Das ist es, was ich jetzt lesen muß ... Handgranaten, kleinere Sprengsätze ... Ich liebe Feuerwerk!«

»Männer wie du werden den neuen Orden der Ismailiten bilden und als die neuen Haschaschinen das bourgeoise Gesellschaftsgewebe aufsprengen und zerstören. Erst pflanzt man kleine Terrorsamen, und später ernten wir dann den Weizen des Wechsels.«

Kamo fühlte sich geschmeichelt, der Revolutionsnovize in ihm hatte mächtig Auftrieb bekommen; er begann von Explosionen und »Terrorsamen« zu phantasieren.

»Es ist eine Veranstaltung geplant im Deutschen Garten, sie soll sogar schon bald stattfinden, Koba-dschan«, sagte er zu dem fasziniert lauschenden Koba, der sein Kinn betastete und vor Schmerz leicht zusammenzuckte. »Ich habe ein Plakat gesehen, das ›mystische Bilder‹ ankündigt. Du erinnerst dich an David und Alexander Dighmelow – die haben letztes Jahr eine Laterna-Magica-Projektion von *Wepchisstqaossani* gezeigt.* Sie sind damit durch ganz Georgien gereist – ›auf Anordnung des Gouverneurs von Transkaukasien‹. Diesen Wisch haben sie in den Dörfern und Garnisonen vorgezeigt.«

»Ist das so was Ähnliches wie die Sachen, die der Physiker Doktor Dering im Zirkus der Brüder Nikitin zeigt? Da gab es Lampen, Spiegel, Glasscheiben und Photographien. Eine Laterna Magica im Deutschen Garten, sagst du?«

»Was, wenn wir ... dort *auftreten?*«

»Warum nicht?! Das ist genau der Ort, an dem Aristokratie und Bourgeoisie sich zusammenfinden«, begeisterte sich Koba. »Aber sei vorsichtig, geh bloß nicht zu weit!«

* Von Alexander Dighmelow stammt der erste georgische Stummfilm aus dem Jahr 1912.

»Ich gebe dir mein Wort, Koba-dschan«, sagte Kamo bestimmt. »Wenn ich versage, wenn ich dich enttäusche, dann will ich die Scheiße meiner eigenen Mutter essen!«*

Den in Tiflis 1901 erschienenen Zeitungen zufolge war es Ende Mai extrem heiß und der Muschtaid-Garten einer der besten Orte der Stadt, um sich zu entspannen und abzukühlen. Graf Avaloff erklärte Dagny die Historie: »Dieser wunderbare Garten wurde in den 1830er Jahren von einem Mann namens Mir-Fatah-Agha Said angelegt, einem schiitischen Geistlichen aus der Stadt Täbris (Mudschtahid ist ein religiöser Titel); er war 1828 nach dem russisch-persischen Krieg aus Persien geflohen, nachdem er ein Komplott gegen den damaligen Schah geschmiedet hatte. Auch wenn aus dem Komplott nichts wurde, gewährten ihm die dankbaren Russen großzügig Asyl – ein zwanzig Hektar großes Grundstück in Tiflis, das er zu einem Garten machte. 1845 begnadigte der Schah den Mann und gestattete ihm die Rückkehr in seine Heimat.«

Dagny und der Graf spielten Billard in dem Saal, der an das Restaurant des Gartens angrenzte. Eine Frau, die Billard spielt?! Das ginge in Mitteleuropa wohl kaum, geschweige denn in einem halbasiatischen russisch-orthodoxen Land wie Georgien. Dagny hatte in Warschau Billard gelernt, in einem Kreis von Bohémiens und besonders von Tadeusz Boy-Żeleński, einem guten Freund von ihr und Stach (und vielleicht war er sogar mehr als ein Freund gewesen).

* »Die Scheiße deiner Mama essen« ist ein alter Slangausdruck in Tiflis und bedeutet »etwas komplett Falsches tun«, »einen riesigen Fehler machen« oder »jemandem einen üblen Streich spielen«. Der ödipale Beiklang ist nicht zu überhören.

Für das durch und durch konservative Publikum des frühen 20. Jahrhunderts war es ein Anlaß zu Besorgnis, daß Frauen Billard in ein sexuell aufgeladenes Spiel verwandeln könnten. Man stelle sich vor: Eine attraktive Frau im leichten Sommerkleid beugt sich über den Billardtisch, wobei sie Elfenbeinkugeln mit einem langen Stab anstößt, und verführt dabei die nebenstehenden Männer durch ihr anstößiges Dekolleté, in dem die Kugeln ihrer Brüste sichtbar werden. Das ist die Frontalansicht, aber wenn ein Mann sie von hinten sah, während sie sich vornüberbeugte, konnte der Anblick sexuelle Phantasien in ihm auslösen. So war jene historische Epoche, mit der wir uns hier beschäftigen, nun mal. So banal!

Doch die männliche Sexualität dieser Zeit war alles andere als banal – tatsächlich war sie sogar ziemlich kompliziert und gefangen zwischen diametral entgegengesetzten Auffassungen. Wir haben schon kurz die Experimente mit »freier Liebe« gestreift, die in den guten alten europäischen Hauptstädten florierten, als eine Methode, sich der individuellen Freiheit durch sexuelle Promiskuität zu versichern. Doch die Freiheit stellte sich als ziemliche Bürde heraus – besonders die sexuelle Freiheit. Im schlimmsten Fall führte sie in den Selbstmord, im besten in die Trunksucht. Polygame Promiskuität mag es in früheren Kulturen gegeben haben, doch keine von ihnen lud sie derartig mit »existentieller« Bedeutung auf – schrieb ihr gar den ultimativen Ausdruck der individuellen Befreiung zu –, wie es die Männer des ausgehenden neunzehnten Jahrhunderts taten. Was aber hat individuelle Freiheit mit der Quantität oder Diversität sexueller Erfahrungen zu tun?

Im Gegenteil erkennen wir in diesen Männern genau das, was Stanisław Przybyszewski beschrieb als: »Das ist die furchtbare Tragödie des unterlegenen Mannes, der durch das Weib zerstört wird; nie ist das Joch des Matriarchats so mächtig gewesen wie gerade in unserer Zeit.« Darüber hinaus waren Frauen wie Dagny »eine exotische Krankheit, die das Genie ihres Künstlermannes infizierte«. In einem seiner Romane verglich Stach solche Frauen mit der Malaria, eine offene Referenz an seine Frau. Arme Dagny: Als sie das Buch gelesen hatte, blieb sie stundenlang bewegungslos an ihrem Tisch sitzen und »winselte leise wie ein krankes Tier«, wie sie später in einem Brief an ihn schrieb. Misogyne Geisteshaltungen wie diese resultierten aus einem Bild der Frau als Trägerin einer unterdrückenden Macht, die sie über »unterlegene Männer« ausübt. Eine Frau zu töten, sei es symbolisch oder real, wurde so für den Mann zu einem Weg, seine »Befreiung« zu erlangen.

Das Paradox der männlichen Psyche zur Jahrhundertwende bestand also darin, daß Frauen zugleich Befreiung und Gefangenschaft bedeuteten. Ich will das eine »quasimanichäische Sensibilität« nennen. Im Grunde läuft alles darauf hinaus, daß Männer leidenschaftlich gern die Frau mythologisieren: Sie verleihen ihren Sexualpartnerinnen göttliche oder dämonische Eigenschaften und geilen sich daran auf. Die Ikonographie des späten neunzehnten Jahrhunderts quillt geradezu über von Frauen als Doppelwesen – zugleich Engel und Dämonen, Nonnen und Nutten. Die Liebe ist so stark wie der Tod, was heißt, das Töten einer Frau ist ebenso befreiend wie der Liebesakt mit ihr.

Bullshit!

Ja, Bullshit! Ich habe diesen Bullshit nur deshalb aufs Tapet gebracht, um mir auszudenken, was wohl in Wład‍ Emeryks Kopf vorging – in den unterbewußten Regionen seiner Psyche –, besonders in dem Moment, als er da stand und Dagny beim Billard mit Graf Avaloff zusah. Eines kann ich Ihnen schon mal verraten, nämlich daß er just an diesem Tag endgültig beschloß, *Dagny umzubringen und anschließend sich selbst.* Er stand im Billardzimmer und konzipierte im Geiste schon mal den Brief, den er später an Anton Keller schicken würde, mit der Bitte: »Sorge dafür, daß keine Autopsie von Frau P.s Leiche stattfindet. Immerhin gibt es keinen Zweifel, daß ich sie getötet habe, weshalb also die Leichenöffnung? Das Grab und sein Inneres bedecke bitte mit frischen Blumen, hauptsächlich Rosen ... Mich könnt ihr begraben wo ihr wollt und wie ihr wollt.« Er beschloß, sie zu töten, um sich von dieser *engelhaften Hure* zu befreien, und dann bestrafte er sich selbst dafür, eine *dämonische Nonne* getötet zu haben.

Angesichts eines bevorstehenden Bankrotts erlitt Emeryk offenbar einen Nervenzusammenbruch.

Wie »Anatomen« der Melancholie, etwa Richard Burton, uns erklären, haben solche Zusammenbrüche die Kraft, einen fragilen Geist schwer zu deformieren – rohe, aggressive Anwandlungen zu verstärken und monströse Phantasien auszulösen. Emeryks Verlangen nach einer erotischen Vereinigung mit Dagny maskierte sich als Doppelselbstmord – in seinem Wahn war er überzeugt, Dagny wollte das auch, doch »dann gewann die Mutter in ihr ... sie liebte Zenon zu sehr« (wie er an Stach schrieb). Deshalb mußte er sie in einem Moment töten, da sie es am wenigsten erwartete – und genau das tat er dann auch. So plante Emeryk eine Tat, wie sie höchstens von verzweifelten Liebenden ausgeführt wird (auf einer schönen Insel in Japan oder in einem schmuddeligen Berliner Hotelzimmer zum Beispiel) und durch die Dagny in aller Augen als seine Geliebte angesehen werden mußte – was sie nie war. Die Pistole, die Emeryk von Dagnys

Liebhaber Stanisław Korab-Brzozowski geerbt hatte, bildete nun ein symbolisches Band von seinem Penis zu dem von Brzozowski, und mit diesem Phallusersatz würde er in Dagny »eindringen«.

»Bravo!« applaudierte Graf Avaloff, als Dagny eine perfekte Dreiband-Karambolage gelang.

»Olé!« Dagny wurde vor Freude rot. *Olé* – das war ein Ausruf der Freude an die Tänzer und Sänger, die sie in Spanien erlebt hatte, wo sie mit Stach ein paar Wochen in einem Fischerdorf verbrachte. Die Sonne, das Meer, der Rosenduft ... ja, sie waren zusammen, ja, sie liebten sich und tauschten Zärtlichkeiten aus. Sogar schreiben konnte sie dort, ein paar Gedichte ... *Sing mir das Lied vom Leben und vom Tod.*

Ich könnte mir vorstellen, daß Emeryk bei diesem spanischen Wort Dagnys an die letzte Szene von Georges Bizets Oper *Carmen* dachte; die schamlose Zigeunerin, Carmen, wirft Don José ihren Ehering vor die Füße, worauf dieser einen Dolch zückt und sie ersticht. Auch das war sexuell aufgeladen in Emeryks Phantasie: der Ring die Vagina, der Dolch der Phallus. Der arme Kerl liebte diese Oper und hatte auch die Novelle von Prosper Mérimée gelesen, auf der das Libretto basiert. Deren Motto lautet: »Jede Frau ist bitter wie Galle. Aber sie hat zwei gute Augenblicke, den einen im Bett, den anderen bei ihrem Tod.« Carmen ist der Inbegriff der Femme fatale, so ikonisch wie Gustav Klimts *Judith* mit ihren gesenkten Lidern, der halb entblößten Brust, in den Händen den abgetrennten Kopf von Holofernes – diese Frau ist mehr als die Befreierin der Israeliten: *Sie ist ein verführerischer Dämon.*

Und doch war Dagny in Emeryks Fieberwahn ein göttliches Geschöpf – der Engel aus dem »Schwarzen Ferkel«; auch wenn sie jetzt statt der Zigarette im Mund den Billardqueue in der schlanken Hand hatte – als sei er der lange goldene Pfeil der Verzückung, der in sein Herz stoßen sollte.

»Du bist so blaß, Wład‚ geht es dir nicht gut?« fragte ihn der Engel.

»Es ist so schwül hier drin«, murmelte Wład‚.

»Dagegen hilft nur eine weitere Flasche eiskalter Champagner, finden Sie nicht auch, Graf?« (Der Engel machte keine Umschweife.)

»Wie recht Sie haben, Madame Przybyszewska!« bestätigte der Graf und sah sich nach einem Kellner um.

»Lassen Sie mich das übernehmen«, bat Wład‚ der hoffte sich aus dem schweißnassen erotischen Sumpf seiner nekrophilen Visionen befreien zu können.

»Wie reizend von dir, Darling«, sagte der Engel und nahm seine Dienste an. »Wir sitzen an dem Tisch unter der Weide am Fluß. Gehen wir, Graf! Ich wollte Ihnen schon lange von meiner besten Freundin, Maya Vogt, erzählen. Ich hoffe, Sie werden sie eines Tages kennenlernen. Ihr Bruder Nils ist ein ausgezeichneter Dichter.« Sie ging mit Avaloff hinaus.

»Da wir von Dichtern reden, dort drüben ist auch einer, ein sehr berühmter übrigens, jedoch einigermaßen seltsam«, bemerkte Avaloff.

»Wo?«

»Dort an dem Billardtisch. Er nennt sich Wascha-Pschawela und stammt aus dem Hochland von Pschawi«, erläuterte der Graf, während sie weitergingen. »Er schreibt in einer sehr rohen, ungeschliffenen Sprache.«

»Ich glaube, ich habe von ihm gehört«, sagte Dagny, die sich an ihr Gespräch mit dem Engländer im Zug ans Schwarze Meer erinnerte. »Ich würde ihn gerne kennenlernen, können Sie mich ihm vorstellen, Graf?«

»Ich könnte es versuchen ... obwohl, ich hatte selbst noch

nicht das Vergnügen seiner Bekanntschaft. Warum setzen Sie sich nicht einfach an ihren Tisch? Ich sehe gerade, daß Emeryk mit dem Champagner kommt.«

Obwohl er von einigen enthusiastischen jungen Männern umgeben war, ging Pschawela völlig in seiner Billardpartie auf, er analysierte gerade die Positionen für einen besonders schwierigen Stoß. Er hatte Billard in St. Petersburg gelernt, als er dort ein Jahr lang Jura studierte. Als mittelloser Student hatte er sich damit ein bißchen Geld für den Lebensunterhalt verdient. Einmal gewann er ein Abendessen für sich und einen Cousin in einem teuren Restaurant, aber der Verlierer spielte ihm einen üblen Streich: Er reservierte den Tisch, sie aßen und tranken, aber als die Rechnung kam, verdünnisierte sich der Kerl durch die Hintertür und ließ Pschawela und seinen Cousin auf der Rechnung sitzen. Da sie nicht zahlen konnten, gingen einige Kellner und sogar Restaurantgäste auf sie los, das Ganze endete in einer Schlägerei – zwei gegen viele. Zeugen berichteten, wie Pschawela, in einer Ecke stehend, einen Angreifer nach dem anderen niederstreckte. Ein deutscher Boxer, der zufällig in dem Restaurant gewesen war, sprach Pschawela später auf der Straße an und sagte ihm, wie beeindruckt er von seiner Schlagtechnik gewesen war.

»Die Frauen im Pschawi-Hochland unterscheiden sich von denen der Ebene«, erklärte Pschawela Dagny, das gesunde Auge halb geschlossen. Sie saßen mit Avaloff und Emeryk am Tisch unter der Weide. »Sie haben mehr Freiheiten, können allein ausgehen oder reiten, manchmal treiben sie sich weit entfernt von ihrem Zuhause herum, in leichten, abgetragenen Gewändern, die ihre Figur verbergen, die Füße stekken in weichen Mokassins. Die Leute bei uns glauben noch immer, daß einige dieser Frauen ein Verhältnis haben mit menschenfressenden Riesen, den so genannten *Daeva,* die in abgelegenen Höhlen des Hochlands leben und ihre Geliebten nachts aufsuchen. Deshalb ist das georgische Wort für Frau, *Kali,* verwandt mit dem Wort für Elfe, *Ali.* Ich habe viele dieser herumziehenden Mägde gesehen, wie sie in den Wäldern schliefen, und mich gefragt, welche Bilder und Visionen wohl ihre Träume durchschweifen, während sie unter freiem Himmel lagern, als ruhten sie auf der Brust ihres geliebten Riesen.«

»Kannst du mir bitte noch etwas Champagner nachschenken, Wład?« bat Dagny.

»Aber hierbei, nehme ich an«, fuhr Pschawela mit schleppender Stimme fort, als erzählte er einen seltsam bizarren Traum der vergangenen Nacht, »geht es tief in die Vergangenheit, als unsere Frauen noch mit Göttern verheiratet waren. Das Hochland-Wort für Ehefrau, *Dschalabi,* bezieht sich auf das, was in Europa ›religiöses Konkubinat‹ oder ›Tempelprostitution‹ genannt wird. Der normale Pschawi-Mann findet solche Frauen im Reich der Liebe und der Poesie. Und ich will Ihnen auch sagen, warum …«

»Da bist du ja in deinem Element, Chérie«, sagte Władund zwinkerte ihr verschmitzt zu, obwohl er sichtlich genervt war.

Pschawela tat, als bemerkte er es nicht.

»Bei uns im Hochland gibt es einen Brauch, der in der Natur so rar ist wie ein Tulpenbaum in der Wüste, namens *Tsatsloba.* Und der geht so: Sobald ein Mädchen heranreift, wählt sie sich einen jungen Mann als ihren *Liebesbruder.* Junge Männer, die in die Pubertät kommen, sollen dasselbe tun und sich eine *Liebesschwester* wählen. Diese können miteinander verwandt sein oder völlig Fremde, das spielt keine Rolle. Die Paare müssen sich nicht verstecken oder ihre Beziehung verheimlichen: Sie streifen nachts zusammen herum, machen sich gegenseitig Geschenke, und, was am seltsamsten ist, sie teilen das Bett. Jedoch gibt es bestimmte Auflagen, die sie dabei zu beachten haben, nämlich, daß es keinen Kontakt zwischen ihren Gliedmaßen und Körpern geben darf – nur der Kopf des Mädchens darf auf der Brust des Liebesbruders liegen. So gibt es nichts Sexuelles zwischen ihnen im physischen Sinne, doch verbal durchaus. Sie sagt ihm zum Beispiel: ›Wie schön du bist, wie zart deine Hände sind, wie süß deine Lippen; laß mich deine Zunge in der Höhle meines Mundes empfangen und aus dem Quell deines Mundes trinken.‹«

»Ich fürchte, der Kerl hat zuviel getrunken«, flüsterte Wład Dagny ins Ohr. »Oder er hat sie nicht mehr alle.«

Aber für Dagny existierte Wład in diesem Moment nicht; sie bat um mehr Champagner und lächelte Pschawela zu: »Bitte erzählen Sie weiter!«

»Durch ein solches Zusammensein überwinden sie ihre Körper und öffnen sich dem Fluß der himmlischen Energien, dessen Weiterleitung die Funktion aller Menschen auf der Erde ist. Der himmlische Strom vibrierender Energie kommt von entfernten Planeten, fließt durch uns hindurch und setzt sich fort. Es ist klar, daß die Menschen im Hochland, weil sie dem Himmel näher sind als die Flachländer, feinere Antennen für die planetaren Ströme haben und also qua Geburt für diese Funktion besonders gut geeignet sind. Doch sind Pflanzen und Tiere die unvergleichlich besseren Transmitter als die Menschen, auch wenn sich nur durch uns die planetaren Einflüsse verbalisieren können. So kam die Poesie in die Welt.«

»In der Tat!« Diesmal zwinkerte Emeryk Avaloff zu.

»Ja«, stimmte Dagny zu, beugte sich noch näher zu dem Mann aus dem Hochland und rezitierte: »›Sie wünschte sich keinen Adler, dessen stolze Schwingen sie zu den Wolken tragen könnten, auch keine Nachtigall, um singend ihre Schönheit zu preisen. Sie würde ihr Leben mit dem Spinnweb ihrer eigenen regenbogenfarbenen Träume füllen.‹ Das habe ich in Spanien geschrieben – Olé! Na, Graf?«

Der Champagner und die Abendbrise, die vom Fluß heraufwehte, und die Geschichten der Liebesbräuche im Hochland trugen Dagny hinweg – sie hörte den Dichter nur noch durch die dichte, dämpfende Aura, die sie umgab.

»Der Quell der Unsterblichkeit ergießt sich aus der goldenen Pfeife … ich wünschte, ich könnte aufgefüllt, überflutet werden von deinem Leib – unsere Glieder ineinander verschlungen … Ich bin das Weizenfeld für die Sichel deiner Rippe … Ich bin das Schwert in deinem Herzen … Ich bin die Silberschale gefüllt mit Wein für dich – Wein, so rot wie unser Blut, der betäubende Lebenssaft … Ich bin das wollene Hemd vollgesogen mit dem Schweiß deiner Brust …«

»Sie wuchsen überall, um sie herum wimmelte es von ihnen, sie flatterten in ihrem Wohnzimmer umher wie tausendflüglige, tausendfarbige Vögel…« Dagny sprach ihr Gedicht auf norwegisch vor sich hin. »Leuchtende Lilien schleckten nach ihr mit glühenden Menschenzungen, Orchideen, Chrysanthemen, Kakteen, Oleander …«

Pschawela, der bislang Französisch gesprochen hatte (sehr ungewöhnlich, da er keine Fremdsprache außer Russisch beherrschte), wechselte nun ins Georgische.

»Ich blicke in dein lächelndes Gesicht und habe nur dies eine Verlangen, meine Lippen auf die deinen zu pressen, auch wenn ich wohl weiß, nie werde ich dich in meinen Armen halten, o meine Liebste …«

»... braun, gelb, wundersam rot, blau wie die leuchtende Grotte des Märchens ...« rezitierte Dagny weiter.

»Über den tosend dahinschießenden Wassern wachsen meiner Stimme Flügel, und sie fliegt zu dir«, fuhr Pschawela fort. »Und vermischt sich doch mit dem ohrenbetäubenden Brüllen in den abgründigen Tiefen und vergeht und stirbt dahin ...«

»Der Duft verwirrte sie ... nun sah sie die ganze Blumenschar auf sie zuschreiten... sie schoben sie, drückten sie, sie bliesen ihr ihren schrecklichen Atem ins Gesicht, sie würgte... sie würgte... oh!« Dagny rang wirklich nach Luft, Pschawela beugte sich zu ihr und drückte ihren Arm mit seiner starken Hand.

»Schluß jetzt!« Władad Emeryk taumelte auf Pschawela zu und wollte ihn am Ärmel packen, um seine Hand wegzureißen.

»Aber bitte, meine Herren! Das wird allmählich lächerlich, finden Sie nicht?« Graf Avaloff trat zwischen sie.

Ein plötzlicher Donnerschlag ließ sie alle innehalten! Wie aus dem Nichts stürzte ein Wolkenbruch auf sie herab. Wie festgefroren stand Pschawela da, sein eines Auge starrte auf die Uferböschung, wo ein Mann in gelbem Gewand mit einem langen Stab einherging. Er sah eindeutig mongolisch aus – Schlitzaugen, hervorstehende Wangenknochen, rasierter Kopf. Erstaunlicherweise saß auf seiner rechten Schulter ein Rabe, dessen starke Krallen sich in die bräunliche Haut des Mannes gruben und der manchmal mit den Flügeln schlug, um das Gleichgewicht zu halten. Pschawela rannte auf den Fremden zu.

Wer war dieser Mann? Unter tibetanischen Mönchen kannte man ihn als den Führer der Sieben.

Tigran Poghosyan war mehr als überrascht von der Veränderung, die er an seinem Freund, dem Schwarzen Griechen, wahrnahm. Er wußte zwar, daß Gurdjieff mehrere Fremdsprachen beherrschte, hatte es ohnehin für selbstverständlich erachtet, daß ein Mann mit armenischem Blut polyglott sein mußte. Aber eines Morgens geschah etwas, das Tigran fast umwarf. Sie hatten eben ihr Frühstück beendet und sprachen über das Wetter, als Gurdjieff plötzlich in eine ausführliche Erörterung über Musik im allgemeinen und die von Bach im besonderen verfiel. Seltsam daran war jedoch, daß Gurdjieff das in akzentfreiem Deutsch tat, wie es Tigran nur aus dem Bezirk *Kircha* in Tiflis kannte. (Tatsächlich sprach Gurdjieff an diesem Tag mit elsässischem Akzent, den Tigran natürlich nicht heraushören konnte.)

»Bach ist ein Ende«, erklärte Gurdjieff mit Verve. »Es geht nichts von ihm aus; alles führt nur auf ihn hin. Dieses Genie war kein Einzelgeist, sondern ein Gesamtgeist.«*

Tigran, der in diesem Moment gerade seine Teetasse zum Mund führte, verschluckte sich und hustete.

»Bachs unermeßliche Kraft betätigte sich, ohne sich ihrer selbst bewußt zu sein, wie die Kräfte, die in der Natur wirken. Darum ist sie auch so reich und elementar wie diese«, fügte Gurdjieff hinzu.

Tigran tupfte sich mit der Serviette den Mund ab und fragte: »Was hast du da eben gesagt, Sev Houyn-dschan?«**

»Kunst war für ihn Religion. Darum hatte sie nichts mit der Welt und nichts mit dem Erfolg in der Welt zu tun. Sie

* Gurdjieffs Bemerkungen zu Bach hier und im folgenden weisen deutliche Parallelen zu Albert Schweitzers großer Studie über Bach auf. Sie erschien allerdings erst 1908.

** »Sev Houyn« ist Schwarzer Grieche auf armenisch.

war Selbstzweck. Die Religion gehört bei Bach in die Definition der Kunst überhaupt. Jede große Kunst, auch die profane, ist ihm an sich religiös. Für ihn verhallen die Klänge nicht, sondern steigen als ein unaussprechliches Loben zu Gott empor«, sagte Gurdjieff und trank den letzten Schluck seines Tees.

»Ist alles in Ordnung mit dir, Jhora-dschan?« Tigrans Stimme zitterte.*

Gurdjieff stand wortlos auf, trat zum Klavier seines Freundes, rückte den Hocker näher heran und setzte sich. Er verharrte einen Moment, dann legte er die Hände auf die Tasten und stürzte sich in eine äußerst komplexe, feurige Fuge.

Schon früher hatte Tigran seinen Freund am Klavier gesehen – er fingerte herum, spielte sehr einfache Melodien und versuchte sich an Akkorden, eine eklektische Mixtur aus traditioneller armenischer, russischer, orthodoxer, pentatonischer orientalischer Musik. Diesmal jedoch erlebte Tigran eine polyphone Tour de Force von ganz erstaunlichen Proportionen. Der arme Kerl saß da, fast ohne zu atmen, hörte zu und suchte verzweifelt nach einer Erklärung für dieses Phänomen. Um einer Lösung näherzukommen, stand er auf, ging zur Anrichte, nahm eine Flasche Schustow, armenischen Cognac, heraus, setzte sie an den Hals und nahm einen bemerkenswerten Schluck. Er wußte wohl, daß die Armenier das begabteste Volk der Erde waren, und doch … Konnte dieser plötzliche Ausbruch von Musikalität allein dem Kontakt mit Derwischen, Magiern und Lamas zu verdanken sein? War dieser Mann noch der Gurdjieff, den er seit Jahren kannte?

* »Jhora« ist russisch-armenisch für »Georges« (aus dem Französischen abgeleitet).

»Wo hast du gelernt, so wunderbare Musik zu spielen, Jhora-dschan? In der Schweiz?« wollte Tigran wissen.

Gurdjieff konnte ihn nicht hören. Er spielte weiter, die Fuge hypnotisierte ihn wie der Gesang der Sirenen die Matrosen. Schließlich richtete er sich auf, wandte sich um und verlor sich wieder in musikwissenschaftliche Überlegungen.

»Nirgendwo versteht man so gut wie im Wohltemperierten Klavier, daß Bach seine Kunst als Religion empfand. Er schilderte nicht natürliche Seelenzustände wie Beethoven in seinen Sonaten, auch kein Ringen und Kämpfen nach einem Ziel hin, sondern das Reale des Lebens, wie es der Geist empfindet, der in jedem Augenblick sich bewußt ist, über dem Leben zu stehn, und die widersprechendsten Gefühle, den wildesten Schmerz wie die ausgelassenste Heiterkeit, immer in derselben überlegenen Grundstimmung erlebt.« An dieser Stelle hielt er inne und spielte das *Präludium es-Moll,* danach *Präludium und Fuge G-Dur.* »Wer diese wunderbare Beruhigung einmal mitempfunden hat, hat den rätselhaften Geist, der hier seine Weltanschauung in der Geheimnissprache der Töne preisgibt, verstanden.«

»Johra-dschan, du siehst irgendwie so ... *anders* aus.« Tigran suchte nach Worten dafür, was über seinen Freund gekommen war.

»Anders? Wie denn anders?« Gurdjieff war überrascht. »Ich habe über das gesprochen, was ich das *objektive Bewußtsein* nenne und das nur die Heiligen Individuen erreichen, zu denen Bach gehörte.«

Tigran atmete erleichtert auf, hauptsächlich weil Gurdjieff ins Armenische zurückgekehrt war.

»Aber du hast Deutsch gesprochen, Jhora-dschan – nicht einmal der Apotheker von Semmel spricht ein so reines Deutsch!«

»Habe ich?« fragte Gurdjieff mit verschleiertem Blick. »Ist mir gar nicht aufgefallen.« Wieder begann er, aus dem *Wohltemperierten Klavier* zu spielen.

Er spielte eine ganze Stunde, vielleicht sogar länger. Ja, Musik war ein Ende für ihn, als glaubte er, »die Klänge verhallten nicht, sondern stiegen als ein unaussprechliches Loben zu Gott empor«, wie Schweitzer es ausdrücken würde. Erschöpft und außer Atem fiel er danach in einen tiefen Schlaf, immer noch am Klavier, die Hände im Schoß verschränkt.

Tigran war völlig ratlos – hatte sich Der Schwarze Grieche in Zentralasien vielleicht irgendeine bizarre Krankheit zugezogen? Er konnte doch Gurdjieff nicht so im Sitzen schlafen lassen, dieser konnte vom Hocker fallen und sich verletzen. *Sein Kopf! Sein erleuchteter Kopf!* Tigran beschloß, seinen Nachbarn nach dem Arzt zu schicken. Er bewegte sich gerade auf die Tür zu, als plötzlich ein lautes Klopfen ertönte: bah! bah! bah! bah! Genau wie der Komtur an Don Giovannis Tür klopft, auch wenn Tigran diese Oper nie gesehen hatte. »Mamma-dschan!« dachte er. »Was kommt wohl jetzt?«

Verunsichert fragte er: »Wer ist da?«

Das Klopfen kam wieder, leiser diesmal.

»Mach auf, Tigran!« rief Gurdjieff vom Klavier. Davon ermutigt, schloß Tigran auf und öffnete die Tür.

Er erblickte das unrasierte Gesicht eines Mannes, der ihn mit einem schielenden Auge anglotzte, das andere war weit aufgerissen. Er trug einen Schäferhut und lächelte. Er verbeugte sich höflich und trat dann zur Seite, um jemandem hinter ihm Platz zu machen. Der entpuppte sich als Mongole in zerschlissenem Gewand mit einem langen Stab. Auf seiner Schulter saß ein Rabe.

»*Barrrrev,* Tigrrran-dschan, *barrrev!*« krächzte der Rabe.* Tigran wurde schwindelig. Er hatte schon sprechende Papageien erlebt, aber einen Raben hatte er noch nie sprechen gehört … und dazu noch auf armenisch. Er stand wie versteinert da und murmelte dann irgendeine Antwort.

»Ich hoffe, es macht Ihnen nichts aus, daß wir einfach so hier reinschneien? Ich bin durch vierundzwanzig Welten gereist und total erschossen«, sagte der Rabe, während sich der Mongole in Richtung Ottomane bewegte.

»Mein Gott! Gornachur Harharch!« Gurdjieff war so überrascht wie erfreut. »Und du, der größte aller lebenden Heiligen Individuen – Der Führer der Sieben!« Gurdjieff ging zu dem Mongolen und fiel vor ihm auf die Knie.

Der Führer der Sieben lächelte ihm zu und verbeugte sich zur Antwort tief, wobei er die Handflächen vor der Brust aneinanderlegte.

»Hey! Nicht so tief! Nicht so tief!« kreischte der Rabe, der krampfhaft versuchte, sich auf der Schulter des vorgebeugten Mongolen aufrecht zu halten. »Und im übrigen bin ich gar nicht *der* Gornachur. Und im übrigen bin ich der terrestrische Wiedergänger seines Großenkels. Im übrigen habe ich vierundzwanzig Welten durchmessen, um mich hier zu materialisieren – das ist die Distanz zwischen Saturn und Erde. Du kannst mich Ferdinand nennen – ich bin Linguist – ja, Ferdinand Humboldt. Ich bin auf sehr besonderer kosmophilologischer Mission hier, sehr besonders … *eine Suche nach der Perfekten Sprache,* wenn Sie so gut sein wollen.« (Sein Armenisch war schon mal perfekt.)

Tigrans Augen füllten sich mit Tränen. Er konnte es noch immer nicht fassen. Gurdjieff umarmte nun den Mann, der wie ein Schäfer aussah (es war Pschawela).

* *Barev* ist armenisch für Hallo.

Alle setzten sich und schwiegen, bis der Rabe Ferdinand eine weitere linguistische Überraschung bot. In hochmittelalterlichem Georgisch rezitierte er zwei Quatrains aus Rustawelis *Wepchisstqaossani: »Nakhes utskho moqme vinme, jda mtirrrrali tskhlisa pirrrrsa; shavi tskheni sadavita hqva lomsa da vitha gmirrrsa …«*

Die deutsche Nachdichtung von Hugo Huppert geht so:

Sieh, am Bach ein fremder Recke weinend saß,
 ein Fürstensproß,
löwengleich; am Zügel hielt er, schwarz wie Nacht,
 sein edles Roß.
Sattelzeug, Geschirr und Panzer dicht
 ein Perlschmuck übergoß.
Reif auf Rosen war die Träne,
 die dem trüben Aug entfloß.

Eines Tigers schöne Fellhaut
 dient dem Recken als Gewand.
Auch das Haupt des lautern Helden
 eine Tigerhaut umwand.
Eine stahlbeschlagne Peitsche, armdick,
 hielt er in der Hand.
Seltsam fand man die Erscheinung,
 wie aus einem Märchenland.

Nicht nur Tigran, sondern sogar Pschawela und Gurdjieff starrten ihn verblüfft an. Der Rabe krächzte: »yes, *confusio linguarum,* Babylonische Sprachverwirrung! Ohne jeden Zweifel steht ein zweites Babel bevor! Der Flug der Kuh zum Mond wird das zweite Babel sein!«

Der Führer der Sieben nickte zu dieser Bemerkung, blieb aber stumm. Der Rabe fuhr fort:

»Wir müssen dieses dämliche Vieh aufhalten, wie vor Jahrtausenden die Menschheit aufgehalten wurde, den Turm in den Himmel zu bauen. Ja, wir brauchen eine neue Sprachverwirrung, um das zweite Babel zu verhindern. Aber ich bin gekommen, die Sprache wiederzubeleben, nicht sie zu verwirren ... Ich bin gekommen wegen des Geheimcodes auf dem Goldenen Vlies, auch bekannt als Lazarus-Code! Er ist versteckt in einem Text, der in georgischer Sprache geschrieben wurde, in einem Epos, genauer in einem Epos über das Fell eines Panthers.«

Pschawela und Gurdjieff sahen sich leicht verwundert an und wandten sich dann dem Raben zu.

»Ich kenne das Epos«, begann der Mann aus dem Hochland. »Du hast eben ein paar Verse daraus rezitiert. Es ist Georgiens Nationalheiligtum, und jeder Georgier kann es auswendig ...«

»Ich weiß, daß es euer *Heiligtum* ist«, fiel ihm der Rabe ins Wort, »aber ihr Georgier seid so beschäftigt mit eurem nationalistischen Kram, daß ihr das Epos nicht richtig lesen könnt und das wirkliche Heiligtum darin nicht erkennt ... nimm dich in acht, mein Hochländer, eines schönen Tages wird dieser verdammte Nationalismus deine schamanischen Kräfte auslaugen!«

Bei diesen Worten erbleichte Pschawela, sein gesundes Auge wurde so blicklos wie das Glasauge.

»Ich kenne das Epos über das Pantherfell, und ich kenne die Legende vom Vlies«, sagte Gurdjieff, »aber wo ist die Verbindung zwischen beiden? Wenn ich offen sein darf, so habe ich tatsächlich ein paar vage Hinweise auf das Epos bekommen – Die Stimmen haben etwas darüber gesagt, aber ich habe ihre

Botschaft nicht als zusammenhängendes Ganzes erhalten.«

»Das ist nicht dein Fehler!« nahm der Rabe wieder das Wort. »Ihr seid zwar federlose Zweifüßler, und eure Gehirne sind längst nicht voll entwickelt, aber in diesem Fall war es so, daß die Botschaft, die Die Stimmen überbrachten, tatsächlich nicht vollständig war.«

»Wie kam das?« wollte Gurdjieff wissen.

Ferdinand der Rabe legte eine Pause ein und brummte dann: »Weil Gornachurs Apparat, der Linguo-Chronotopos Beschleuniger, kaputtgegangen ist; um es genau zu sagen, war es der Raum-Block, der den Geist aufgab. Wegen dieses Schadens war es plötzlich möglich, daß ein Ziegenhirte aus dem Hochland Französisch sprechen konnte, und du, Schwarzer Grieche, du hast heute früh Deutsch mit elsässischem Akzent gesprochen. Im übrigen war es der Kantor Albert Schweitzer aus Straßburg, der durch dich gesprochen hat. Der Schaden am Raum-Block verursachte spürbare linguo-topographische Deformationen, bestimmte Ortsveränderungen und ein paar dimensionale Nebensächlichkeiten. Ich wurde geschaffen und hierher geschickt, um meinem saturnischen Vater, Gornachur Harharch IV, bei der Reparatur der Quantenunstetigkeitsfraktur zu helfen!«

»Es hat mir übrigens gut gefallen, Französisch zu sprechen gestern«, gab Pschawela zu.

»Geht mir mit dem Deutschen genauso, auch wenn ich keine Ahnung habe, wer dieser Schweitzer ist«, pflichtete Gurdjieff bei.

»Nun dieser *Raum aus den Fugen* erweist sich als ziemlich unterhaltsam, da bin ich ganz bei euch! Wie steht es mit meinem Georgisch und meinem Armenisch, Tigran-dschan?« fragte der Rabe und wandte sich zu Poghosyan, der in dumpfer Verblüffung regungslos auf seinem Stuhl saß.

Der Führer der Sieben weckte ihn mit einem Rippenstoß.

»Perfekt! Perfekt!« brachte Tigran heraus und wischte sich die Augen.

»Laßt mich nun zum Kern meiner Mission kommen!« erklärte Ferdinand. »Das ganze Problem mit diesem verrückten Flug der Kuhmemen läßt sich auf den Punkt bringen als *Lücke* – oder den *Obligatorischen-Lücken-Aspekt* – im ungebrochenen Fließen der Großen Kosmischen Oktave. Es gibt eine dissonante Lücke zwischen den Noten F und E. Die *Obligatorische-Lücke* sollte ursprünglich gefüllt werden mit dem versammelten Bewußtsein aller Menschen, die die Erde bewohnen. Du kennst die Geschichte, mein Schwarzer Grieche – die Lücke hinderte den Fluß der megalokosmischen Vibrationen aus dem Geheiligten Stoff Askokin, der von Seiner-Unendlichkeit kommt. Auf der Erde kennt man die Askokin-Vibrationen auch als *Die Liebe, welche die Sphären bewegt,* und hier beziehe ich mich auf Dante Alighieri, wie ihr vielleicht schon bemerkt habt.«

»O ja!« bestätigte Tigran pathetisch.

»Der Aschok der Toskana ...« sagte Gurdjieff.

»Genug von ihm!« befahl der Rabe barsch. »Hier kommt jetzt mein Hauptpunkt. Am Anfang habt ihr Menschen die Lücke ziemlich erfolgreich gefüllt – dank des Goldenen Vlieses, des idealen Transmitters megalokosmischer Vibrationen. Ja, einigen besonderen federlosen Zweifüßlern wurde das Vlies überantwortet, um den harmonischen Fluß zwischen F und E sicherzustellen – zwischen den Planeten und der Erdenwelt. Nur aus diesem Grund wurde im Kosmos eine Stelle für die Menschheit bestimmt. Mehr noch, die goldenen Kurven des Vlieses bildeten einen Text, der Informationen über den Ur-Gegensatz zwischen Ich und Nicht-Ich, Existenz und Nicht-Existenz und ihre Gegenseitige Erhaltung enthielt – ein ubiquitärer Quantenprozeß, der hier auf der Erde als das Mysterium der Auferstehung angesehen wird und der unter Eingeweihten Individuen *das Heilige Almsnoschinu* heißt … wie poetisch!« Bei diesen Worten hackte der Rabe mit seinem Schnabel auf die Glatze des Führers der Sieben, und dieser nickte.

Ferdinand fuhr fort. »Der Text des Vlieses beinhaltete eine Beschreibung von Quantenpartikeln, die Wellen und Teilchen zugleich sind. Die Frequenz der Wellen und die Struktur der Teilchen waren dort ebenfalls beschrieben.« Der Rabe legte eine Pause ein und erklärte dann im Hohen Ton: »Und hier ein weiterer sehr wichtiger Punkt! Der Text oder Code des Goldenen Vlieses war in der Sprache des ersten federlosen Zweifüßlers geschrieben, die später von einem anderen geerbt wurde, dem einzigen Überlebenden der Katastrophe von Atlantis, hier als Sintflut bekannt, der sie wiederum an seinen Sohn weitergab, Japhet. Daher heißt diese Sprache *Japhetisch.* Marrrr … Marrrr … Marrrr … Nikolai Marr, der berühmte Sprachwissenschaftler … er hat über das Japhetische geschrieben … ist er übrigens greifbar?«

»Das sollte möglich sein, ich habe ihn ein paarmal getroffen«, sagte Pschawela, den die Geschichte des Raben fesselte. Er wollte noch etwas hinzufügen, aber der Rabe war schon ungeduldig geworden, und mit gravitätischer Miene schrie er den Hochländer an: »Ich scheiße auf Marr! Mir geht es um die Sprache, die von deinem Volk entweiht worden ist!«

Pschawela schaute ihn verblüfft an. »Welche Sprache?«

»Das Georgische, du Blödmann, das aus dem Text des Goldenen Vlieses stammt. Japhetisch oder Proto-Iberisch – was von den Stämmen in und um Kolchis gesprochen wurde. Die Magier und Mystagogen von Kolchis lernten es von den weintrinkenden Panthern, die sich um einen sehr ungewöhnlichen federlosen Zweifüßler versammelten – ein Heiliges Individuum, wie es im Buche steht –, der jährlich starb und wiederauferstand, immer betrunken war und seinen Ziegen höchst unanständige Lieder beibrachte. Leider ging die Sprache verloren in der großen Sprachverwirrung um die Fehlplanung des Turms von Babel ...«

»Aber diese Sprachverwirrung ist doch nicht die Schuld meines Volkes«, verteidigte sich Pschawela mit einem Anflug von Humor in der Stimme angesichts einer so schlagfertigen Antwort.

»Natürlich nicht, mein Hochländer!« stimmte ihm der Rabe nickend zu. »Und weißt du auch, warum? Weil dein Volk gar nicht erst am Turmbau teilnahm! Nein, ihr seid fein zu Hause geblieben, habt getrunken wie die Bürstenbinder und Feste gefeiert ... ha, ha, ha! Deshalb habt ihr die Sprachverwirrung überlebt und euer originales Japhetisch erhalten – aber jetzt ist es Georgisch, unverkennbar Georgisch; ihr habt es eben nicht in seiner reinen Form erhalten; ihr habt es zusammen mit eurem Verstand versoffen. Ha, ha, ha. So kann ich also mit Fug und Recht feststellen, daß die georgische Sprache, mein Hochländer, *besoffenes Japhetisch* ist und nichts anderes!«

»Soll ich Ihnen Tee kochen, liebe Gäste? Sie müssen durstig sein«, warf Tigran höflich ein.

»Nein«, lehnte der Rabe ab. »Vögel wie ich trinken keinen Tee, wir bevorzugen Blut, geronnenes Blut. Wir sind Aasfresser ...« *Und in seinen Augen wohnen alle Träume von Dämonen ...*

Tigran lehnte sich zurück, er sah blaß aus. Ferdinand setzte seine Rede fort.

»Zurück zu unserem Schaf oder besser: zu unserem *Schafsfell* – ich meine natürlich das Vlies und den Code. Als das ursprüngliche Japhetisch verloren war, war damit auch der Geheimcode auf dem Vlies unlesbar geworden. Das Schafsfell geriet in Vergessenheit und ging schließlich ganz verloren. Die lokale Legende, wonach eine zauberkundige Königstochter es ein paar Seeleuten aus fernen Landen gegeben haben soll, ist totaler Fake. Im übrigen hat sie dem Kapitän – und nur ihm – nicht das Vlies gegeben, sondern ein ganz anderes haariges Ding, wie es weibliche Menschen besitzen und das Buddha – dieses Erleuchtetste aller Individuen – die ›Lebenspforte‹ genannt hat. So einfach ist das.«

Der Führer der Sieben nickte wortlos.

»Der Code wurde fast zwei Jahrtausende später wiedergefunden, dank der Selbstopferung eines Heiligen Individuums aus der Bruderschaft der Essener, der einmal öffentlich den Akt des Heiligen Almsnoschinu durchgeführt hat. Das war ein gewisser El'Azar, dessen Geist vier Tage lang in der Schwebe blieb zwischen seinem toten oder nachzeitlichen Körper und seinem Kesdschan- oder künftigen Körper. Es war das schon erwähnte Individuum, das den Zeitfluß umkehren und eine enorm starke Energieladung aus dem eigenen Herzen in den Kesdschan-Körper von El'Azar injizieren konnte, so daß er noch einmal wie ein lebendiger Körper funktionierte. Diese Umkehrung stoppte den Quantenprozeß fleischlichen Verderbens, und als El'Azar von seinen Schwestern gewaschen wurde, bemerkte eine der beiden (die für ihr kontemplatives Naturell bekannt war) gewisse unübliche Signale, die von den Maden ausgingen, welche das Fleisch ihres Bruders gegessen hatten. Sie war von diesen Signalen so fasziniert, daß sie eine Tontafel zur Hand nahm und sie aufzeichnete. Diese geschriebenen Zeichen bildeten sieben semantische Gruppen; diese wiederum konstituierten den wiedergefundenen Code des Goldenen Vlieses – den ursprünglichen japhetischen Code.«

Hier legte der Rabe wieder eine Pause ein, sprach dann aber weiter. »Und was ist nun so besonders daran? Wie ich schon sagte, war das Goldene Vlies der beste Transmitter für den megalokosmischen Fluß des Askokins. Und diese Eigenschaft war nicht eine des Schaffells selbst, sondern sie lag in dem Text, den es trug: Dieser erklärte und verwirklichte zugleich den Prozeß, in dem Worte in die Dinge, die sie bezeichnen, transformiert werden und wie diese Dinge dann ihre verborgene Bedeutung durch die Worte, die sie bezeichnen, offenbaren. Genau wie die Realität der Partikel in der Quantentheorie, wenn zugleich Wellen Teilchen und Teilchen Wellen sind.«

»Ich fürchte, ich brauche was zu trinken«, murmelte Pschawela.

»Wie wäre es mit einem Armagnac?« schlug Gurdjieff vor.

»Ganz egal, was«, antwortete Pschawela entkräftet.

»Aber natürlich, mein Hochländer braucht was Hochprozentiges!« schrie der Rabe kopfschüttelnd. »Seid ihr nicht die Nachkommen der weintrinkenden Panther?! Seid ihr nicht die Mitglieder einer antiken Sprachgemeinschaft, und sprecht ihr nicht ›besoffenes‹ Japhetisch?! Was zum Teufel mache ich hier eigentlich mit dieser Säufernation?! Muß wohl meine Liebe zur Linguistik sein, metaphysische Linguistik – dafür tue ich alles.«

Der Rabe beruhigte sich und sprach Pschawela direkt an.

»Tatsächlich sollte ich gar nicht sauer auf dich sein, mein Hochländer, schließlich bist du einmalig in deinem Volk – du sprichst die Sprache der Tiere auf dem Felde und der Vögel im Himmel, und sie antworten dir. Und genau diese Sprache enthält wesentliche Strukturmomente des ursprünglichen Japhetisch! Deshalb bist du ja hier, deshalb hat man dich kommen lassen – deine linguo-animistischen Fähigkeiten sollen eine wichtige Rolle spielen bei dem großen Werk, das wir zu vollbringen haben!«

»Werk? Welches Werk?« fragte Gurdjieff.

»Das Werk – eine ganz neue avantgardistische Kunst!« schrie der Rabe. »Aber bevor ich es erkläre, will ich dir noch eine Frage stellen, mein Hochländer: Hast du je von dem Hymnus gehört *Lob und Preis der georgischen Sprache?*«

»Ist das ein neues Stück von Fürst Ilia Tschawtschawadse, das ich noch nicht sehen konnte?« fragte Pschawela, der eine beachtliche Menge Armagnac getrunken hatte.

»Nein, mein Hochländer, dein ›Vater der Nation‹ hat davon noch nicht mal je gehört. Er hat andere Prioritäten – zuletzt hat er dem Weinen nationalistischer Steine gelauscht.* Wäre er nicht viel zu beschäftigt mit innenpolitischen Fragen, hätte er erfahren können, daß vor über vierzig Jahren in einer großen russischen Stadt eine alte georgische Handschrift entdeckt wurde; übersetzt hat sie ein frankophoner Zweifüßler.** Ich bin in Paris gewesen, daher weiß ich das. Du sprichst doch Französisch, oder vielleicht doch nicht, mein Hochländer? Ha, ha, ha.«

Pschawela warf dem Vogel einen finsteren Blick zu und nahm noch einen ordentlichen Schluck Armagnac.

»So können wir es auch machen: Du säufst weiter, und ich erzähle die Geschichte.«

* »Selbst die Steine weinen« ist ein Essay von Ilia Tschawtschawadse, der sich gegen den armenischen Nationalismus wendet.

** Hier bezieht sich der Rabe auf die Tatsache, daß das Manuskript aus dem 10. Jahrhundert *Lob und Preis der georgischen Sprache* in einer Bibliothek in St. Petersburg aufgefunden wurde; ins Französische übersetzt und publiziert wurde es 1858 von dem Orientalisten Marie Brosset. In Georgien wurde es erst wesentlich später bekannt.

»Bitte sprich weiter«, sagte Gurdjieff.

»Also gut«, begann der Rabe. »Ungefähr dreihundert Jahre nach dem öffentlichen Almsnoschinu kam die Tontafel, auf die El'Azars Schwester den Code geschrieben hatte, nach Ostgeorgien. Fragt mich nicht, wie das geschah, ich weiß nur, daß weibliche Heilige Individuen involviert waren und realisierten, daß sie die Tafel in das Land bringen sollten, in dem noch Rudimente des ursprünglichen Japhetisch gesprochen wurden. Das geschah zu einer sehr besonderen Zeit für die damals in Georgien lebenden federlosen Zweifüßler: Ihr König und ihre Königin hatten sich durch irgendwelche obskuren Offenbarungen davon überzeugt, daß ihre individuellen Seelen nur kleine Bausteine einer *Großen Weltseele* waren, die wiederum zu gleichen Teilen aus Sternen und erdähnlichen Objekten bestand. Das war *Die Liebe, welche die Sphären bewegt,* von mir schon erwähnt. Später aber war es genau diese fehlgedeutete *Liebe,* die sie dazu brachte, die Altäre des Feuers zu zerstören, das sie als Hauptquelle des Lebens angebetet hatten.* Aber genug davon! Kehren wir zurück zu dem, wovon ich vorhin sprach ... ja ... der Königshof ... Jetzt hab ich's wieder. An diesem Hof lebte ein philosophierender federloser Zweifüßler, der sich selbst als *Gnostiker* bezeichnete, und ihm befahl die Königin, die geheimnisvolle Inschrift von El'Azars Schwester auf der Tontafel zu entziffern. Der Gnostiker hatte Riesenprobleme mit dem Text, und er bot sein gesamtes besoffenes Japhetisch auf, um ursprüngliches Japhetisch zu lesen und zu verstehen. Darüber hinaus war er selbst zumeist ein bißchen betrunken. Und er hatte noch nie von den megalokosmischen Funktionen des Goldenen

* Der Rabe bezieht sich hier auf die Konversion des zoroastrischen Ostgeorgien zum Christentum im Jahr 337 AD.

Vlieses gehört. Er studierte die sieben semantischen Gruppen und die Quantenformeln, doch das einzige, was er herausfinden konnte, war, daß es ein in der georgischen Sprache verborgenes Mysterium gab und daß dieses Mysterium mit El'Azars Almsnoschinu zu tun hatte – es sollte nämlich eines fernen Tages in viel größerem Maßstab wiederaufgeführt werden und alle Menschen und Sprachen einbeziehen. Zu seiner Verteidigung sei gesagt, daß der Gnostiker den numerischen Wert einiger semantischer Gruppen ermitteln konnte, was immerhin auf die Möglichkeit einer Lösung des Ur-Gegensatzes zwischen Existenz und Nicht-Existenz hindeutete. Denn die Buchstaben des besoffenen Japhetisch – genannt das georgische Alphabet – besitzen numerische Entsprechungen wie das Hebräische und andere antike Sprachen. Da der Gnostiker recht gut vertraut war mit dem gematrischen System der Kabbala, spielte er mit ein paar Zahlen herum und schloß, daß der numerische Wert des Mysteriums zwischen 94 und 4000 oszillierte. Er konnte nicht genauer spezifizieren, worum es bei diesem verdammten numerischen Quatsch überhaupt ging, nur daß die Zahl 4000 sich auf die vier Tage von El'Azars Schwebezustand zwischen seinem vergangenen und seinem künftigen Körper bezog und daß im Alphabet diese Zahl das numerische Äquivalent zu dem georgischen Phonem *tsil* ist und ausgesprochen wird ...« Und zu Pschawelas größter Verwunderung reproduzierte der Rabe diesen komischen Laut makellos.

»Na und?!« mischte sich Tigran ein. »Wir haben den gleichen Laut im Armenischen auch, aber wir machen kein solches Gewese darum.«

»Um so besser für euch!« verkündete der Rabe auf dieselbe apodiktische Art wie sein poetisches Analogon das berühmte *nevermore*. Er fuhr fort:

»Dank des guten Weins, der köstlichen Speisen und des gesunden Klimas blieb dem Gnostiker ein Nervenzusammenbruch wegen seines hermeneutischen Versagens erspart. Ganz im Gegenteil: Der einfallsreiche Knabe setzte sich hin und komponierte einen Hymnus, den er *Lob und Preis der georgischen Sprache* nannte und in den er all seine Erkenntnisse aus der Beschäftigung mit der Tontafel einfließen ließ und mit ein paar rhetorischen Figuren der Hymnographie aufpeppte. Der Hof nahm den Hymnus ziemlich beifällig auf, die Tontafel aber legte man zur Seite, weil man damit sowieso nicht weiterkam. Doch blieb sie ein geschätzter Gegenstand, der von König zu König weitergegeben wurde als Relikt der großen Ahnen. So blieb es in Georgien die nächsten 800 Jahre, bis ein kreuzgeiler federloser Zweifüßler namens Balduin den georgischen König besuchte und die Tontafel einsackte. Dieser Balduin war einer von vielen kreuzgeilen Zweifüßlern aus dem Westen, die, von einer besonders schweren Form der Kreuzgeilheit angetrieben, nach Jerusalem ausschwärmten, das lag ganz in der Nähe von El'Azars Almsnoschinu. Meine Theorie ist, daß sie die Tafel brauchten als eine Art Waffe gegen die nichtkreuzgeilen federlosen Zweifüßler, die dort lebten. Wegen einer so idiotischen Zweckentfremdung der Macht des Goldenen Vlieses und weil sie außerdem die Tafel nicht entziffern konnten, hat sie nicht funktioniert. Die Kreuzgeilen erlitten eine schwere Niederlage. Ihr Trauma war so schlimm, daß sie die Tafel ganz und gar vergaßen und sie in ihrer Phantasie zu einer magischen Schale ummodelten, ›Gradal‹ genannt. Ha! Als die Kreuzgeilen hundert Jahre später im Traum aus der magischen Schale tranken und ins Bett pißten, wurde der wahre ›Gradal‹ – also die Tontafel – von einem weiteren Muttersprachler des besoffenen Japhetisch gefunden. Er nannte sich Rustaweli.«

Tigran, der bei diesen Worten gerade ebenfalls einen tüchtigen Schluck Armagnac zu sich nahm, verschluckte sich wieder und spie den Schnaps auf seine Kleider. Hustend verschwand er im Badezimmer. Gurdjieff warf Pschawela einen amüsierten Blick zu. Der Hochländer hatte genügend Alkohol intus, um sich die Offenbarungen des Raben über Rustaweli ruhig anhören zu können. Und was für eine Offenbarung das war!

»Hör gut zu, mein Hochländer, und auch du, mein Tiger von Turkistan! Rustaweli schaffte es, den Code des Goldenen Vlieses zu knacken. Im Kreuzkloster in Jerusalem hörte er Stimmen, die ihm die Fähigkeit verliehen, das ursprüngliche Japhetisch zu verstehen, er konnte alle semantischen Gruppen, alle Symbole und Zahlen der Tontafel lesen und verstehen. Doch der Ansturm der Inspiration war so stark, daß dabei die Tontafel in winzige Stücke zersplitterte und er selbst bewußtlos zu Boden sank. Sieben Tage blieb er auf dem Bett liegen, ohne ein Lebenszeichen von sich zu geben. Aber er atmete. Als er schließlich wieder zu sich kam, pulsierte die klare Vorstellung eines Epos in seinem Kopf, eines Epos, das den Code des Goldenen Vlieses enthielt. Er setzte sich also an seinen Tisch und schrieb 1671 vierzeilige Strophen, jeder Vers bestand aus 16 Silben mit Tonakzenten und gleichen Endreimen; die jeweils acht Trochäen wurden durch eine Zäsur getrennt. Vers für Vers, Silbe für Silbe streute er den Code des Vlieses über sein Epos aus wie die Flecken über das Fell eines Leoparden. So bekam er schließlich nicht nur einen poetischen Text zustande, sonder eine geheimnisvolle Art von Gewebe – das Heilige *Pantherfell,* das in sich dieselbe Information trug wie das verlorene Vlies. Daher stammt auch der Titel des Epos, *Wepchisstqaossani* oder *Der mit dem Pantherfell.* Der Trick dabei ist, daß der Titel sich auf das Poem selbst bezieht, nicht auf den federlosen zweifüßigen Koloß namens Tariel, den Recken des Epos.«

Nach diesen Worten flatterte der Rabe plötzlich auf und hängte sich kopfüber an den Kronleuchter wie ein Papagei. Schaukelnd begann er den einführenden Vierzeiler von *Wepchisstqaossani* zu rezitieren:

rrromelman shekmna samqarrro dzalita mit dzlierrrita,
zegarrrdmo arrrsni sulita qvna zetsit monaberrrita,
chven, katsta, mogvtsa kveqana, gvakvs utvalavi perrrita,
karrr ... karrrr ... karrrr ... marrrr ... marrrr ... marrrrr ...*

Der Führer der Sieben saß mit geschlossenen Augen da und murmelte ein Mantra vor sich hin, Gurdjieff stimmte ein, während Pschawela die Verse des Raben wiederholte. Tigrans Kopf schaukelte im Einklang mit dem Kronleuchter hin und her, er fürchtete, der große schwarze Vogel könnte das gute Stück zum Absturz bringen.

Es erklang ein Klopfen an der Tür.

Dieser Morgen des Wahnsinns geht also weiter, dachte Tigran. *Astvats, ichu hamar.***

Zwei Männer standen draußen. Einer war schon auf den ersten Blick als Engländer zu erkennen: blond, mit säuberlich gestutztem Schnurrbart in weißem Hemd und Nadelkragen mit bräunlicher Fliege, Jackett, Knickerbockern, karierten Strümpfen und schmutzigen Schuhen. Der andere Mann sah wesentlich ärmlicher aus, er trug einen schwarzen

* *Der den Weltenbau erschaffen, groß in grenzenlosem Walten, / ließ aus hohem Himmels-Odem alles Leben sich entfalten, / und er gab uns Menschen diesen Erdkreis bunter Vielgestalten.*

** Armenisch für: »O Gott, warum nur?«

Hut, ein fleckiges Hemd, schwarze Hosen und ausgetretene Militärstiefel. Seine Lippen deckte ein riesiger Schnurrbart, und in seinen Augen lag etwas Entschuldigendes. Über der Schulter trug er einen Malkasten.

»Hier kommen meine Bildkünstler!« krächzte der Rabe, ließ sich vom Leuchter fallen und flatterte auf die Lehne der Ottomane.

»Wir bitten vielmals um Entschuldigung für unser unangekündigtes Eintreten«, sagte der Engländer in perfektem Kurdisch. »Doch hat man uns nahegelegt hierherzukommen und uns vorzustellen. Ich heiße Gene Morris und bin Professor für Optik, und das ist Niko Pirosmani, ein hiesiger Maler, den ich vor ein paar Tagen kennenlernen durfte.«

Pirosmani nahm den Hut ab und nuschelte etwas, das niemand verstand.

»Kommt herein, meine Freunde, ihr seid höchst willkommen!« bat der Rabe sie herein. Pschawela und Gurdjieff begrüßten sie ebenfalls erfreut, und sogar Tigran war *enchanté,* ihre Bekanntschaft zu machen.

»Für Förmlichkeiten fehlt uns die Zeit, meine Freunde«, sagte der Rabe. »Wir müssen mit Unserem Werk beginnen. Bitte macht es euch bequem und gestattet mir fortzufahren.«

Man wies den Neuankömmlingen Stühle zu und goß ihnen großzügig Armagnac ein, was sie sichtlich erfreute.

»Was ist das irdische Wort für die Passage megalokosmischer Vibrationen des Askokins?« fragte der Rabe, wartete aber die Antwort gar nicht erst ab. »Das Wort ist *Passion.* Ja, Passion ist die Passage, und das war der Kern des Codes auf dem Goldenen Vlies. Wie ich schon erwähnte, hat uns der Gnostiker bei seiner betrunkenen Interpretation der Tontafel zwei Zahlen gegeben: 4000 und 94. Letztere hat sich als schwierig erwiesen. Der Gnostiker schreibt in seinem Hymnus: ›Und als Wunderbares hat sie das: 94 Jahre mehr als die anderen Sprachen von der Ankunft Christi bis heute.‹ Aber was ist dieses ›Wunderbare‹? Und was ist mit der anderen Zahl, 4000? Der Gnostiker bezieht sich auf eine alte hebräische Berechnung und zitiert: ›1000 Jahre sind wie ein Tag.‹ Aber wenn ein Tag wie tausend Jahre ist, wie lang ist dann die Zeitspanne von vierundneunzig Jahren? Setzt man voraus, daß das durchschnittliche Erdenjahr aus 365 Tagen besteht, dann sind die 94 Jahre aus dem Hymnus 94 mal 365 mal 1000, also 34.310.000. Keine Angst, diese Zahl hat nichts mit Zeit zu tun. Den Meßinstrumenten auf dem Saturn zufolge ist das die Frequenz der Wellen der Passage oder, anders interpretiert, der Fluß der megalokosmischen Vibrationen des Geheiligten Stoffs Askokin. Und ebenfalls mit diesen Apparaten gemessen ist 4000 genau die Länge dieser Wellen. Das ist alles. Mehr gibt es nicht.«

Hier hielt der Rabe inne, um die Wirkung seiner Worte auszukosten, und fuhr dann fort.

»Doch, eines gibt es noch. Nach Gornachurs Berechnungen ist die Zahl 34.310.000 der numerische Wert des japhetischen Wortes für *Passion.* Ja, er kam tatsächlich genau auf diese Zahl. Vergleicht man die georgische oder besoffen-japhetische Entsprechung – *vnebai* –, so stellt man fest, daß deren numerischer Wert vierundsiebzig beträgt. Ha, ha, ha! Die Zahlen sprechen für sich, nicht wahr, mein Hochländer?«

Der Rabe redete sich in Rage.

»Aber die Zahlen sind Schall und Rauch! Alles numerischer Blödsinn, ganz egal, wie groß sie sind. Wir brauchen Das Wort selbst; wir brauchen das ur-japhetische Wort für Die Passion – das und sonst nichts! Wir müssen das Wort in seiner ursprünglichen japhetischen Form ermitteln oder rekonstruieren, denn seine Morpheme und Phoneme bezeichnen nicht nur den Akt der Passion, sondern – und jetzt wird es ganz wichtig – sie *stellen* Die Passion *dar,* indem sie sie benennen! Das stand geschrieben in den sieben semantischen Gruppen des Codes vom Goldenen Vlies – Das Wort machte den ganzen Code aus! Wir brauchen dieses Wort selbst, denn durch die Darstellung der Passion werden wir den megalokosmischen Fluß des Askokins neu starten, die Passage der Vibrationen, die Transmission – und so verhindern wir, daß es zum Zweiten Babel kommt! Wir müssen Das Wort *wieder zum Leben erwecken!*«

»Was stellst du dir vor, wie soll dieses linguistische Almsnoschinu passieren?« fragte Gurdjieff.

»Das Wort kommt mit Dem Werk!« sprach der Rabe, etwas ruhiger geworden.

»Und bei Dem Werk geht es darum, das *Pantherfell* zu *gerben,* stimmt's?« mischte sich Pschawela ein.

»Da geht es nicht nur ums Gerben«, versetzte der Rabe. »Es ist eher so, wie man früher Gold aus den Flüssen des Hochlands gewonnen hat. Man hängte ein Schaffell in die Strömung, und Goldpartikel verfingen sich darin. Unsere Aufgabe besteht darin, das *Pantherfell* in einen ganz besonderen Strom zu hängen. Und dieser Strom wird die Musik der Passionen sein.«

»Und die Musik der Passionen stammt von dem Schamanen aus Eisenach, richtig?« vermutete Gurdjieff, der sich an die unvollständige Botschaft Der Stimmen erinnerte.

»Korrrekt!« krächzte der Rabe. »Und sie soll durch dein objektives Bewußtsein verarbeitet werden, mein Tiger von Turkistan.«

»Du meinst das objektive Bewußtsein des Höchsten

Sehr Heiligen Allkosmischen Individuums Aschiata Schiämasch?« fragte Gurdjieff.*

»Korrrekt«, krächzte der Rabe wieder und setzte hinzu: »Es verbirgt sich in den Tiefen des menschlichen Geists – im Unbewußten –, und es ist die einzige Kraft, die einen zu freiwilligem Leiden treibt. Übrigens hat der Schamane von Wien fälschlich ziemlich viel Kapital aus dem allen geschlagen.«

»Entschuldigen Sie, wenn ich Sie unterbreche«, begann der Engländer wieder auf kurdisch. »Ich kann nicht entscheiden, ob dieser Dialog zwischen Ihnen und Mr. Black Greek irgendeine Relevanz für mich hat. Könnten Sie bitte präziser werden und uns einige Details liefern für das, was Sie Das Werk zu nennen belieben?«

»Aber ich bitte Sie! Sehr gerne!« rief der Rabe. »Hier kommen die Details.« Mit diesen Worten machte es sich der Rabe wieder auf der Schulter des Mongolen bequem und sprach folgendermaßen:

»Das Knacken des Codes des Goldenen Vlieses wird eine Gruppenaufgabe sein, eine *kollektive Improvisation,* wenn ihr so wollt. Wir benutzen dazu zwei bemerkenswerte Texte, das *Pantherfell* von Rustaweli und die *Johannespassion* des Schamanen von Eisenach, dazu noch ein paar mystische Bilder, die wir mittels der Laterna Magica auf eine Wand projizieren. Es wird also ein synästhetisches Opus sein, basierend auf audiotextuellvisuellen Synergien. Der Event wird in der Halle eines Ortes namens Deutscher Garten hier in Tiflis stattfin-

* Aschiata Schiämasch war ein Gesandter von Oben, der in einem menschlichen Körper in Babylon residierte. Dank seiner Heiligen Tätigkeit ähnelte die Existenz der Menschen eine Zeitlang derjenigen Höherer Wesen auf anderen Planeten im großen Universum. Beelzebub verehrte ihn.

den, kontrolliert jedoch wird er von oben, von Gornachurs Linguo-Chronotopos Beschleuniger auf dem Saturn. Aber der wichtigste Teil Des Werks wird vor Ort aufgeführt. Und jetzt bitte ich um Ihre uneingeschränkte Aufmerksamkeit – kein Alkohol mehr! Mein Hochländer, deine Aufgabe wird verbal und interpretatorisch sein; du wirst den Text des *Pantherfells* in die Sprache der Tiere und Pflanzen übersetzen, du sprichst diese, wie ich weiß, und sie weist einige strukturelle Spuren des ursprünglichen Japhetisch auf.«

»Ist das nicht ein bißchen viel verlangt?!« Pschawela war verdattert. »Das Epos besteht aus 1671 Vierzeilern! Wie soll ich einen so langen Text während einer Nacht in einer Konzerthalle übersetzen?«

»Es sind 1671 Vierzeiler oder 6684 Verse oder 106.944 Silben, um es ganz genau zu sagen«, entgegnete der Rabe gelassen. »Keine Sorge, mein Freund, du wirst dich nicht um den gesamten Text kümmern müssen. Das *Pantherfell* ist so raffiniert und organisch komponiert, daß in jedem Teil das Ganze enthalten ist. Nimm einfach irgendein Kapitel. Ich bin sicher, du kannst große Teile auswendig wie die meisten deiner Landsleute. Wie du weißt, enthält die Aufführung eine Laterna Magica, die Illustrationen zu dem Epos zeigen wird von einem ungarischsprechenden federlosen Zweifüßler ... wie heißt der noch gleich? Ah, ja, Zichy ... halte dich einfach daran. Sind wir denn jetzt bereit für die Aufführung, Mr. Morris?«

»Jederzeit, Sir!« antwortete der Engländer.

Der Rabe zitierte nun das Plakat am Tor des Deutschen Gartens und kündigte an: »Mr. Gene Morris, der weltbekannte Weltreisende, zum zweiten Mal in unserer Stadt ... Sicher der größte und definitiv der am meisten ...« Der Rabe brach ab und fragte den Engländer: »Aus welchem Grund kommen Sie schon zum zweitenmal hierher?«

»Ich bin nicht sicher, daß ich das erklären kann. Mein Metier ist die Optik, nicht die Psychologie.«

Hier sprang Tigran auf und sagte auf englisch, das er noch nie gesprochen hatte: »Welche Macht ist es, die Menschen wandern und nicht nachlassen läßt in ihrem Kundschaften?«

Der Rabe warf ihm einen anerkennenden Blick zu und sagte dann: »Kehren wir zur Optik zurück.« An Pschawela gewandt, fuhr er beinahe ironisch fort: »Um deine linguoschamanischen Kräfte zu beflügeln, wird Mr. Morris nicht nur mystische Illustrationen zu dem Epos projizieren, sondern auch eine Reihe anderer Arbeiten von Mr. Zichy – seine erotischen Skizzen, um genau zu sein. Ja, sehr beeindrukkende Beispiele pornographischer Kunst ... fast schockierend, sollte ich hinzufügen.«

»Das Publikum wird durchdrehen«, wandte Pschawela besorgt ein. »Wir sind hier schließlich nicht in England, sondern in Asien!«

»Wir sollten während des Events alle ein bißchen durchdrehen«, gab der Rabe zurück. »Außerdem wird das Publikum vom Saturn aus kontrolliert werden. Darüber mach dir mal keine Sorgen! Betrachte nur die mystischen Bilder und laß deinen schamanischen Geist durch das *Pantherfell* fließen wie ein Fluß im Hochland, der Goldstaub mitführt ...«

Da Pschawela stumm blieb, wandte sich der Rabe an Gurdjieff.

»Jetzt, mein Tiger von Turkistan, bist du dran. Genau gleichzeitig mit der Laterna Magica wird ein Chor von deutschsprechenden federlosen Zweifüßlern mit einem kleinen Orchester die *Johannespassion ... Herrrr, unserrr Herrrrscherrr ...* aufführen. Das ist Musik voller Schmerz, Abfolgen von erbarmungslosen Dissonanzen verbinden die Oboen und Flöten mit dem Aufruhr der rollenden Sechzehntel in den Streichern, brechen in den Baß herein und kommen schließlich auf B zum Erliegen ... solche Vibrationen harmonieren ideal mit den megalokosmischen Frequenzen.«

Anstatt einer Antwort sang Gurdjieff mit geschlossenen Augen: *Zeig uns durch deine Passion ...*«

»Ja«, sagte der Rabe, dem das zu gefallen schien. »Mit dem Kantor Schweitzer im Kopf und deiner Erfahrung und deinem Wissen um die kosmischen Klänge und Heiligen Movements, die du von Eingeweihten Individuen gelernt hast, wirst du diese Töne des Schamanen von Eisenach verarbeiten. Du weißt ja, daß das nicht bloß Musik ist, denn dieses *deutschsprechende-wurstfressende-biertrinkende-frauenfickende* Heilige Individuum brachte die genuine *Ars Combinatoria*-Musik hervor, die verborgene heilige Bedeutungen, begraben in Worten, entschlüsselt. Der Kantor in deinem Kopf weiß, wie der Schamane von Eisenach die verborgene Bedeutung seines Namens in seiner Musik codierte, als er diese Welt verließ und aufstieg von seinem ehemaligen zu seinem künftigen Leib durch absteigende Halbtonschritte: B-A-C-H.«

Der noch immer meditierende Führer der Sieben wiederholte diese Töne, als wären sie ein Mantra. Der Rabe hackte wieder kurz auf seinen blanken Schädel und sagte: »Die Hauptarbeit aber wird in diesem Kopf stattfinden. Der Führer der Sieben ist hier, um die *Synthesis* auszuführen. Er wird mit eurem erwachenden objektiven Bewußtsein kommunizieren, mein Tiger und mein Hochländer. So wird er den semantischen Gehalt des übersetzten *Pantherfells* mit den schwingenden Tonfolgen der musikalischen *Passion* verbinden und ein einheitliches semantisches System daraus formen; er wird die Musik durch das poetische Gewebe fließen lassen und analog dem Goldgewinnungsmodell wird der

Code aus diesem Fließen gewonnen werden. Und so wird Das Wort im Geist des Führers der Sieben rekonstruiert oder *wieder zum Leben erweckt* werden.«

Der Mongole öffnete die Augen. Sein Blick war außerweltlich, er ließ das ganze Zimmer sich bis weit jenseits seiner Begrenzungen ausdehnen. Zumindest empfand Gurdjieff es so.

»Um das ganze Werk aber zu vollenden«, fuhr der Rabe fort, »muß der Führer der Sieben Das Wort an jemand anderen weitergeben, ohne es auszusprechen – auf gar keinen Fall darf er es aussprechen! Wenn er es täte, würde Das Wort sich materialisieren wie in irgendeiner gewöhnlichen Sprache und damit seiner kosmischen Polysemie beraubt, die es in seiner ›inneren Form‹ akkumuliert hat. Es ist aber ebenso unmöglich, Das Wort zu lange unausgesprochen zu lassen – in terrestrischer Zeit, meine ich –, da sich dann seine denominative Kraft entleert und es bedeutungslos wird. Der Führer der Sieben wird also Das Wort durch einen Akt der ›Kopulation‹ mit einem anderen Körper kommunizieren, und es sollte der Körper einer sehr speziellen Art von weiblichem federlosem Zweifüßler sein – eine *Frau, die viel geliebt hat.* Ich will an dieser Stelle aber gleich offen gestehen, daß die Notwendigkeit eines solchen Aktes auf bloßer Vermutung basiert; es ist nur eine Hypothese, entwickelt aus unserer Analyse des besoffenen Japhetisch: Das georgische Wort für ›Wort‹ und das für ›Kopulation‹ haben dieselbe Wurzel – *tqu.*«

»Allerdings!« bestätigte Pschawela, als wäre er stolz auf die erotischen Schätze, die sich in seiner Sprache verbargen.*

* Ich an seiner Stelle wäre nicht so stolz gewesen, da auch heutige georgische Übersetzer in mühevoller Kleinarbeit noch immer versuchen, eine stilistisch adäquate Entsprechung zu dem gewöhnlichen englischen Idiom »to make love« zu erfinden (es geht deutschen Übersetzern nicht anders).

»Außerdem«, setzte der Rabe fort, »ist jedes wirkliche Wort dialogisch gemeint, es braucht mindestens zwei Sprecher, um seine Bedeutung zu offenbaren.«

»Wie meine Großtante zu sagen pflegte: Du kannst nicht mit einer Hand klatschen!« versicherte Tigran. Darauf antwortete der Führer der Sieben damit, daß er allein mit seiner rechten Hand klatschte. Niemand bekam mit, wie das ging.

»Nachdem ich nun alles gesagt habe, was zu sagen war, bin ich ganz Ohr für eure Fragen und Kommentare«, verkündete der Rabe.

Stille. Pschawelas gesundes Auge war noch immer auf die rechte Hand des Führers der Sieben gerichtet; Gurdjieff war zwar physisch präsent, geistig aber ganz woanders, seine Gedanken bewegten sich auf einem schnellfließenden Strom von Sechzehnteln, gespielt von den Streichern im Orchester seines Kopfes. Tigran, der so respektlos behandelt worden war sowohl von dem Raben wie von dem Mongolen, schien zu entmutigt, um irgend etwas Neues hervorzubringen. Gene Morris holte eine Zigarre heraus, roch an ihr, nieste und durchwühlte dann seine Kleider nach einem Taschentuch.

Schließlich war es Pirosmani, der das Wort ergriff – und er sprach in vorzüglichem Japanisch.

»Was ich euch sagen will, Brüder: Laßt uns ein bißchen Geld auftreiben, ein Häuschen am Fluß im Ortatschala-Garten bauen, einen großen Tisch darin aufstellen, wo alle Platz haben, einen Samowar auf diesen Tisch stellen, Tee trinken und über Kunst reden ...« Er blickte entschuldigend in die Runde.

Der Führer der Sieben erhob sich, trat zu Pirosmani, kniete vor ihm nieder und verbeugte sich tief. Der Rabe balancierte noch immer auf seiner Schulter und sagte: »Ich danke dir, mein einfachgestrickter Maler von Bildern des reinen

Seins – mein primitives Genie. Wir werden später in die Tat umsetzen, was du eben vorgeschlagen hast, ist erst mal das Opus Almsnoschinu – Das Werk – vollbracht. Während des Events wirst du bei uns sein und auf einer der Bänke im Deutschen Garten schlafen und von deiner geliebten Margarita träumen. Nur das und sonst nichts.«

Und dann sprach der Rabe zu Pschawela und Gurdjieff gewandt: »Haben wir übrigens diese Frau – die Frau, die viel geliebt hat?«

»Ich glaube, ja«, sagte Gurdjieff. Pschawela nickte.

Dagny stand in der Mitte ihres Hotelzimmers – sie war völlig am Ende. Emeryk kniete vor ihr und hielt ihre Beine umfaßt, dabei schluchzte er in den Saum ihres Morgenmantels. Er stotterte irrsinnige Worte über den Tod als größtes Glück, das ihr zuteil werden könnte, schlug allen Ernstes einen gemeinsamen Selbstmord vor, und mit dem ganzen Pathos des abgewiesenen Verehrers flehte er die Dame seines Herzens an, ihn zu heiraten. Der arme Kerl – sein bevorstehender Bankrott hatte ihn ums letzte bißchen Verstand gebracht.

Doch dieser morbide Vorschlag war bei weitem nicht das Schockierendste für Dagny, denn in seinem Delirium hatte Emeryk etwas bei weitem Makabereres gestanden: Er hatte Przybyszewski Geld dafür gegeben, daß er Dagny auf diese Reise mitnehmen durfte, er hatte sie ihm abgekauft – ja, Stach hatte sie verkauft, ja ...

Ich sehe Tränen in ihren Augen, und ich kann ihre Gedanken über diese Demütigung vernehmen: Sie ist ein gefallenes Mädchen, sie verdient dieses Leid, das ja gut war für Stach – durch diesen Handel war er von seiner »Malaria« kuriert, exorziert von diesem »infektiösen Dämon« ... ja, sie ist ein Dämon, ein unersättlicher Vampir, überfressen am Blute sterblicher Männer und jetzt auf der Suche nach Intimverkehr mit Gott! *Und jetzt hörte sie Sein krankes Herz voller Lust in ihrem Herzen pulsen; und sie spürte, wie Er seine langen Arme um sie schlang und sie an dieses Herz preßte, das starb …* Verdorbenes Weib, sie deliriert … in der Toreinfahrt sieht sie eine ausgestreckte Hand – lang, tot – sie küßt sie … dann öffnet sich die Tür, und sie erkennt, daß die Einfahrt wie der Kiefer eines Ungeheuers ist, und der Gestank, der daraus zu ihr weht, ist der Gestank der giftigen Blumen der Poesie. Perverserweise wurde Stach von seinen polnischen Jüngern als Gottheit verehrt, als »dämonischer Autor«. Aber diese Gottheit hat sie abgestoßen, verkauft gegen Bares, wonach er ebenso süchtig war wie nach jungfräulichen Schenkeln und Fotzen …

Aber vielleicht verlese ich mich auch in ihren Gedanken in diesem so entscheidenden Moment. Was würde wohl eine normale Frau, die mit einem sexuell anderweitig aktiven, geistesgestörten Säufer verheiratet war – verheiratet und geschieden, doch noch immer an ihn gefesselt –, was würde diese Frau wohl jetzt denken? Schließlich haben Frauen, wenn man der modernen Evolutionspsychologie folgt, ein angeborenes Interesse an ehelicher Treue, was ihnen eine Stütze bei der Aufzucht der Kinder verschafft; das reicht zurück in die Vorzeit der Jäger und Sammler. »Stasiutulek, komm rasch! Ich habe solche Sehnsucht nach Dir! Und es geht mir nach wie vor nicht gut, und jetzt ist auch noch Zenon krank.« Das schrieb sie in einem ihrer zahllosen Briefe an Stach.

Und doch war Dagny in meinen Augen nicht diese Art Geschöpf – ich meine den Prototyp der Frau aus Jäger-und-Sammler-Zeiten. Auch wenn Emeryks Geständnis sie anwiderte, blieb sie stark und hart; sarkastisch summte sie dieses einfache Duett von Pamina und Papageno aus der *Zauberflöte* vor sich hin: *Mann und Weib, und Weib und Mann, reichen an die Gottheit an.* Nettes Liedchen, nicht?

Beschämt und erschüttert von dieser melodramatisch-schizoiden Episode, rannte Emeryk aus dem Zimmer; er war immer ein schwächlicher Mann gewesen, und der Alkohol hatte ein übriges an ihm getan. Er knallte die Tür zu, um den Macho rauszuhängen; seine Hoden produzierten wohl noch ein bißchen Testosteron, er spürte, daß sie leicht angeschwollen waren – wir nennen das vielleicht besser *testo-thanato-steron.* Wie auch immer, jedenfalls war sein Abgang für Dagny eine Erlösung.

Mit einem Frösteln vor Ekel und den Bewegungen eines Zombies trat sie auf den Balkon hinaus. Ihr Zimmer im Grand Hotel sah auf den Fluß und einen Teil der Michail-Brücke. Die Brücke, die sich aus der Erinnerung ins Nichts erstreckte ... *ein Landungssteg* ... sie sah sich selbst dort stehen und schreien, das deformierte Gesicht zwischen den Händen. Sie schrie nach nichts und nach niemandem – genau dieses *nichts* war es, was sie schreien ließ. Sie war verkauft worden wie eine Sklavin. Sie hing in diesem Nichts, und sie spürte, wie es dicker und dichter wurde, körperlich greifbar als heiße, schwüle Luft; von ihrer Stirn rann ihr der Schweiß in die Augen, und sie konnte nichts mehr sehen. Die dicke wäßrige Luft drang in ihre Nase und Lunge, sie konnte kaum noch atmen, in ihrem Kopf drehte sich alles, und in diesem nebligen Strudel hatte sie eine Vision von sich selbst, wie sie nackt auf dem Tisch eines Festbanketts lag – *eine Lust-sklavin* –, umgeben von betrunken lachenden und grölenden Männern; einige von ihnen onanierten über ihr, kamen auf ihre Brüste, auf ihr Gesicht, in ihre Achselhöhlen, auf ihren Bauch und ihre Schenkel. Sie war die Scheingöttin der Fruchtbarkeit, und das Sperma floß auf sie wie der Speichel aus dem gierigen Maul des Todes. Und inmitten all dieser Demütigungen kam auch sie, trotz des Ekels und Abscheus, und sie haßte sich dafür. Sie verlor fast das Bewußtsein, aber etwas brachte sie ins Leben zurück: Das Tosen des Flusses unter ihr, seine strudelnden Wasser vermischten sich mit ihren strudelnden Gedanken, die durch das Flußbett des Nichts tosten; es drängte sie, sich in in diesen Fluß zu werfen, um den Schmutz von sich abzuwaschen ... abzuwaschen? Aber was blieb dann noch von ihr übrig?! War sie nicht dieser Schmutz und nichts sonst? Sie war dann nicht mehr – sie war tot, ach, wie wunderbar, sie starb jung, in ihren frühen Dreißigern, ja, so jung!

Dann hörte sie ein Kichern aus dem Zimmer hinter ihr. Eine hohe Stimme sagte: »Wenn Frauen alt werden und aufhören, Frauen zu sein, bekommen sie auf dem Kinn einen Bart, ha, ha, ha!«

Es war August Strindberg, der da sprach. Er sah höchst seltsam aus: Ein sehr kleiner Mann, kaum einen Meter groß, in einem grellbunten Anzug mit einer Peitsche in der rechten und einer Zigarre in der linken Hand. Er saß in einem tiefen Lehnsessel.

»Du armseliger Teufel von einer Frau!« sagte er und schwang seine Peitsche. »Infernalische Kreatur, verdammt sei dein Geschlecht! Ha, ha, ha, ha!«

»Warum haßt Du mich so?« fragte Dagny.

»Tatsächlich habe ich dich einmal geliebt, oder vielleicht nicht?« antwortete Strindberg mit ironischem Unterton. »Drei Wochen lang, um genau zu sein. Volle drei Wochen lang habe ich es mit dir getrieben, während meine Frida auf Reisen war. Und dann habe ich dich meinem lieben Freund Bengt vermacht ... ha, ha, ha!«

»Bengt Lidforss, der arme Syphilitiker! Der war viel mehr an jungen Männern interessiert als an Frauen«, sagte Dagny grinsend.

»Du haßt ihn, weil er deine literarischen Bemühungen durchschaut hat. Mein Gott, wie herrlich: ›Juel hat jetzt ihre wahre Bestimmung gefunden und zum Stift statt zum Schwanz gegriffen!‹ Großartig! ›Sie schreibt kurze Geschichten über Liebe, Hurerei, Mord und andere Sauereien.‹«

»Warum haßt du Frauen, *Vater?*« fragte Dagny.

»Ich halte euch Frauen, alle Frauen, für meine Feinde!« antwortete Strindberg. »Und weißt du auch, was euch so gefährlich macht? Daß ihr euch eurer instinktiven Unehrlichkeit nicht mal bewußt seid! Es ist riskant, auch nur irgend etwas für bare Münze zu nehmen, sobald eine Frau damit zu tun hat. Die einzige Frau, der ich je vertrauen konnte, war meine Mutter!«

»Werde doch endlich erwachsen, du alter Idiot! Du hast schlicht und ergreifend Angst vor Liebe und Sex, und um das zu vertuschen, erfindest du diese blödsinnige Geschichte, daß du mich drei Wochen lang flachgelegt hast. So ein Quatsch! Du kannst überhaupt niemanden flachlegen, du kannst höchstens in deinem Sessel sitzen und dir einen runterholen wie deine Brüder im Schwanze, Bengt zum Beispiel. Ihr verdammten heimlichen Schwuchteln!«

»Aber du bist ganz offen eine Nutte, oder vielleicht nicht, meine liebe Aspasia, meine Henriette?!« gab Strindberg zurück. »Oh, diese Nacht im Schwarzen Ferkel, als du mich zu einer schwarzen Messe geholt hast – auf dem Tisch ausgestreckt, den Rock hochgeschoben und einen Finger tief in deiner Fotze! Mein Gott! Du bist da in dem Zimmer zur Straße gewesen, wo die ganzen Prostituierten rumhingen, und du wärst fast von der Polizei abgeführt worden – du hast dich in deinem moralischen Wahnsinn gesuhlt! *Meine blödsinnigen Geschichten?* Du hast diese Geschichten angeregt – ganze Romane, sollte ich besser sagen! Du hast Familien zerstört und Männer ruiniert – neurotische Männer, aber nicht unbegabt –, du hast sie dazu gebracht, ihr Geld zu vergeuden und ihr Haus, ihre Pflichten und ihren Beruf aufzugeben! Und jetzt willst du noch weiter gehen und einen Weg finden, *mit Gott zu kopulieren!* Warum nur? Hast du vor, Ihn auch zu ruinieren? Das wirst du nicht schaffen, meine Süße, denn Gott liebt nur Jungfrauen, ja, auf ihrem Busen ruhet Er um die Mittagsstund, bettet Sein Haupt zwischen ihre jungfräulichen Brüste. Ja, ruhig ist Sein Schlaf auf jungfräulichem Busen, wo kein Stäubchen das schneeweiße Vlies befleckt ... und du, meine Gottsucherin, was passiert mit Frauen deiner Art? Du lebst in perverser Weiblichkeit, endest in Schmutz und Dunkelheit. Ha, ha, ha!«

»Deine Leidenschaft für Jungfräulichkeit und Jungfrauen steht auf tönernen Füßen, du alter Idiot«, fauchte Dagny. »Und ich sage dir auch, warum: Sobald deine Leidenschaft geweckt ist, kommst du dir selbst schwächer vor, weil deine Selbstschutzwände bröckeln. Dann fängst du an, die Jungfrau zu verachten, die du eben noch angebetet hast. Das kommt von deiner ejaculatio praecox, die dein Markenzeichen im Bett ist. Ha, ha!«

»Welch profunde Analyse!« Jetzt war Strindberg wirklich getroffen. »Jetzt habe ich den Beweis, daß du wirklich nach dem Stift statt dem Schwanz gegriffen hast. Brauchst du da vielleicht einen guten Rat? Den kannst du haben: Nimm den Schwanz und schreib damit! Ha! Schneid ihn einfach ab, tauch ihn in sein Blut und schreib damit auf seine Brust; ja, kritzle ein paar ekstatische Zeilen: Heilige den Namen deines Gottes, kombiniere Kopulation und Exegese ... Ich würde etwa das vorschlagen: *Laß mich deinen Samen saufen, Adonai.* Du müßtest ihm nicht mal den Kopf abschneiden, der Schwanz reicht völlig. Ha, ha, ha, ha!«

Strindberg verschluckte sich an seinem eigenen Gelächter. Plötzlich sprang er auf und fing an, grimassierend herumzutanzen. Dabei sang er:

Kurz ist das Leben, freudeleer,
bald schlägt die letzte Stunde.
Der Todesengel schwebt umher
und ruft weit in die Runde:
O Eitelkeit, Vergänglichkeit!

Ungläubig sah Dagny dem Spektakel eines tanzenden und grimassierenden Strindberg zu. Sie fragte sich, warum Männer nicht spontan-natürlich mit Frauen umgehen konnten. Warum mußten sie die Frauen erst dämonisieren und dann demütigen? Wie jämmerlich! In der Vorstellungswelt so winziger Kreaturen wie Männern gibt es keinen Platz für Frauen, keinen Platz für die Liebe, es geht da nur um die Befriedigung einer unreifen Sexualität. Deshalb suchte sie in ihren sexuellen Phantasien nach Gott, deshalb wollte sie über eine solche Vereinigung schreiben. Ja, schreiben, denn Schreiben war für sie zur äußersten Form der Erotik geworden, ein transzendenter Ausdruck von Sexualität ... ja, der spottende Strindberg hatte recht: Dagny muß eine Frau von metaphysischer Hypersinnlichkeit gewesen sein, und ja, sie hätte einen Penis als Stift benutzen können, männliches Blut als Tinte und eine Männerbrust als Papier, und sie hätte so einen Hymnus auf Gott schreiben können, auf *ihren* Gott! (Ich wüßte gern, was Dagnys Reaktion auf Nagisa Oshimas Film *Im Reich der Sinne* gewesen wäre; auf den quasi-pornographischen Mystizismus, der darin kulminiert, daß ein Penis abgetrennt und ein Gedicht mit Blut geschrieben wird. War nicht Dagny die erste unter den Prämodernen, die das Schreiben resexualisierte und die erotischen Sinne kontextualisierte?)

Tauch den Stift nur in sein Blut
Schreib von Schmutz und Übermut
Schlaf mit Gott und mach es gut
Ja, ja, ja ...
Lang ist das Leben, die Kunst so kurz
Furz, furz, furz ...

Strindberg sang und tanzte weiter, bis er langsam verdampfte und sich schließlich in der schwülen Luft ganz auflöste.

Dagny blieb bewegungslos stehen und horchte auf den Donner in der Ferne. Plötzlich zuckte ein Blitz durch die Luft, gefolgt von Regen, der immer stärker niederprasselte. Der kühle, kreiselnde Wind wehte vom Fluß her und trieb den Regen auf ihren Balkon. Sie trat an die Brüstung und streckte die Arme in den Wasservorhang, der so dicht geworden war, daß sie nicht hindurchsehen konnte. Dagny bot sich dem Regen dar, sie ließ ihr Kleid an sich herabgleiten und entblößte ihre Brüste, damit der Regen den Schweiß der Hoffnungslosigkeit und der Wahnvorstellungen abwaschen konnte. Noch vor ein paar Minuten hatte sie sich so klein, so gedemütigt gefühlt; jetzt, da sie sich in dieser himmlischen Dusche drehte, explodierten leuchtende Bilder in ihrem Kopf. Oh, sie war Danaë, die den goldenen Samen von Zeus empfing! Sie war Maria Magdalena, die ihren Heiland erblickt und eintaucht in das Licht und das Funkeln, das von Ihm kommt ... die Blumen in Seinem Garten der Liebe wuchsen üppig um sie her, der Duft nahm ihr fast den Atem, Ranken wanden sich um ihr Leben … *Liebe, du bist das absolute, alleinige Ende des Lebens!*

Ja, das Ende muß nah sein!

Ganz plötzlich hörte der Schauer auf, und die Wolken teilten sich, als hätte ein unsichtbarer Zeremonienmeister den Wasservorhang hochgezogen. Dagny atmete tief ein, die ozongesättigte Luft füllte ihre Lungen wie der betäubende Haschischrauch. Ihr wurde schwindlig. Sie stand da wie eine junge Schauspielerin vor ihrem ersten großen Auftritt … sie schwebte über einer schwarzen Erdspalte … spontan beugte sie sich vor und – hoppla! – verlor das Gleichgewicht und fiel vom Balkon direkt in den Fluß. *Platsch!*

Es bedurfte einiger Anstrengungen, die junge Frau aus dem Wasser zu ziehen: Gurdjieff, Gene Morris und Tigran Poghosyan bildeten das Rettungsteam. Mit ein paar Kameraden trieben sie zufällig auf einem Floß vorbei, auf dem sie Party machten.

Floßpartys waren einmal sehr beliebt in Tiflis. Die Flöße starteten am einen Ende der Stadt und trieben langsam zum anderen, wo sie umkehrten; die Passagiere nahmen leichte Erfrischungen zu sich, tranken Unmengen Wein, sangen, tanzten, rezitierten Gedichte oder lauschten einer Drehorgel. Manchmal machte man am Ufer einen Zwischenstopp und lud Wildfremde ein, mitzufeiern und mitzutrinken.

Wie schon ganz am Anfang des Buches dargelegt, ist Alkohol mein Element, und ich bin offen für jede Form des Alkoholkonsums. Aus der chronotopischen (oder raumzeitlichen) Perspektive betrachtet, gibt es zwei Arten, ein alkoholisches Getränk zu sich zu nehmen: die *statische* und die *dynamische.* Die statische Art vollzieht sich im Kontext eines gedeckten Tisches, eines Cocktailempfangs etwa, sei es drinnen oder draußen. Die dynamische Art bedeutet, innerhalb eines sich bewegenden Vehikels zu trinken – im Auto, im Zug, im Flugzeug, auf dem Schiff. Das dynamische Trinken schätze ich besonders, viel mehr als das gesetzte Essen und den Cocktailempfang. Jede Art der Bewegung verdoppelt und verdreifacht die Stärke des Getränks, während der Alkohol alle Dinge intensiviert; man bekommt ein viel besseres Gefühl für die Umgebung, und Räume scheinen sich zu vergrößern, während die Zeit schrumpft, als würde sie von der Unendlichkeit verspottet. Ich hasse Transatlantikflüge, und das einzige, was sie einigermaßen erträglich macht, sind die freien Drinks zusammen mit der Taschenflasche Whisky, die ich vorsichtshalber im Duty Free Shop gekauft habe.

Neben den drei Männern, die Dagny an diesem Abend aus dem braunen Wasser des Flusses Kura holten, befanden sich auf dem Floß noch: Der Führer der Sieben mit einem großen Raben namens Ferdinand auf der Schulter, Pirosmani mit der Dame seines Herzens (Margarita, eine französische Chansonnière aus einem der Ortatschala-Restaurants), ein Duduk-Spieler namens Dschiwan, Pschawela der Hochländer und drei Männer im schwarzen Nationalgewand und konischen »Paprika«-Hüten: Sie gehörten der Bruderschaft der *Karachokheli* an – ein ziemlich einmaliger Orden aus geborenen Tiflisern, der eine Referenz (und eine Reverenz!) verdient.

Ich möchte die Karachokheli mit den mittelalterlichen deutschen *Meistersingern* vergleichen. Ihre Wurzeln reichen zurück ins Tiflis des 13. Jahrhunderts, zu einer Sekte hedonistischer Mystiker, den *Rhinds,* die sich als randständigen Zweig der Sufi-Schule verstanden. Das Wort »rhind« bedeutet im Persischen soviel wie Festgast/Trinker. Es waren Männer, die die unio mystica mit dem Unendlichen durch Liebe und Trunk suchten. Hafis, der sich den Rhinds zuordnete, beschreibt die metaphysischen Wohltaten einer solchen Vereinigung in seinen Gedichten, die Liebe und Wein preisen. Manche Wissenschaftler glauben jedoch, daß Weintrinken eine rein symbolische Bedeutung in der *Weltanschauung* der Rhinds hatte, was ich aber als bloße Spekulation zurückweise. Die empirische Offenbarung transzendenter Gefilde ist unerläßlich für jede Form der Mystik. Außerdem kann Wein manchmal einfach nur Wein sein wie eine Zigarre eine Zigarre sein kann.

Die Rhinds waren für ihre Geschicklichkeit, Offenherzigkeit und finanzielle Fairness weithin bekannt.* Ihr Bezirk in Tiflis war offen für alle Arten von abgefahrenen kreativen Köpfen – Barden, Künstler, Tänzer, wandernde Derwische und religiöse Visionäre, mochten sie Juden, Zoroastrier, Christen oder Muslime sein. Dieser Bezirk war zu der Zeit so beliebt, daß sogar König Giorgi IV Lascha, Thronerbe der legendären Tamar, sich gern dort aufhielt – zum Entsetzen des Hofes, der solche Besuche skandalös fand. Leider war Giorgi Lascha ein durchaus widerwilliger Leomeme; er hatte wenig Interesse an Macht und liebte die Frau eines kachetischen Bauern, die ihm ein Kind gebar.

Wie die Abkömmlinge der Rhinds waren auch die Karachokheli wahre Verfechter des Dolce vita. Starke Trinker, gute Sänger, Slam-Poeten und Faustkämpfer waren sie, aber zugleich auch großherzige und empathische Menschen. Und natürlich ausgezeichnete Handwerker! Auch wenn sie, anders als ihre Vorgänger, den sinnlichen Wirkungen des Alkohols keine allzugroße Bedeutung zumaßen, spielte das Trin-

* Das georgische Wort für Ritter (oder Recke), »rhaindi«, ist möglicherweise von »rhind« abgeleitet.

ken bei ihren mystischen Riten zur Vereinigung mit dem Unendlichen in der Nachfolge der Rhinds eine große Rolle.

Die Strömung hatte Dagny ihres Morgenmantels beraubt, und so erreichte sie das Floß nur in ihrer völlig durchnäßten Unterwäsche. Da sie sich weigerte, in ihr Hotel zurückgebracht zu werden (nie mehr würde sie an diesen fürchterlichen Ort zurückkehren), mußte sie ihre nassen Sachen ausziehen und sich in ein blaues Tischtuch im Tifliser Stil hüllen, das zufällig auf dem Floß war. Das störte sie nicht im mindesten. Margarita half ihr beim Umziehen. Dann saß sie abseits von den anderen, versuchte wieder zu Atem zu kommen, und der Schock ließ sie von Zeit zu Zeit erzittern.

Tigran Poghosyan trat zu ihr und bot ihr einen kleinen Tonkelch mit Rotwein an, der, so behauptete er, »wie ein Kuß von Bacchus« schmecke. Dann berichtete er ihr von den armenischen Ursprüngen des Weinbaus und untermauerte seine These mit der offenkundigen Tatsache, daß Noah, bekanntlich der erste Winzer, seine Arche am Hang des Ararat festmachte. Und Mme Przybyszewska habe ja soeben die Sintflut überlebt, oder? Da sei ein Kelch Wein doch angebracht.

»Was hat Sie dazu gebracht, in den Fluß zu springen, schöne Frau? Wo das Leben doch so kostbar ist«, sagte einer der Karachokheli, ein Mann namens Pepo. »Sie sind schließlich keine Selleriestange, die zweimal in diese Welt kommen kann, oder?«

Ein anderer Mann, dessen Name Ghizho war (was »verrückt« heißt) betrachtete versonnen die geschmeidigen Formen ihres Körpers unter dem blauen Tischtuch und sang: »Ich steh tief im Wasser und brenne / heißer und heißer nach dir mich verbrenne / Ja, deinen feurigen Liebesquell ich mich nenne.«

»Willkommen an Bord, Madame Przybyszewska«, begrüßte sie Gurdjieff mit einem Glas Wein in der Hand.

Dschiwan begann sein Duduk zu spielen, begleitet von Gene Morris auf seiner sehr ungewöhnlichen Drehorgel – sie klang wie ein Spielautomat, hatte aber eine Kurbel. Die Musik war lieblich-melancholisch.

Der Führer der Sieben stand auf, ging zu Dagny und nahm ihre Hand. Er verbeugte sich und führte ihre Hand an seine Stirn, dann setzte er sich neben sie und murmelte: »Gute Vibrationen ... gute Vibrationen ...«

Ferdinand der Rabe flatterte auf Gurdjieffs Schulter.

»Schau nur die beiden an«, sagte der Rabe mit Blick auf den Führer der Sieben und Dagny. »Was für eine lustige Analogie zum ersten kosmologischen Paar der Tibeter: der Meditierende Weiße Affe und die Hexe vom Berge!«

Gurdjieff nickte lächelnd. »Möge die Welt der neuen höchsten Kunst aus ihnen hervorgehen!« sagte er und trank von seinem Wein.

»Was, der Rabe kann sprechen?« fragte Dagny überrascht. Sie war nicht sicher, ob sie noch halluzinierte.

»Das ist kein Rabe«, erklärte Gurdjieff. »Eher ein transfigurierter Schamane.«

Dagny wollte schon weiterfragen nach diesem merkwürdigen Geschöpf, doch das dritte Mitglied der Karachokheli, er hieß Hapho, unterbrach sie mit einem Lied.

Gott, der alles macht, was kommt und geht,
Auch mich aus dieser Liebe *aus der Ferne*
Gib mir die Kraft, die ich jetzt nicht verspüre,
Daß ich sie treffe, meine Liebe *aus der Ferne*
Und mich verlangt nach meiner Liebe *aus der Ferne,*
Denn keine andere Freude wäre mir so wert
Wie der Genuß meiner Liebe *aus der Ferne*

»Ferrrrne, Ferrrrne, Ferrrrne ...« echote der Rabe.

Während Hapho sang, gossen die beiden anderen Karachokheli Wein in Hörner und tranken langsam daraus, sehr langsam. Von Dschiwans Duduk und Gene Morris' Drehorgel begleitet, sang Hapho weiter:

Höchstes Gestirn des Seins!
– das kein Wunsch erreicht,
das kein Nein befleckt,
ewiges Ja des Seins,
ewig bin ich dein Ja:
denn ich liebe dich, o Ewigkeit! –

»Klingt wie etwas von Nietzsche, nicht?« wandte sich der Rabe an Dagny, die mit verschleiertem Blick dasaß wie Alice, nachdem sie einen tiefen Zug aus der Wasserpfeife der Raupe genommen hatte.

Nun begann Gurdjieff zu singen:

Ein Gefäß muß leer sein, bevor du es füllen kannst mit Wein
Kenne die Leere und habe Mitleid:
Umschlinge in Liebe das Unendliche!
Laß dein Nichts die unbegrenzten Zahlen empfangen!
Das ist das wirkliche Werk.

»Liebe, Unendlichkeit, Mitleid ... was für ein Unsinn! Davon habe ich die Nase gestrichen voll«, sagte Dagny mit einem bitteren und leicht beschwipsten Zug um den Mund.

»*Nimmermehr* sage so etwas!« ermahnte sie der Rabe. »Die Zeit ist nur ein häßlicher Strom, der von der Schuld der Vergangenheit zur Furcht vor künftiger Bestrafung fließt, und das Hier und Jetzt ist nur das schlechte Gewissen dazwischen. Hab keine Angst! Die Zeit ist bloß eine Krankheit; freiwilliges Leiden wird dich kurieren.«

Der Führer der Sieben schob seine Hand in Dagnys Schoß und ließ sie auf ihrem Geschlecht ruhen. Dann nahm er ihre Hand und legte sie auf sein eigenes Geschlechtsteil. Dabei sagte er: »Der Schamane von Wien nannte es *Libido,* die weise Frau aus Mantineia, Diotima, nannte es *Eros,* und Paulus nannte es *Agape.* Ich nenne es *Leere überflutet von Mitgefühl.*«

Dagny spürte, daß der Penis des Führers der Sieben immer härter wurde. Sie hatte das unwirkliche Verlangen, ihn zu küssen.

Die Karachokheli tranken mittlerweile aus seltsamen Holzgefäßen, die man *chinchila* nennt; diese haben lange dünne Hälse, aus denen der Wein nur in kleinen Portionen in den Mund fließt, die Wirkung bestand in einer direkten Attacke auf das Gehirn.

Der Führer der Sieben ergriff wieder das Wort. Auch wenn er in seiner Muttersprache Tibetisch redete, verstand Dagny alles. Sein Tibetisch klang wie Kehlgesang.

»Unter nichtrepressiven Bedingungen wächst die Libido zu Eros heran. Will sagen, der Fortschritt geht hin zur Selbstsublimierung durch andauernde und sich ausweitende Beziehungen (Arbeitsbeziehungen eingeschlossen), was der Triebbefriedigung dient. Eros will sich in einer permanenten Ordnung verewigen; diese Ordnung ist Schönheit, und Arbeit ist Spiel. Um dieses Ziel zu erreichen, transzendiert Eros es, und auf der Suche nach einer tieferen Befriedigung entwickelt Eros sich zu Agape – der Höchsten Liebe, A Love Supreme. Durch freiwilliges Leiden intensiviert Agape den unendlichen Aufschub der Befriedigung, indem sie den Strom kosmischer Energie gegen den Strom der Zeit wendet und damit letztere zu nichts schrumpft. Durch freiwilliges Leiden wächst Agape dann zur Leere überflutet von Mitgefühl.«

Beim letzten Wort erschauerte er; in ihrer Hand spürte Dagny, wie etwas durch den Körper des Führers der Sieben floß. Da sie diesen seltsamen Tremor auch über sich selbst kommen spürte, nahm sie erschrocken ihre Hand weg. Der Führer der Sieben lächelte breit, und sie brach in Gelächter aus.

»Bene!« krächzte Ferdinand, der zwischen den beiden auftauchte. »Das ist ganz genau das Lachen der Hexe, mein Vergleich war also richtig! Richtig! Sie ist die Braut, und er ist der Bräutigam! *Hierrrrosgamos! Hierrrrosgamos!* Die Hochzeit des Meditierenden Weißen Affen und der Hexe vom Berge. Das müssen wir feiern! Sofort und auf der Stelle!« Mit diesen Worten flatterte der »metaphysische Linguist« über die Köpfe der Feiernden.

Es wurde dunkel. Pirosmani und Margarita zündeten die Lampen an, die von Masten an allen vier Ecken des Floßes hingen; die Karachokheli füllten die Tonkelche erneut mit Wein.

Dschiwan hörte auf, seinen Duduk zu spielen, und Gene Morris begann eine neue Melodie: *Brindisi* aus Verdis *La Traviata,* und Margarita legte sofort los: *»Libiamo ...«* Pirosmani tanzte betrunken in der Mitte des Floßes, und Hapho rezitierte:

Ewiger Vater, du irrst
Häufst Schande auf dein Haupt
Dein geliebter Sohn ist tot
Und du schläfst im Rausch

Bislang hatte sich Pschawela abseits gehalten, er saß am Rand und streichelte eine braungestreifte Katze, die auf seinem Schoß lag; sie hieß Nestan nach der Heldin in *Der Recke im Tigerfell.* Pschawela hatte über einige Strophen des Epos nachgedacht und tauschte sich gelegentlich mit der Katze darüber aus.

»Ja, Rustawelis Epos ist selbst wie ein Panther- oder Tigerfell«, überlegte Pschawela. »Ja, diese Art Haut erinnert an eine beschriebene Seite; das ist eine sehr profunde Metapher, etwa so profund wie die, die Sprache mit einem Fluß in Beziehung setzt.«

Die Katze schnurrte und entgegnete: »Was den in diesem Epos verborgenen Code anlangt, würde ich mich an die von Rustaweli in der Einführung erwähnte Symmetrie halten; das heißt an die Symmetrie zwischen den drei Typen von Bänkelsang und den drei Stufen der Liebe. Ich denke, der Schlüssel zum Code des Vlieses muß im Zusammenspiel von Schreiben und Zuneigung liegen, wie so unheimlich wiedergegeben in Nestans Brief an Tariel in Strophe 1295.«

Pschawela konnte diesen Brief auswendig und rezitierte ihn. Er ist es wert, hier hingesetzt zu werden, auch wenn ich fürchte, daß sein poetischer Zauber in der deutschen Übersetzung verlorengeht.

Freund! empfang den Brief,
 den sorgsam ich von Hand zu Hand dir send,
dran ich selbst, mit Galle schreibend,
 mich als Federkiel verwend.
Unsre zwei verschmolznen Herzen
 liefern mir das Pergament.
Herz, halt fest die Schicksalsfackel,
 wenn sie auch nur düster brennt.

Nestan (die Katze) verengte ihre Augen zu Schlitzen und sagte: »Und jetzt richte deine Aufmerksamkeit auf eine andere Stelle und vergleiche Strophe 657, in der Tariel zu Phridon über seine Liebe zu einem schönen Tiger spricht, der für ihn Nestan heraufbeschwört – *schnurrrrr!* Und in der er erklärt, warum er in ein Tigerfell gewandet ist ...«

Dieses Mal war es Hapho, der aus dem Epos rezitierte, als wäre er Teil des Gespräches zwischen dem großen Dichter und der Katze:

Sieh, die Wohlgestalt des Tigers
   gilt mir als der Liebsten Bild;
gerne trag darum sein Fell ich
   als Gewand und schönen Schild.
(...)
Ach, die Sprache aller Weisen ist zu schwach,
   mein Lieb zu preisen!
Denk ich an die Hingeraffte, scheint's,
   mein Leben ist von Eisen;
seither wohn ich unter Bestien,
   die als Gleiche mich umkreisen.

Wieder kniff die schnurrende Nestan ihre Augen zusammen und fuhr fort: »Um zu deinen geliebten Metaphern zurückzukehren, mein Hochländer: Weshalb sollte ein Mann seine Angebetete mit wilden Tieren wie Panthern und Tigern (auch wenn sie meine Vettern sind) vergleichen? Was ist mit Täubchen, Fasanen oder Rehen? Ich vermute mal, daß Rustawelis Werk hier verdeckt selbstbezüglich ist – er verquickt Liebe und Schreiben miteinander, und übrigens würde ich unterstellen wollen, daß das ganze Epos selbstbezüglich ist. Es handelt vom Schreiben als einer Verbreitung von Differenz, wie die schwarzen und weißen Flecken auf dem Pantherfell.«

»Aber der Code des Goldenen Vlieses oder auch Lazarus-Code – da ging es nicht bloß ums *Schreiben*«, beharrte Pschawela. »Wir sprechen von ihnen als den idealen Transmittern des megalokosmischen Fließens.«

Die Katze machte das mit den Augen wieder und sprach: »So weit würde ich nicht gehen … Statt dessen würde ich mir mal die Passage näher anschauen, in der der glückliche Tariel nach der Errettung Nestans in die Höhle seiner wahnsinnigen Isolation zurückkehrt und dort diverse verborgene Schätze wiederfindet. Es ist wert, festgehalten zu werden, daß diese Episode mit einem Bezug auf Dionysius Areopagita beginnt, Strophe 1494.«

»Genau daran habe ich eben auch gedacht«, sagte Pschawela und zitierte:

Diese Wahrheit prägt der weise Dionys
in seiner Lehr:
Gott beschert der Welt das Gute,
doch das Böse schafft nicht Er.
Bösem schenkt er keine Dauer,
Gutem ewige Wiederkehr.
Sein vollkommnes Dasein wahrt er
und vervollkommnet's noch mehr.

»Siehst du?« Die Katze blickte in Pschawelas gesundes Auge. »Rustaweli war ein fortschrittlicher Literaturwissenschaftler. In dieser Strophe schlägt er symbolisch vor, die Klassiker neu zu interpretieren, sie *neu zu lesen und neu zu schreiben*. Ja, tatsächlich! Und was braucht man bei einer Neuinterpretation? Parodie nämlich! Denn durch die Kunst der Parodie nimmt man das, was man interpretieren will, auseinander und entdeckt dabei Inhalte, die man vorher übersehen hat. Ich gebe dir mein Wort darauf: Das Pantherfellepos ist eine Parodie des Codes des Goldenen Vlieses und des Lazarus-Codes! Vorwärts, mein Hochländer, laß dein parodistisches Auge über Rustawelis Text streunen, und du wirst den darin verborgenen Schatz bergen! Um den Kerl direkt zu zitieren:

Fröhlich tappte man durch jenes winkelreiche Labyrinth,
fand die Schätze, hier von Tariel eingeschlossen
　wie im Spind;
welch Besitztum! wer's zu messen sich vermäße,
　würde blind!

Rustawelis Text ist wie ein Berg voller Höhlen, um sie zu erforschen, sollte man fröhlich darin herumspielen und so das Ding finden, das weder von jemandem vermessen noch jemals ohne Gefährdung des Augenlichts vermessen werden kann.«

»Was?« Pschawela klang verwirrt. Plötzlich hatte er einen seltsamen Krampf. Jemand begann durch ihn zu sprechen, wie es Gurdjieff auch schon geschehen war. Er rezitierte plötzlich auf deutsch:

»Mit allen Augen sieht die Kreatur
das Offene. Nur unsre Augen sind
wie umgekehrt und ganz um sie gestellt
als Fallen, rings um ihren freien Ausgang.
Was draußen *ist,* wir wissens aus des Tiers
Antlitz allein; denn schon das frühe Kind
wenden wir um und zwingens, daß es rückwärts
Gestaltung sehe, nicht das Offne, das

im Tiergesicht so tief ist. Frei von Tod.
Ihn sehen wir allein; das freie Tier
hat seinen Untergang stets hinter sich
und vor sich Gott, und wenn es geht, so gehts
in Ewigkeit, so wie die Brunnen gehen.«

»Gut!« schnurrte die Katze. »Du hast soeben eine Elegie vorgetragen, die von weither kommt – aus Duino in Italien. Das könnte deine interpretatorischen Fähigkeiten weiter verbessern.«

»Ja, ich kenne des Tiers Antlitz ...« sagte der Hochländer leicht verblüfft.

»Dann schau ins *Offene!*« riet das Kätzchen, und schnurrend sang sie einen alten Gassenhauer aus Tiflis:

Hätt ich dich doch nie gesehn!
Brachst mein Herz, ich muß vergehn
Schnurr schnurrr schnurrrrr
Wer erhört denn nun mein Klagen?
Rustaweli ist tot und längst begraben.

Aber genug davon. Die Katze Nestan hatte die Nase voll von Rustaweli. Sie sprang auf den Boden und leckte ein bißchen Wein aus Pschawelas Kelch, den er noch nicht angerührt hatte. Schließlich warf sie den Kelch um – upps, sie zeigte echte Reue, sie hätte nicht soviel Wein trinken sollen.

Pschawela saß reglos da und schaute ins Leere: Sein Geist »wanderte über das Schweigen« wie weiland der Cäsars und glitt dabei neugierig über das Gewebe des *Pantherfells,* inspiriert von der ungewöhnlichen Musik, die aus Dschiwans Duduk und Gene Morris' Orgel zu ihm drang. Gemeinsam arbeiteten sie eine seltsame Melodie heraus, die irgendwie an die *Aria* am Anfang der *Goldberg-Variationen* des Schamanen von Haizenakh erinnerte.

Gurdjieff gefiel ihre Interpretation sehr gut, und er bat sie, auch den Rest der *Variationen* zu spielen. Als er sprach, hatte er wieder Albert Schweitzer im Kopf.

»Bach hat die Aria, die ihr gerade gespielt habt, als eine *Sarabande* für Anna Magdalena komponiert. Um diese Variationen richtig zu würdigen, muß man die Kunst des Kontrapunkts ebenso verstehen, wie Bach selbst es tat. Es geht hier nicht allein um die natürliche Schönheit musikalischer Töne, sondern um die absolute Freiheit der Abläufe, die Glück und Erfüllung bringt.«

Poghosyan versuchte sich an dem wohlbekannten buddhistischen Mantra und erklärte glücklich und erfüllt: »O mani petme houng!«

Die Musiker spielten weiter, der Wein floß in Strömen, der Mond stand hell und klar, und das Floß glitt langsam flußab.

»Wie lieblich diese Nacht ist!« sagte Margarita. »Darf ich euch eine kleine Geschichte erzählen?«

Ein verzückter Pirosmani küßte ihre Knöchel in den gestreiften Socken. Der Rest der Floßbesatzung war gleichfalls begierig auf Margaritas Geschichten, und also begann sie:

»Ich werde euch von einem kleinen Mädchen namens Gatta erzählen. Sie wuchs in einem Bordell auf, da ihre Mutter dort arbeitete und sie keine andere Wohnstätte hatten. Gatta war so niedlich, so schön, daß alle im Bordell ihr von Herzen zugetan waren. Die Prostituierten hielten sie entfernt von ihrem Hurenleben; das Mädchen half in der Küche und bei der Wäsche. Doch als Gatta sechzehn war, wurde sie von einer Gruppe Soldaten aus einem Regiment in der Nähe, die in dem Bordell ein wüstes Fest feierten, vergewaltigt. Da lief sie fort und suchte Schutz in einem Kloster im

Hochland. Und auch dort waren ihr alle Nonnen von Herzen zugetan. Doch eines Nachts wurde sie von einem Seufzen und Stöhnen geweckt, das aus der Kapelle zu ihr drang. Sie schlich sich hinein und gewahrte alle Nonnen splitternackt, selbst die Mutter Oberin, wie sie eine nach der anderen auf einem am Boden liegenden Kruzifix ritten. Völlig entsetzt rannte Gatta aus dem Kloster und lief in die Felder, gerade als ein schreckliches Gewitter hereinbrach. Sie flüchtete sich unter eine grüne Eiche und wurde mitsamt dem Baum vom Blitz getroffen. Doch Gatta starb nicht – sie fiel in einen tiefen Schlaf, und später erschienen auf ihren Händen und Füßen und unterhalb ihrer rechten Brust die Stigmata, und Wein floß aus diesen, Wein, der diejenigen, die ihn tranken, erleuchtete.

Diejenigen, die von diesem Wein tranken, wußten von der Liebe, wie die Felder und Fluren vom Licht wissen, wie der Wald ein schützendes Dach bietet, wie der göttlich-rohe Trieb des Tieres sich nach der Vereinigung mit allem sehnt, was seine Seele erfreut, ohne einen Gedanken an Reue. Jahre vergingen, Gatta verblieb in ihrem tiefen Schlaf unter der verbrannten Eiche, und Bauern aus weit entfernten Provinzen versammelten sich bei ihr, um ihren Wein zu kosten.

Und dann kam der Tag, an dem sie durch einen Kuß geweckt wurde. Sie öffnete die Augen und sah in das lächelnde Gesicht ihres Gottes.

›Liebling, wo bist du so lange gewesen?‹ fragte Gatta ihn.

Und er sprach zu ihr: ›Du hast mich vor langer Zeit schon einmal gesehen; ich war einer von den Soldaten, die dir Gewalt angetan haben.‹«

»Auf Gatta und auf den Wein aus ihren Stigmata!« Hapho hob sein Glas zu einem improvisierten Trinkspruch, und die anderen stimmten ein und riefen: »Hoch, hoch!«

Gene Morris ging zu den Karachokheli, bat sie, ihm Wein nachzuschenken und verkündete:

»Meine Damen und Herren! Brüder und Schwestern! Lassen Sie mich ein Gedicht vortragen, das ein Engländer geschrieben hat, der im siebzehnten Jahrhundert lebte. Obwohl das Gedicht in englischer Sprache verfaßt ist, klingt es erstaunlicherweise höchst georgisch! Hört einfach zu, es heißt *Trinklied.*«

Und er rezitierte eines meiner Lieblingsgedichte, es ist von Abraham Cowley.

Die durst'ge Erde trinkt den Regen
Und sehnt sich neuem Trunk entgegen,
Die Pflanze saugt der Erde Saft
Und stetes Trinken gibt ihr Kraft,
Das Meer selbst, das, wie leicht man dachte,
Nicht Noth zu trinken haben mochte,
Es trinkt zehntausend Flüsse auf,
So voll, daß überströmt ihr Lauf.
Die ems'ge Sonne (wie es spricht
Ihr trunkenrothes Angesicht),
Trinkt auf das Meer; hat sie's gethan,
Dann saugen Stern und Mond sie an,
Sie trinken, tanzen durch die Nacht
Mit ihres eig'nen Liedes Pracht.
Nichts Nüchternes kennt die Natur,
Dort kreist ein ewig Prosit nur.
Drum füllt die Schale, füllt sie hoch!
Füllt alle Gläser, warum doch
Soll Alles trinken und nicht ich?
Das, Moralist, das frag' ich dich.

Die Anwesenden überboten sich gegenseitig mit Applaus und Jubel.

»Auf die Zusammenkunft von Ost und West in unserer wunderschönen Stadt Tiflis«, rief Tigran Poghosyan begeistert aus, hob seinen Kelch und sang gemeinsam mit den Karachokheli: »If I drink a lot, my friend, so what?!«

»Good vibrations ... good vibrations ... unser Bruder aus Albion ist ein guter Mann«, bemerkte der Führer der Sieben und murmelte tief in der Kehle weiter sein Mantra.*

Dagny saß wie betäubt still da, ihr Geist saugte sich mit Worten und Bildern voll wie Brotstückchen in einer Schale mit Wein.

Tut mir leid, es gibt noch eine wichtige Sache, die ich vergessen habe zu erwähnen. Der Mann, der das Floß steuerte und den Tigran Poghosyan für eine happige Summe angeheuert hatte (für die natürlich Gurdjieff aufkam), war kein anderer als Kamo; ja, genau jener Semjon Arschakowitsch Ter-Petrosjan, der, wenn auch nicht heilig-, so doch zumindest seliggesprochen werden müßte von Organisationen wie der RAF oder der IRA.

* Ironischerweise starb der Führer der Sieben zwei Jahre später bei Francis Younghusbands Militärexpedition nach Tibet. Als die Invasion begann, überzeugte der Führer der Sieben die tibetanischen Herrscher, daß es falsch wäre, gewaltsamen Widerstand zu leisten, denn vor Gott ist alles Leben gleich kostbar, und der Tod von so vielen würde die Bürde, die Er aufgrund unserer anormalen Existenz auf der Erde zu tragen hatte, noch vergrößern. Daher trat der Führer der Sieben unbewaffnet vor die Invasoren und wurde zusammen mit den Mönchen, die ihn begleiteten, von den englischen Truppen erschossen.

Koba saß auf einer Bank im Ortatschala-Garten. Obwohl fahles Mondlicht die Szenerie erleuchtete, blieb Kobas Gesicht unsichtbar, denn er saß hinter dem langen Ast einer Tanne verborgen. Der Lärm eines Zechgelages wehte aus dem nahegelegenen Restaurant zu ihm herüber – Gelächter, Gesang, Gläserklirren, Kellner, die Bestellungen in die Küche brüllten, leise Musik von Duduks, begleitet von Trommeln, einer Drehorgel und den hohen Trillern von Zurnas. Doch Koba scherte sich keinen Deut um dieses Mini-Babel von sinnlos Betrunkenen.

Es ging allein um *Konvergenz* und *Divergenz ... Solange der Kapitalismus besteht, werden Bourgeois und Proletarier als Teile der einheitlichen kapitalistischen Gesellschaft durch alle Fäden der Wirtschaft miteinander verbunden sein.*

Er wartete auf seinen Verbindungsmann, der ihm neue Informationen bringen sollte. Während er da auf seiner Bank saß, ging ihm durch den Kopf, wie er Terrorakte nutzen konnte, um eine bestehende Regierung zu stürzen und eine neue Macht zu schaffen. Wie konnte er die Korruptheit des herrschenden Regimes ans Tageslicht bringen und es dann in tausend Stücke schlagen? Er sah auf den Fluß, der Mann sollte auf einem Floß ankommen. Sie hätten sich auch in einer von Kobas »konspirativen Wohnungen« treffen können, aber der künftige Häuptling der Proletarier aller Länder plante seine konspirativen Treffen höchst eigenwillig, um die Polizei zu verwirren. Außerdem würde ihm ein bißchen frische Luft guttun – es war heiß und schwül in Tiflis diesen Sommer.

Das Leben im »Untergrund«, das Koba die letzten drei Monate geführt hatte, stellte sich in diesen bourgeoisen Kreisen nicht allein als unerläßlich heraus, sondern auch als ziemlich aufregend. Natürlich war es nicht gerade komfortabel oder auch nur angenehm, doch allmählich fühlte er sich richtiggehend als Einsiedler, als eine Art Anachoret, der nachsann über die eschatologische Lehre der Revolution der unterdrückten und ausgebeuteten Klasse, die messianische Lehre vom Sieg des Sozialismus in allen Ländern, die chiliastische Lehre vom Aufbau einer kommunistischen Gesellschaft. Und zugleich fühlte er sich als avantgardistischer Künstler, der neue Ausdrucksformen und ästhetische Ideale formulierte, von denen bisher kein Mensch geträumt hatte. Und wie ein diabolischer Fisch schwamm er in den Wellen der Massen, tauchte bei Demonstrationen und Kundgebungen auf, um die Überzeugungen und Seelen (so sie denn welche hatten) der besitzenden Klassen zu erschüttern – und seine Brüder Arbeiter gleich mit. Ja, er *agierte wie auf einer Bühne,* er *schauspielerte,* denn »was nützt mich sonst alle Weisheit der Weisen?« Die Worte, die er in seinem Geiste zitierte, waren die von Awthandil aus Rustawelis Epos der Liebe ... *Liebe?* Was war das?! Für den läppischen Quatsch hatte er keine Zeit – es sei denn, Kamo kreuzte mit zwei Nutten auf. Koba hatte über einen Professor gelesen, Freud hieß er, der meisterhaft das auseinandergenommen hatte, was die Bourgeoisie »Liebe« nannte. Wirkliche Liebe konnte es erst nach der vollständigen Emanzipation des Proletariats geben.

Kobas träge Gedankengänge wurden von »emanzipiertem« weiblichen Gelächter unterbrochen, das vom Flußufer zu ihm drang. Undeutlich erkannte er eine lärmende Gruppe von Feiernden, die von einem Floß ans Ufer kletterten. Als er genauer hinblickte, sah er, daß vorneweg ein riesiger Karachokheli ging, der eine Frau trug. Die Frau mußte in ein Tischtuch oder etwas Ähnliches gewickelt sein. Das war offenbar ihr einziges Kleidungsstück – er konnte ihr nacktes Bein herunterhängen sehen, ein ziemlich langes schlankes

Bein übrigens, auch ihre nackte Schulter und ein Arm ragten aus dem Tuch hervor. Sie war sichtlich betrunken – ihr Lachen verriet sie. Den beiden folgten zwei Männer mit rasierten Köpfen; einer war in einen europäischen Anzug gekleidet, während der andere einen hellen Umhang trug und einen Stab in der Hand hielt; ein dunkler Vogel saß auf seiner Schulter. Unter zwei weiteren Karachokheli mit einer Frau in ihrer Mitte und drei oder vier anderen Betrunkenen bemerkte Koba den Hochlandbarden Pschawela. Die Episode in dem persischen Gasthaus kam ihm in den Sinn, und er verzog den Mund zu einem gemeinen Grinsen.

Koba rührte sich nicht in seinem Versteck, als die Gruppe lässig an ihm vorbeizog. Sein Verbindungsmann sollte eigentlich auf demselben Floß sein, doch hatte Koba ihn noch nicht entdeckt.

»Hallo, Koba-dschan«, hörte er eine Stimme hinter sich. Es war Kamo.

»Du konspirativer Hurensohn«, sagte Koba. »Wie hast du es geschafft, unbemerkt hierherzukommen?!«

»Daran arbeite ich die ganze Zeit, Koba-dschan«, lachte Kamo. »Die Revolution braucht unsichtbare Agenten in ihren Reihen.«

»Man wird sie ›Soldaten an der unsichtbaren Front‹ nennen«, schlug Koba vor. Welch prophetische Gabe er schon damals besaß – das sollte einmal die euphemistische Bezeichnung für den KGB werden. »Hat es dir Spaß gemacht, die moralisch durch und durch verdorbene Bourgeoisie zu bedienen?«

»Du meinst das Floß steuern? Ja, Koba-dschan, das war toll, und außerdem haben sie mich gut bezahlt.«

»Die Bourgeois können nicht leben und sich bereichern, ohne Lohnarbeiter zu ihrer Verfügung zu haben, die Proletarier können nicht existieren, ohne sich den Kapitalisten zu verdingen«, stellte Koba grinsend fest. Dann fuhr er in ernstem Ton fort: »Nun, mein unsichtbarer Soldat, welche Nachrichten hast du für mich?«

»Sollen wir das hier besprechen oder vielleicht besser in deinem Versteck?« fragte Kamo.

»Die Nacht ist dunkel, und der Polizei mangelt es an Vorstellungsvermögen. Also können wir ebensogut hierbleiben und die kühle Brise genießen. Jetzt sag schon, was du rausgefunden hast.«

Auf seine etwas wirre Art versuchte Kamo sich an einer kurzen Zusammenfassung der Ereignisse, was noch länger dauerte. Immerhin aber gelang es ihm zu berichten, was er erstens von Tigran Poghosyan erfahren und was er zweitens während der Floßparty selbst beobachtet hatte. Koba unterbrach ihn ein paarmal mit Zwischenfragen.

Poghosyan, so Kamo, hatte sich von der Daschnakzutjun-Partei gelöst und wollte sich jetzt unbedingt Kobas marxistischem Untergrund-Zirkel anschließen; ganz dringend bat er, Koba vorgestellt zu werden.

»Bei Daschnak-Leuten ist immer Vorsicht angezeigt, ob sie jetzt aktive Mitglieder sind oder Dissidenten«, stellte Koba fest.

»Warum, Koba-dschan? Traust du ihnen vielleicht nur deshalb nicht, weil sie Armenier sind?« fragte Kamo ein bißchen beleidigt.

»Nein, mein Bruder«, beruhigte ihn Koba. »Sondern weil sie Nationalisten sind, bourgeoise Nationalisten genau wie unsere georgischen National-Demokraten. Das Proletariat hat keine Nationalität – nur kapitalistische Ketten, die es zu sprengen gilt. Anders kann es nicht sein. Ich weiß, daß Lenin das Vorhandensein zweier Kulturen im Kapitalismus, der bürgerlichen und der proletarischen, anerkannt hat und daß die Parole der nationalen Kultur im Kapitalismus eine nationalistische Parole ist. All das ist richtig, und Lenin hat hier absolut recht.«

Obwohl Kamo zu dieser Zeit noch kaum etwas von Lenin gelesen hatte und der Bezug, den Koba da herstellte, für ihn unverständlich war, genügte ihm die Antwort völlig, und er fuhr in seiner Geschichte fort. Er versuchte, den Kern des Treffens, das an diesem Morgen in Poghosyans Wohnung stattgefunden hatte, zu vermitteln und bezog viele der seltsamen Gestalten ein, die er später auf dem Floß wiedergesehen hatte. Koba gefiel besonders der sprechende Rabe.

»Natürlich sprach der Rabe Armenisch, ha, ha, ha!« lachte er. »Habe ich dir nicht gerade erst gesagt, daß man diesen Daschnak-Nationalisten nicht über den Weg trauen darf?«

»Nein, Koba-dschan, nein«, entgegnete Kamo. »Hör mir bitte zu! Tigran sagt, der Rabe sprach viele Sprachen. Am merkwürdigsten dabei ist, daß er den gesamten Text von *Wepchisstqaossani* auswendig kann! Ich habe den Vogel auf dem Floß mit eigenen Augen gesehen, das schwöre ich beim Leben meiner Mutter!«

Koba brach in Gelächter aus und sah Kamo tief in die Augen. »Du redest wie ein Betrunkener! Haben dir die Karachokheli Wein in den Hals geschüttet? Uff! Ein Rabe, der auswendig *Wepchisstqaossani* rezitiert! Das muß ein aufziehbarer Vogel gewesen sein, ein Mechanismus, der irgendwo in England oder China fabriziert worden ist – eine andere Erklärung gibt es nicht. Und das beweist mal wieder, daß die bourgeoise Kultur auf dem absteigenden Ast ist – *Dekadenz* nennt man das, mein Bruder. *Dekadenz* und *Degeneration!*«

Da Kamo inzwischen schon selbst Zweifel kamen, ob es den sprechenden Raben wirklich gegeben hatte, widersprach er nicht. Er fuhr fort und berichtete von einem goldenen Lammfell, das die Griechen gestohlen hatten; von Noah, der sich mit weintrinkenden Tigern betrunken hatte und dann auf dem Berg Ararat Georgisch sprach und damit bewies, daß die georgische Sprache armenische Wurzeln hat und von manchen Leuten »Protschojaphetisch«* genannt wird. Und über einen Geheimcode, den Schota Rustaweli erfunden hatte; Rustaweli entpuppte sich als der erste Verschwörer in diesem Teil der Welt.

»Koba-dschan, so wie wir unsere geheimen Botschaften mit Milch auf Papier schreiben, so schrieb der selige Schota Rustaweli mit einer speziellen Mischung aus schwarzen und weißen Punkten, wie auf dem Fell eines Leoparden. Wenn du diese Punktflecken in seinem unsterblichen Epos liest, wird dein Gehirn immer größer, bis es explodiert, und dann kommen die Toten aus ihren Gräbern, trinken Wein und schießen fliegende Kühe ab.«

»Quatsch!« Koba schien verärgert. »Ich hatte doch recht, du hast einfach zuviel Wein gesoffen, du Hohlkopf! Wie kann denn das Georgische vom Proto-Japhetischen, oder wie immer die das genannt haben, abstammen? Wer kann schon mit Bestimmtheit sagen, woher unsere Sprache kommt? Die Sprachwissenschaft ist keine Spielwiese für Phantasten!«

Der junge Stalin sprach diese Worte neunundvierzig Jahre vor einem berüchtigten Interview, das er der *Prawda* gab, dem Staatsorgan der UdSSR. Es erschien unter der Überschrift »Der Marxismus und die Fragen der Sprachwissenschaft«. Es ist ein wirklich bemerkenswertes Interview, dem diese Einführung voransteht:

* Ein Versprecher. Statt *proto* sagte Kamo *protscho,* was vom Wort *protschi* kommt, das auf georgisch Arschloch bedeutet.

Eine Gruppe jüngerer Genossen hat sich an mich mit der Bitte gewandt, in der Presse meine Meinung über Fragen der Sprachwissenschaft zu äußern, insbesondere was den Marxismus in der Sprachwissenschaft betrifft. Ich bin kein Sprachforscher und kann die Genossen natürlich nicht völlig zufriedenstellen. Was freilich den Marxismus in der Sprachwissenschaft wie auch in anderen Gesellschaftswissenschaften betrifft, so habe ich damit direkt zu tun. Daher habe ich mich bereit erklärt, eine Reihe von Fragen, die von den Genossen gestellt wurden, zu beantworten.

Der wichtigste »Genosse«, auf den sich Stalin hier bezieht, war der halb georgische, halb schottische Professor Nikolai Jakowlewitsch Marr – jener Marr, den wir schon durch den Raben Ferdinand kennen. Marr war es, der auf die glorreiche Idee kam, daß u. a. Georgisch, Nordkaukasisch, Baskisch, Pelasgisch und Etruskisch einen protojaphetischen Ursprung gemeinsam hatten. Später würde Marr dann verkünden, daß in jeder Sprache »Japhetismen« gefunden werden könnten, und zog daraus den Schluß, alle Sprachen entwickelten sich aus dem japhetischen Ursprung, in Stadien, die er »plötzliche Explosionen« nannte.

In dem Interview wandte sich Stalin gegen das Konzept der »plötzlichen Explosionen«, doch ging seine Kritik noch tiefer. Marr hatte eine weitere verrückte Idee in die Welt gesetzt, welche Stalin überhaupt nicht paßte; Marr führte nämlich aus, daß mit der Zerschlagung der Klassenstrukturen die materielle Sprache, die Menschen benutzen, verschwindet und an ihrer Stelle sich eine abstrakte Sprache entwickeln wird, die es den Menschen ermöglicht, durch ihre Gedanken zu kommunizieren, ohne die Last der »Materie« von Sprache. Stalin behauptete, Marrs »Kauderwelsch in eine einfache menschliche Sprache« zu übersetzen und beschuldigte ihn dann, »in den Sumpf des Idealismus« geraten zu sein.

Obwohl bruchstückhaft und mit ideologischen Vorurteilen behaftet, sind Stalins linguistische Überlegungen wie seine Kritik an Marr bis zu einem gewissen Grad nachvollziehbar. Stalins Betonung der materiellen Aspekte von Sprache, die von den Philosophen vor Humboldt oft vernachlässigt wurden, ist aus der Perspektive der strukturalen Linguistik und Semiotik absolut berechtigt. Ich glaube nicht, daß Stalin je Hjelmslev oder Ferdinand de Saussure gelesen hat, aber seine Gedanken bewegten sich auf ähnlichem Terrain.

Doch Stalins Vertieftsein in den revolutionären Marxismus-Leninismus in Kombination mit seiner krankhaften Machtgier hinderte ihn daran, die Konsequenzen von Marrs Idee wirklich zu begreifen. Niko Marr gehörte den Pardimemen an; er stellte sich die Heraufkunft einer vollkommenen Sprache auf Basis einer schamanistischen Semiotik vor, welche es den Menschen gestatten würde, materielle Differenzen zu transzendieren und sich gegenseitig viel leichter zu verstehen. Diese vollkommene, abstrakte Sprache beinhaltete die schamanische Fähigkeit, sich ins kollektive Bewußtsein einzubringen – das amphibische Bewußtsein, das Bewußtsein von Meerestieren, das kristalline Bewußtsein, das helle Bewußtsein, das tiefe Bewußtsein.

Es gab einen zweiten, verborgenen Beweggrund für Stalins Anti-Marr-Kampagne. Marr war nämlich zufällig auch Experte in Sachen Rustaweli und hatte die Hypothese aufgestellt, *Der Recke im Tigerfell* sei eine Übersetzung aus dem 14. Jahrhundert, das Original persischen Ursprungs. Ein solcher Versuch, die Georgier ihres Nationalheiligtums zu berauben, muß selbst Stalin auf die Palme gebracht haben –

Stalin, der zur Zeit des Prawda-Interviews so weit entfernt war von seinem Heimatland wie Gott Vater.

Da Niko Marr schon 1934 starb, erreichten die Früchte von Stalins akademischem Zorn nurmehr seine Schüler. Bei seiner Kampagne nahm Stalin kein Blatt vor den Mund: »Die Beseitigung dieser Übelstände wird die sowjetische Sprachwissenschaft wieder gesund machen, wird ihr volle Entwicklungsmöglichkeiten sichern und ihr dazu verhelfen, in der Sprachwissenschaft der Welt die erste Stelle einzunehmen.«

Aber kehren wir zu dem jungen Koba auf seiner Bank im Ortatschala-Garten zurück, wo ihn Kamos umständlich-unzusammenhängender Bericht langweilt. Der aufgeregte Kerl redete gerade von *maghalokosmischen Vibrationen,** die irgendwo im Himmel von einem Musiker produziert wurden, der eine Drehorgel spielte und mit ihr die Planeten zum Kreisen brachte. Er sprach auch von der Veranstaltung im Konzertsaal des Deutschen Gartens am nächsten Abend, wo einige Ausländer die Musik der »kreisenden Planeten« spielen wollten. Georgiens »großer Barde«, Wascha-Pschawela, würde als Begleitung dazu Rustaweli rezitieren, und ein Engländer mystische Bilder von fickenden nackten Frauen und Männern zeigen. Schließlich würde ein berühmter Zauberer namens Gurdjieff bauchreden, während ein extra dazu eingeladener Mongole versuchen würde, vom Blitz getroffen zu werden. Und so weiter und so fort.

Koba amüsierte dieser ganze »maghalokosmische« Unsinn. *Ja, ohne jeden Zweifel steckte die Bourgeoisie im Sumpf ihrer morbiden Phantasien fest.* Es soll hier jedoch festgehalten werden, daß Stalin, während er Kamo zuhörte, einen Flash-

* Kamo sagt *maghalo* statt *megalo,* was vom georgischen Wort *maghali* kommt, das »groß«, »hoch« oder »oben« bedeutet.

back der Vision hatte, die ihm im Observatorium zwei Monate zuvor zuteil geworden war. Doch wie konnte dieser Quatsch die Aufmerksamkeit eines Mannes wecken, der sich dem revolutionären Kampf verschrieben hatte?!

»Ist gut, Kamo, mein Bruder«, sagte er gähnend. »Wenn ich dir zuhöre, wird mir klar, daß der allzu enge Kontakt mit der Bourgeoisie Gift ist. Die Atmosphäre von ideologischem und moralischem Niedergang, der sie umweht, kann deinem Gehirn ernsten Schaden zufügen. Denk dran was Pschawela passiert ist, unserem herausragenden Dichter – er ist total übergeschnappt und hängt mit einer Clique von Scharlatanen, Säufern und Huren herum! Und da wir davon reden: Wer war eigentlich diese betrunkene Frau im Tischtuch?«

»Ich weiß nicht, Koba-dschan. Sie war vom Balkon des Grand Hotel in den Fluß gefallen, und wir zogen sie raus.«

»Verfall und Untergang!« bildungsbürgerte Koba. »Wie bourgeois von ihr! Und wer ist dieser ›berühmte Zauberer‹ Gurdjieff? Was für ein Name ist das überhaupt! ›Gourji‹ nennen die Türken die Georgier. Stammt der von hier?«

»Poghosyan sagt, seine Mutter war Armenierin, aber sein Vater ein Grieche aus Alexandropol. Er spricht sehr gut Georgisch und außerdem noch einige andere Sprachen. Ein sehr gebildeter Mann.«

»Gebildete Männer führen keine billigen Tricks wie Bauchreden vor. Dein Gurdjieff ist nichts anderes als ein ganz gewöhnlicher Scharlatan, der nur hinter dem Geld armer Leute her ist. Vielleicht ist er sogar ein Agent der Daschnak«, stellte Koba fest. »Und was deinen Engländer angeht, Morris, so ist der ganz bestimmt nur hier, um zu spionieren. Die Engländer sind im Kaukasus immer aktiv gewesen, um den Einfluß Rußlands zu schwächen. Und das ist auch gut so, Rivalitäten zwischen kapitalistischen Mächten spielen dem internationalen Proletariat in die Karten. Anders kann es nicht sein. Du sagst, der Engländer zeigt morgen schweinische Bilder?«

»Ja, Koba-dschan«, räumte Kamo ein bißchen verlegen ein. »Nackte beim Ficken und sonstige Obszönitäten aller Art. Und weißt du was, Koba-dschan? Das spielt uns total in die Karten, wie du eben gesagt hast. Die Bilder werden das Publikum schockieren, und wenn dann meine Explosion passiert, ist die Wirkung um so größer.«

»Endlich bist du wieder auf dem Boden der Tatsachen angelangt«, lobte Koba. »Dieses Laterna-Magica-Ding klingt spannend. Ich habe so etwas letztes Jahr in Gori gesehen. Die Leute starrten wie hypnotisiert auf Zeichnungen von Zichy, die auf eine weiße Leinwand projiziert wurden. Allgemein gesprochen, haben Bilder eine sehr starke Wirkung auf das menschliche Vorstellungsvermögen, und wir sollten definitiv solche Instrumente für unsere revolutionäre Propaganda einsetzen.«

(Mit dieser präzisen Analyse antizipierte Koba bereits Lenins Statement, daß das Kino »die wichtigste Kunst« für das neue Regime sei.)

»Du wirst schon sehen, Koba-dschan«, sagte Kamo munter. »Ich denke da an eine auf jeden Fall … *theatralische* Explosion. Stell dir vor, was eine teuflische Mischung aus *Salzpeter, Schwafelsäure, Nitronenglotzerin* und Scheiße anrichten kann.«

»Scheiße?« Koba war erstaunt.

»Ja, Koba-dschan. Ich werde einen Sack voll Scheiße im Konzertsaal des Deutschen Gartens zur Explosion bringen«, verkündete Kamo emphatisch. »Das wird den Kapitalistenschweinen zeigen, wer sie sind und wo sie sind. Und dann blase ich einen riesigen Stapel revolutionäre Flugblätter durch den Saal, die sie benutzen müssen, um sich die Scheiße von den Kapitalistenfressen zu wischen. Ist das nicht genial?! Schließlich geht es bei der Revolution doch darum, diese ganze Scheiße von uns abzuwischen.«

Koba war offensichtlich sauer. Er geriet in Rage: »Hör mir mal gut zu! Du bist mir ein schöner Bakunin oder Kropotkin! Bevor du jetzt an irgendwas anderes denkst, geh heim, leg dich ins Bett und schlaf diesen Scheißerausch aus. Verstehst du mich? Und morgen im Deutschen Garten will ich keine Toten oder Verletzten und keinen größeren Sachschaden haben, dein Dachschaden reicht mir völlig. Es geht darum, die Leute zu terrorisieren, nur terrorisieren! Verstanden?«

»Ja, ja, ich verstehe, Koba-dschan, bitte beruhige dich.« Kamo war lammfromm, vielleicht wurde er allmählich nüchtern.

»Gut, dann geh und ruh dich aus«, sagte Koba wieder freundlicher. »Ein guter Schüler kommt ausgeschlafen zu seiner Prüfung.«

Auf dem Weg in seinen Unterschlupf überlegte Koba, ob er seine Gedanken mit Ketskhoweli und Tsulukidse, seinen engsten Vertrauten unter den örtlichen Marxisten, teilen sollte. *Obwohl es nicht nach viel aussieht und nur wenige Leute involviert sind, ist es immerhin eine internationale Veranstaltung, Genossen, ich meine damit: Es werden Ausländer dabeisein.* An dieser Stelle ließ er einen bemerkenswerten Furz, Resultat dessen, was er zuvor verdaut hatte. *Auch Lenin, von der marxistischen Theorie ausgehend, war zu dem Schluß gelangt, daß der simultane Sieg der sozialistischen Revolution in allen Ländern, oder doch zumindest in einer Mehrheit der zivilisierten Länder, eine ...* Noch ein Furz.

Zerrissen zwischen Erde und Saturn, fühlte sich Gornachur Harharch IV irgendwie durcheinander, fast wie Mime, der Zwerg aus *Der Ring des Nibelungen*, als er das Zauberschwert schmiedet.

Der Schaden am Raum-Block des Linguo-Chronotopos Beschleunigers machte es schwierig, die kosmische Krümmung zu bewältigen, um die Ausfaltung des Opus Almsnoschinu, auch bekannt als das Himmlische Fest der Liebe oder Agape, zu orchestrieren. Zum Glück bewies sein terrestrisches Double – Ferdinand der Rabe – viel Geschick beim Umgang mit der Quantenunstetigkeitsfraktur und den unbedeutenden linguo-spatialen Konfusionen.

Nun da der Raum-Block repariert war, konnte Gornachur an seinem ursprünglichen Plan festhalten und »nach Noten spielen«, statt improvisieren zu müssen. Improvisation war generell nicht sehr beliebt auf seinem Planeten und in den angrenzenden Sphären; man hing der Überzeugung an, Sachlichkeit und Disziplin führten zu besseren Resultaten als nutzloses Phantasieren. Der schöpferische Wert der Variation wurde nicht komplett in Abrede gestellt, sondern gar als sinnvoll erachtet, um Lücken oder Risse in der Kosmischen Oktave zu füllen.

Warum war er dann durcheinander? Weil vor kurzem Die Stimmen ihm eine Nachricht überbracht hatten, wonach sein Chef bald auf einer Projektimplantationsbegutachtungsmission hier eintreffen werde. Es handelte sich um den Erzengel Luisos selbst, den Alluniversalen Haupt-, Erz-Chemiker-Physiker und Vizepräsidenten der Hohen Kommission, bestehend aus Heiligen Individuen!

Das Interesse des Großen Luisos an diesem Projekt verdankte sich der Tatsache, daß er derjenige gewesen war, der sich in die Existenz der federlosen Zweifüßler einmischte, kaum daß sie aufgetaucht waren, um die Rolle dieser Zweifüßler bei der Planetaren Erhaltung im Sonnensystem festzulegen. Im Auftrag des Sehr Großen Erzengels Sakkaky erdachte und realisierte Luisos ein spezielles Organ namens Kundabuffer, damit die Zweifüßler in ihrer Funktion beschäftigt blieben – der Erhaltung des Mondes auf seiner Umlaufbahn um die Erde. Der Mond und ein Planet namens Anulios, der bereits verschwunden war, waren zwei kosmische Körper, die aus einer Kollision innerhalb des Sonnensystems entstanden, welche wiederum falschen Berechnungen von Dhemi Urgusch zuzuschreiben war, der sich eigentlich um die Angelegenheiten der Weltenerschaffung und Weltenerhaltung kümmern sollte. Die federlosen Zweifüßler wurden geboren und bekamen ihre Aufgabe zugewiesen, um die zerstörerischen Konsequenzen der Kollision zu stoppen. Der Kundabuffer wurde ans untere Ende der Wirbelsäulen implantiert, damit die Zweifüßler ihren eigentlichen Verwendungszweck nicht erkennen sollten, wie die Vögel in der Luft und die Tiere auf dem Felde ihre eigentlichen planetaren Funktionen nicht kennen. Diese Unkenntnis ermöglicht es jeglicher Kreatur, ihrer eigentlichen Natur gemäß zu leben. Jedoch im Falle der federlosen Zweifüßler ging etwas schief: Der Kundabuffer verwandelte sich in etwas, das Gornachur Harharch IV in der terrestrischen Sprache als *freier Wille* bezeichnete, und die Zweifüßler erfanden diverse phantastische Geschichten, in denen der Mond als ihre Gottheit auftauchte; sie fingen an, sich gegenseitig abzumurksen, um heilige Opfer zu bringen. Sie bauten sogar Tempel für ihre Gottheit und beteten die Götzenbilder darin an. Gornachurs linguistische Beschlagenheit ließ ihn diese Metamorphose interpretieren als *Verrückung von Signifikat und Signifikant* – oder *Das verlorene Paradies!* (Hier zitierte der saturnische Rabe gern einen blinden federlosen Zweifüßler aus Albion.)

Luisos mußte ein zweites Mal eingreifen und das Organ Kundabuffer entfernen, doch selbst diese Maßnahme genügte nicht, um den freien Willen abzuschaffen. Das gesamte Monderhaltungsprogramm stand am Rande des Kollapses. Die Hohe Kommission suchte verzweifelt nach einer Lösung, die schließlich von den Zweifüßlern selbst kam. Der freie Wille durchlief eine weitere Metamorphose und verwandelte sich autonom in den *Willen zur Macht,* der sich schließlich als selbstverzehrend erwies und so seine eigene Entwicklung blockierte: Seine Ubiquität resultierte in Entropie.

Die entropische Stagnation verschaffte der Kommission ein Terrain für Manöver: Die Aufgabe der Planetaren Erhaltung wurde neu bewertet, neu definiert und neu zugeteilt an jene besondere Spezies von federlosen Zweifüßlern, die als Schamanische Individuen bekannt sind; durch ihre sublimen Künste vermochten sie Raum zu schaffen für das Unendliche in den Faltungen der entropischen Totalität. Der Wechsel erwies sich als erfolgreich, zumindest für eine gewisse Zeit; plötzlich aber kamen Vorzeichen gefährlicher Entwicklungen, die aus der zuvor erwähnten Stagnation heraufzogen. Der »Flug der Kuh zum Mond« würde Kollisionen verursachen, die jene frühere an katastrophalen Folgen noch übersteigen würden.

Und jetzt war Luisos wieder hier, leuchtend wie tausend Luzifers, seine Augen wie riesige verrückte Diamanten. Gornachur begrüßte seinen Chef mit einer tiefen Verbeugung: »Euer Gemessenheit!« und stürzte sich sofort in detaillierte Beschreibungen der Projektimplantationseinheit, wobei er sich an all die Formalitäten hielt, die er auf der Himmelsakademie gelernt hatte.

»Überspringen wir das«, unterbrach ihn Luisos. »Wir haben deine Aktivitäten bezüglich des Opus sowohl hier auf dem Saturn wie auf der Erde beobachtet. Bislang haben wir keine Abweichung von dem Hauptziel feststellen können – der Herausbildung des objektiven Bewußtseins durch die Befreiung des Geheiligten Stoffs Askokin, den die dreihirnigen Wesen, die du als federlose Zweifüßler kennst, in der Einkleidung dessen erfahren, was sie *Liebe* nennen. Jetzt möchte ich gerne ein paar Details mit dir besprechen, hauptsächlich die Projektimplantationsaktiva, sowohl die materiellen wie die immateriellen.«

»Euer Gemessenheit«, proponierte Gornachur höflich, »darf ich Sie kurz über die *künstlerischen* Aspekte unseres Projekts unterrichten?«

»Ja.«

»Von unserem Standpunkt aus betrachtet, ist das Opus Almsnoschinu etwas wie *hybride Kunst*«, begann Gornachur. »Durch eine simultane Anwendung interagieren darin Drama, Lyrik, Musik und Bildsymbolik. Wir entwickeln da etwas weiter, was auf dem Planeten Erde schon viel früher von einem ungewöhnlichen federlosen Zweifüßler namens Richard Wagner angestoßen wurde. Und warum tun wir das? Wie Euer Gemessenheit eben erwähnte, ist unser Ziel die Herausbildung eines objektiven Bewußtseins, welches nach unserer Überzeugung die durch das Vorherrschen mechanistischer Instinkte der federlosen Zweifüßler entstandene entropische Stagnation zerschlagen wird. Übrigens haben einige der Zweifüßler, die wir als Schamanische Individuen ansehen, bei diversen Gelegenheiten ausgesprochen, wie dringlich ein solches Bewußtsein eintreten müsse, um den undurchsichtigen Schleier, den diese mechanistischen Instinkte geschaffen haben, zu zerreißen. Lassen Sie mich nur ein paar Beispiele nennen: Ein gewisser Charles Baudelaire verlangte eine Kunst, die ›den vergehenden Augenblick festhält, ohne seinem flüchtigen Vorübergehen Gewalt anzutun‹; jemand namens Walter Pater forderte dazu auf, ›Augenblicke voller Intensität aus dem Fluß der Zeit zu reißen‹; der ziemlich interessante Denker Henri Bergson spricht von einem Bedürfnis nach ›Darstellungen, die nicht fälschlich den rein zeitlichen Fluß des Bewußtseins verräumlichen‹. Andere suchen eine Kunst, die Intensitäten innerer Erfahrungen in ihrer jeweils eigenen Form speichert ... usw. Es liegt auf der Hand, daß die Realisierung dieser Absicht eine ganzheitliche Wahrnehmungsfähigkeit, die ›Intellekt und Gefühl vereint‹, also eine scharfsichtige und mehrschichtige Bewußtheit eines einzelnen Erfahrungsmoments erfordert. Um eine Erfahrung auf Basis der Vereinigung von Intellekt und Gefühl aufzuzeichnen und auszudrücken, benötigen die Zweifüßler ein synthetisches Vehikel, das in der Lage ist, diese aus ganz gewöhnlichen Wahrnehmungsprozessen resultierenden komplexen Eindrücke zu verstehen und weiterzugeben. Ich nenne dieses notwendige synthetische Vehikel das ›Objektive Korrelat‹, welches die Formel ist für eine einzelne und besonders vielgestaltige Erfahrung. Um George Santayana zu zitieren: Wir müssen die ›disparaten Dinge, denen ein gemeinsamer Unterton von Gefühl eignet‹, vereinigen. Um all dies zu realisieren, kombinieren wir daher verschiedene Kunstformen in unserem Opus Almsnoschinu ... Ich bitte Euer Gemessenheit um Verzeihung, ich befürchte fast, Sie können mir nicht mehr folgen.« (Gornachur fühlte sich noch immer durcheinander.)

Luisos saß mit einem seltsamen Ausdruck auf seinem leuchtenden, doch schwermütigen Gesicht da; seine verrückten Diamantenaugen schauten in alle Richtungen zugleich.

»Weiter!« befahl der Erzengel.

Gornachur nahm den Faden wieder auf.

»Ich möchte nun die Aufmerksamkeit Eurer Gemessenheit auf den bereits erwähnten Gedanken von Bergson lenken, ›Darstellungen, die nicht fälschlich den rein zeitlichen Fluß des Bewußtseins verräumlichen‹. Dies führt uns ein paar terrestrische Jahrhunderte zurück zu einer Form der Wissenschaft, die Alchemie genannt wird; sie beschäftigte sich damit, unedle Metalle in Gold zu verwandeln (ein Material, das die federlosen Zweifüßler über die Maßen schätzten). Man kann die Wissenschaft der Alchemie aber auch als Metapher für die Freisetzung des Geheiligten Stoffs Askokin durch das Objektive Bewußtsein begreifen – eine Metapher, die durch diverse allegorische Zeichen und Symbole unterfüttert ist. Nur eine Handvoll Schamanische Individuen verstanden das. Doch unseren Zwecken kommt es entgegen, Alchemie zu benutzen, um die federlosen Zweifüßler zur Erfüllung ihrer Aufgabe zu bringen und den extremen existentiellen Status der *Leere-gefüllt-mit-Mitgefühl* zu erlangen. In diesem Status nämlich werden sie die Entropie, die auf ihrer Welt liegt, überwinden. Daher schlage ich vor, dem Opus ein neoalchemistisches Element hinzuzufügen – die *Transformation von Zeit in Reinen Raum mittels der Musik* –, ein Element, das ich bei diversen Gelegenheiten getestet habe. Tatsächlich beziehe ich mich hier auf etwas, das ich in chemischen Begriffen als Sublimierung entworfen habe. Es würde die Fähigkeit der kreativen federlosen Zweifüßler verbessern, solche semantischen Systeme und Modelle aufzustellen, welche die Dichte ihrer selbstzerstörerischen mechanistischen Triebe substantiell reduzieren und statt dessen ihre Anstrengungen auf höhere Ziele richten würden.«

Von seinen eigenen Worten fortgerissen, verfertigte er

permanent neue Gedanken beim Reden. Endlich aber kam er zu einer Conclusio.

»Nach all dem Gesagten bin ich mir ganz sicher, daß wir am Anbruch eines neuen Zeitalters auf der Erde stehen; es wird neue und neuartige zivilisatorische und künstlerische Formen hervorbringen, mit anderen Worten: neue semantische Systeme. Ich schlage vor, dieses Zeitalter ›Die Moderne‹ zu nennen, das Wort stammt aus einer der toten terrestrischen Sprachen.«

Gornachur machte eine Pause und lieferte dann den Schlußstein seines Gedankengebäudes.

»Da stehen wir heute, Euer Gemessenheit. Ich weiß, meine kurze Zusammenfassung konnte längst nicht alle Details der Realisierung des Projekts behandeln, und vielleicht habe ich gar ein paar wichtige Beobachtungen ganz ausgelassen; einiges wäre es noch wert, hier dargelegt und verdeutlicht zu werden. Daher stehe ich auch gerne für jede Frage bereit, die Ihnen in den Sinn kommt, Euer Gemessenheit.«

In dem folgenden Schweigen bemerkte Gornachur, daß Luisos' Pupillen geweitet waren von Angst und Erregung. Ein schwerer Seufzer stieg aus den Tiefen der riesigen Masse des Erzengels auf, und schließlich begann er zu sprechen.

»Etwas hier führt mich ins Dunkel statt ins Licht, als seien meine Kraft und meine Hoffnung im Schwinden. Du wirst besonders sorgsam sein müssen, besonders genau und gewissenhaft bei deinen Kalkulationen – Zeit durch Zeit zu teilen und Raum mit Raum zu messen –, denn selbst die kleinste linguo-chronotopische Unregelmäßigkeit könnte, durch die Krümmungen, planetarischen Störungen und Unstetigkeiten verstärkt, dazu führen, daß der Geheiligte Stoff Askokin in die falsche Richtung fließt. Dann wird das Gold deiner Alchemie verblassen – auch das reinste Gold kann sich verändern!

Selbst dein Projekt der Moderne wird sich verwandeln und seine Form verlieren, um statt dessen so genannte politische Schamanische Individuen zu züchten und zu inspirieren – die Könige der Erde, die falschen Propheten und Priester, all jene, die die Kuh zum Mond fliegen lassen! Und wegen der Sünden dieser Propheten und der Frevel dieser Priester, die das Blut der Gerechten mitten auf der Erde vergossen haben, werden alle blind durch die Straßen wandern; sie werden sich mit Blut besudeln, so daß niemand auch nur ihre Kleider wird berühren. Siehe, ich erkenne die morbide Sublimierung unterdrückten Begehrens, die grausamste Blume der Unvernunft, die auf dem öden Land wächst. Ja, die falsche Verwendung des Askokins könnte eine monströse Kreativität in Gang setzen: Diese falschen Könige-Propheten-Priester werden die Knochen, das Fleisch und die Eingeweide der Massen beeinflussen, um mitleidlos Triumphe einer alles verschlingenden hybriden Kunst zu feiern, mittels derer sie die Empfindungen, Gefühle und Neigungen all jener kontrollieren, die sie versklavt haben. Siehe, ich habe schier meine Augen ausgeweint, daß mir mein Leib davon wehe tut; meine Leber ist auf die Erde ausgeschüttet über den Jammer der Tochter meines Volkes, da die Säuglinge und Unmündigen auf den Gassen in der Stadt verschmachteten ... Mein Gornachur, du weißt, das Opus Almsnoschinu ist nicht für dieses Sonnensystem allein. Unter dem großen Gesetz der Gegenseitigen Erhaltung führen schon kleinste planetarische Verschiebungen zu einer riesigen Zahl an irreparablen Katastrophen; die werden uns jagen, daß wir auf unsern Gassen nicht gehen dürfen, auf den Bergen werden sie uns verfolgen und in der Wüste auf uns lauern! Die federlosen Zweifüßler waren eigentlich dafür gedacht, die Lücken in der Megalokosmischen Oktave zu füllen und der Sphärenmusik zu helfen – die Zeit in Raum transformiert –, sanft durch diesen winzigen Teil des Universums zu fluten. Doch wenn auch nur ein einziges kosmisches Intervall innerhalb der Oktave versagt, dann wird eine solche Musik die Freude aus unseren Herzen reißen und unseren Reigen in eine Klage verwandeln. Siehe, ich erkenne schon die Vorboten! Siehe, die Macht der Kunst, die uns jetzt hinreißt und tröstet und hilft, wird vergehen; die Mengen werden Kriege führen! Siehe, die Kinder Zions werden zu einem Akronym werden, KZ, wo die Töchter Jerusalems unter gräßlicher Folter ihren Atem aushauchen! Oh, Sehr Großer Erzengel Sakkaky, warum hast du mich verlassen? Manchmal ist mir, als müsse ich mich selbst töten. Lebe wohl, mein Gornachur! Vergiß mich nicht! Adieu! Denk an mich!«

Und nachdem er diese bitteren Worte gesprochen hatte, begann Luisos »zu schwinden wie die wirren Bilder des Tages«, wurde ungesehen, unbekannt, abstrakt, geheim …

»Seltsam …« dachte Gornachur – dankbar, daß sein Chef verschwunden war. »Es muß ja ganz schön hektisch zugehen in der Hohen Kommission, wenn jetzt der Sehr Große Erzengel Sakkaky gegangen ist, um einer der vier All-Viertel-Erhalter des gesamten Universums zu werden. *Denk an mich* … An dich denken?! Nein, mein Gedächtnis ist eine Tafel, und ich muß alles Unnötige wegwischen und mich wieder meiner eigentlichen Aufgabe widmen.«

Damit kehrte Harharch der Rabe zu seinem Linguo-Chronotopos Beschleuniger zurück und war wieder voll und ganz mit der Komplexität seiner Arbeit beschäftigt. Und wieder sehe ich hier den Nibelungen Mime in ihm – schicksalhaft absorbiert von den schwierigen Herausforderungen der vor ihm liegenden Arbeit, hämmernd und feilend an dem Zauberschwert für den mächtigen Siegfried: tan tata ta ta ta tan tata, tan tata ta ta ta tan tata, tan tata ta ta ta tan tata …

Überwunden hast du Sklaverei und geistigen Schlaf,
bist entkommen dem Teufelskreis.
Es gibt Stellungen, die aus einer höheren Ordnung der Gesetze stammen und die dich öffnen werden zu einer neuen Ordnung in dir und dich befreien
und dich einswerden lassen
und dich erwecken zur wahren Bedeutung deines Lebens,
so daß dein wirkliches Sein handeln und sich bemerkbar machen wird …
Lerne die Lehre der Movements … haiiiaaaaaaa … aaaa …
die geheime Kunst der Liebe! haaaiiiaaaa … aaaaa …
In den Bildern, die daraus emporsteigen, kannst du lesen,
welches Gefühl
dich beseelt
der Sinneseindruck, der von jenseits kommt, aus deinem Innern kommt,
von dort, wo der Mittelpunkt die Umsicht überlagert,
die von weither stammt … haiiiiaaa … aaaaaaa …

Dagny hört die singende Stimme des Schwarzen Griechen, der sie ermutigt und dabei klingt wie ein tibetanischer Mönch, der aus dem Totenbuch vorliest und die aus den Körpern aufsteigenden Seelen durch das Labyrinth der karmischen Illusionen geleitet.

In ein blaues Tischtuch gewandet, tanzt sie auf einem Tisch, um den betrunkene Männer und Frauen sitzen. Der Tisch schwebt in der Mitte eines erleuchteten Raums. Ihre Sinne vermischen sich: Das intensive, blendende Licht verschmilzt mit den Klängen der Saiteninstrumente, Oboen und Flöten die eine orientalische Melodie spielen, zu der sie tanzt, sich in Krämpfen unsäglicher Lust windet, die sie als musikalische Wellen durchbeben … haiiiiaaa … aaaaaaa … dann stürzt die trunkene Menge auf sie zu, zerrt sie vom Tisch herunter und verzehrt ihr Fleisch … Sie gibt ihnen ihren Leib …

Plötzlich erwachte Dagny, öffnete die Augen und fand sich in einem Zimmer voller Rosen wieder. Hunderte von Rosen, die ihren Körper bedeckten, den Boden, die Wände. Der Duft überflutete sie, nahm ihr den Atem. Sie fühlte sich benommen, der Nachhall ihres Traums echote in ihr. *Was ist letzte Nacht passiert?* Sie wußte es nicht.

Aber all diese Rosen! Erstaunlich! Ich träume wohl noch immer ... wie ist das möglich? Es müssen ja Tausende sein! Durch die geöffnete Tür konnte sie im Zimmer nebenan noch mehr Rosen sehen, auf Tischen, Sesseln, dem Sofa verteilt.

Sie stand vom Bett auf und trat vorsichtig zwischen die Blumen, die Dornen kratzten sie leicht am Knöchel. In ein Laken gehüllt, ging sie ins Wohnzimmer. Margarita stand am Fenster und blickte auf die Straße.

Sie drehte sich um und begrüßte Dagny mit einem Lächeln. Verblüfft sagte sie: »Mein Gott, diese Georgier sind wirklich total verrückt! Schauen Sie nur!« Sie winkte Dagny ans Fenster. Sie schaute hinaus und sah ungefähr ein Dutzend Kutschen hintereinander in der Straße aufgereiht und noch mehr, die ihnen folgten. Alle waren mit Körben voller roter Rosen beladen.

»Woher kommen all diese Rosen?« fragte Dagny.

»Pirosmani«, antwortete Margarita. »Das ist Wahnsinn! Der Blumenhändler sagte, er sei von einem Maler namens Niko Pirosmanaschwili bezahlt worden, *eine Million Rosen* an meine Adresse zu liefern.« Sie kicherte.

»Ist er denn so reich?« Dagny konnte es nicht fassen.

»Natürlich nicht! Er besitzt gerade mal einen kleinen Laden irgendwo in einem verschlafenen Dorf. Sieht so aus, als hätte er den verkauft und das ganze Geld in diese Rosen gesteckt. Mir ist ganz schwindlig ... er hat seine Existenz damit vernichtet. Wofür? Vielleicht für eine kleine Varietésängerin? Warum? Was für eine Verrücktheit! Soll ich sie an den Blumenhändler zurückverkaufen und Niko das Geld schikken? Ich bin völlig außer mir ... Dieser total irre Idiot!«*

»Ja, das ist völliger Wahnsinn!« sagte Dagny, beeindruckt von dem phantastischen Geschenk. Plötzlich aber verdüsterte sich ihre Stimmung, als die Erinnerung an ein anderes »Geschenk« in ihr aufstieg: Emeryk, der sie selbst von Stach »bekam« ...

Was ist letzte Nacht passiert? Von der Feierei berauscht, war ihr alles egal gewesen. Sogar Zenon, ihr kleiner Sohn! Nun, sie mußte sich keine Sorgen um ihn machen, wenigstens jetzt nicht, er war für ein paar Tage bei den Kellers untergebracht. Emeryk hatte das arrangiert, hatte, um die Wahrheit zu sagen, sogar darauf bestanden. Warum? Meinte er das etwa ernst mit dem Doppelselbstmord?

Ja, natürlich! Er wollte den Jungen weit entfernt wissen von dem blutigen Szenario, das er entwarf – mit Dagny als

* Pirosmani hat dieses surreale Geschenk tatsächlich an Margarita geschickt. Ein paar andere Georgier haben auch solche Sachen gemacht; zum Beispiel der swanetische Prinz Dadeschkeliani, der sich in eine junge österreichische Bergsteigerin verliebte, Cenzi von Ficker, die das Hochland Swanetiens bereiste und einer Expedition auf den Uschba angehörte. Dadeschkeliani unternahm mehrere Vorstöße zu ihrer Eroberung, wurde aber abgewiesen. Wegen der unerwiderten Liebe dem Wahnsinn nahe, schenkte er der Dame seines Herzens den Berg. Das Geschenk wurde notariell besiegelt, die Urkunde befindet sich im Alpinen Museum, München. Thomas Babington Macauley würde Dadeschkelianis Akt als »einen Fehler, den die Gewalt der Leidenschaft entschuldigen mag« bezeichnen. Oder um Orwell zu paraphrasieren: »Alle Georgier sind verrückt, aber manche Georgier sind verrückter als die anderen.«

Hauptdarstellerin ... der herumhurenden Mutter. Aber Emeryk, der arme Emeryk, auch ihn hatte sie vernichtet. Manche Tiere vernichten einander durch die Gewalt ihrer Leidenschaft. War denn Emeryks Entscheidung verrückter, als sein gesamtes Hab und Gut zu verkaufen, um einer geliebten Frau eine Million Rosen zu schicken?! Liebe ist der Hintergrund von beidem ... die Liebe vernichtet ...

Ich versuche in Dagnys großen grünen Augen zu lesen, als sie auf die Berge von Rosen um sich schaut. Aber lassen wir ihre eigenen Worte für sie sprechen (man beachte das Blumenmotiv).

»Aber als die Rosen welkten, freute sie sich. Es erfüllte sie mit Genugtuung, die Blätter am Rand gelb zu sehen. Sie nahm beide Hände voll und ließ sie fallen, eine nach der andern. Sie schüttelte die Hecke so, daß ein Regen matter, verblichener Blätter auf ihren Kopf rieselte. Und sie sah, daß die Rosen schwarz waren mit verkohlten Blättern ... Aber sie fror, und eines Morgens fühlte sich ihr Herz wie ein weißer und kalter Kristall an. Der Glanz schnitt ihr in die Augen, und es verlangte sie nach geheimen Blumen, auf die keine Sonne geschienen hatte, gefährlichen Blumen, die Gift in ihren Adern trugen, betäubend und unwiderstehlich. Und in einer Nacht fand sie tief im Wald, im Schatten, wohin kein Sonnenstrahl vordrang, eine dunkle und verhängnisvolle Pflanze mit haarigen Blättern und schwermütigen Glocken aus Farben, vom Himmel und der Erde geholt. Sie las gierig in ihren verschleierten Augen, sie preßte sie ans Herz, und sie fühlte, daß sie ihren giftigen Atem liebte.«

Gedanken wie diese »geheimen«, »gefährlichen« und »giftigen« Blumen blühten in ihrem Kopf, der noch immer von der letzten Nacht schmerzte. Margarita brachte ihr eine Tasse Kaffee, der schwarz war und nach Rosen duftete: ein giftiges florales Gebräu. Sie hörte die neue Freundin etwas sagen, aber verstand nicht. *Margarita will runter auf die Straße gehen und diese irre Flut von Blüten und Dornen aufhalten ...* Dagny bemerkte ein Gemälde an der Wand.

»Ist das von ihm, von Pirosmani?«

»Ja, es heißt *Junge auf einem Esel.*«

Das Bild war auf schwarzes Wachstuch gemalt; ein Junge saß auf einem Esel, wie gefangen in völliger Dunkelheit ohne einen Weg irgendwohin. *Und wohin ist der Esel zwischen meinen Beinen gegangen?!* dachte Dagny. *Ich habe noch nicht mal etwas anzuziehen ... ha, ha! Ja, freue dich und sei fröhlich, du Tochter Edom, die du wohnst im Lande Uz, denn der Kelch wird auch über dich kommen; du mußt auch trunken und entblößt werden!* Erst in dieser Sekunde wurde ihr klar, daß sie völlig nackt war, geschützt allein von den Blüten des Wahnsinns.

»Was kann ich tun? Ich muß hier weg und meinen Sohn finden!« (Ja, Zenon war der einzige Lichtstrahl auf dem schwarzen Wachstuchgemälde ihres Lebens.)

»Ach, machen Sie sich darüber keine Sorgen, meine Liebe«, beruhigte sie Margarita. »Der Schwarze Grieche hat ein hübsches Kleid für Sie aufgetrieben und mich gebeten, Ihnen mit Wäsche auszuhelfen. Warum ziehen Sie sich nicht an und kommen dann nach unten? Ich versuche die Sache mit dem Blumenhändler hinzukriegen, und dann treffen wir unsere Freunde.«

»Welche Freunde?« fragte Dagny und schritt vorsichtig über die Blumensträuße, belebt von dem Gedanken, daß sie etwas zum Anziehen hatte.

»Nun, diejenigen, die gestern mit uns auf dem Floß gefeiert haben – der asiatische Mönch und die anderen. War das nicht eine tolle Party?« Margarita lächelte bei der Erinnerung daran. »Sie sind in einem kleinen Restaurant ganz in der Nähe. Sicher wird der Schwarze Grieche Ihnen helfen, Ihren Sohn wiederzufinden, und bei allem anderen auch, falls Sie noch mehr Probleme haben sollten.«

Ein asiatischer Mönch, der Schwarze Grieche ... was hatte sie nur getan letzte Nacht?! Dagny zog sich das Kleid über den Kopf.

»Wieso geht ein tibetanischer Mönch brunchen?« fragte sie. »Ist das nicht ganz untypisch?«

»Sie *proben*«, antwortete Margarita.

»Und sie proben *was?*«

»Das Fest der Liebe.«

»War denn das Fest von letzter Nacht nicht schon mehr als genug?« fragte Dagny und band sich die Schuhe zu. *Wie soll ich ihr das hier alles bezahlen?* dachte sie; finanziell war sie ganz und gar auf Emeryk angewiesen. *Ja, ich bin wirklich dieser Junge auf dem Esel in der Dunkelheit.*

An diesem Vormittag brachte der Esel ihres Schicksals sie schließlich zu dem Restaurant, wo die Organisatoren des Fests der Liebe probten.

Das Restaurant war für das allgemeine Publikum geschlossen – Gurdjieff hatte das arrangiert. Er wollte mit ein paar verbalen, musikalischen und meditativen Kombinationen experimentieren, zusammen mit dem Führer der Sieben, dem Raben und Pschawela – eine Art Opus Almsnoschinu en miniature.

Der Führer der Sieben saß vor sich hin murmelnd in der Mitte des Lokals auf einem Kelim. Seit dem frühen Morgen war er in einer tiefen Meditation versunken, ein Mantra kreiste in seinem Kopf. Das funktionierte bestens; mit

Hilfe des Mantras transzendierte sein Geist die empirische Existenz und gelangte zum reinen Bewußtsein des *Ich bin Es*. In der selbstaufhebenden Ekstase objektiver Kontemplation wurde ihm ein Gewahren des *Hierseins* zuteil, wie die Möglichkeit eines Baums dem Samen zuteil wird. Er reflektierte über diverse Gedanken- und Bildfragmente und verwob sie zu phantasievollen Korrelaten einer überpersönlichen Emotion, die in ihm hochstieg wie eine Flamme. Diese besondere Art der Emotion, die er gewöhnlich beim Meditieren erfuhr, war ungemein stark und mehrdeutig, da sie in sich eine spezifische Kombination von Freude und Schmerz verband. Sie war bekannt unter dem Namen »Empfindung des Erhabenen«, welche das Bewußtsein strukturiert, indem es den Geist freiwilligem Leiden und reinem Mitgefühl aussetzt. Bestimmte Schamanische Individuen wie der Führer der Sieben konnten abstrakte Muster hervorbringen, die das Ungreifbare und Unverständliche enthüllten und so das Nicht-Darstellbare in seiner ganzen Entrücktheit zum Bild werden ließen; sie konnten die Inkommensurabilität der Endlichkeit aller Sinneserfahrung durchmessen und durchbrechen zu einer Unendlichkeit des Erfahrbaren in einem nicht wahrnehmbaren und absoluten »Anderen« – und dies durch ein Zusammenspannen des Unvereinbaren in gleichzeitigem Leiden und Mitgefühl. Das nannten die Schamanischen Individuen »Die Kunst des Erhabenen«.

Der meditierende Führer der Sieben bemerkte Ferdinand den Raben nicht, der durch den Raum flatterte, gelegentlich auf einem Möbelstück landete oder auf der Schulter oder dem Glatzkopf des Führers der Sieben; er sah nicht mal, wie der Rabe am Kronleuchter schaukelte, wobei er auf georgisch krächzte: *Baqhaqhi cqhalschi qhiqhinebs! Baqhaqhi cqhalschi* *qhiqhinebs!** oder in multilinguales Geschnatter ausbrach wie: »Nin Hao! J'aime Sabbath fornications Ruach Elohim spiritus vini et uisge-beatha-whiskey cum Heiliger Brahmaputra … Ammahim und la livid raptura of a Zurbaran Saint-Onan por favor caesura khoshgyaldi! Scoozi-spinooze me! The Gracehoper jigging ajog-agigue, hoppy on Kant's cunt in his joyicity to play pupa-pupa and policy-pulicy and jhopa-jhopa!

Arigato Ishmael-san! Jai guru Hare Krishna, vo istinu akbar! Matte kudasai, prje proshe pani, plus précieuse que la vie, dirty dog! Bismillah! Moulin Khmer Rouge! Kulu Sé Mama!

Sator Arepo Tenet Opera Rotas: Schwindsucht and pollution Opera naturale cum grano salis.

Merhaba, Sebastian-bey!

Winkelmusik of Szopen oder Pichon cum Chopinek i-jhe Chopinetto …«

Gurdjieff hatte während des Krächzens Musik gespielt, aber nicht von »Chopin« oder »Chopinek« oder »Chopinetto«. Der Schwarze Grieche saß in einem hellen Sommeranzug und barfuß auf einem niedrigen Hocker am Klavier und spielte eine Art Toccata, die dem *Prélude* von Bachs *Englische Suite VI* ähnelte. Seine Finger glitten über die Tasten, und er begleitete die Musik mit einem schamanischen Summen.** In einem tranceartigen Zustand, mit Albert Schweit-

* Das heißt »ein Frosch quakt im Wasser« und ist der schwierigste Zungenbrecher der georgischen Sprache.

** Interessanterweise hat Jahrzehnte später der Schamane von Toronto, Glenn Gould, ebenfalls barfuß auf einem niedrigen Klavierhocker sitzend in der Carnegie Hall Bachs *Englische Suite VI* gespielt. Er hat dabei im Kontrapunkt mitgesummt wie auch auf einigen herausragenden Schallplattenaufnahmen.

zers Interpretation der Partitur im Kopf, durchforschte er Bachs Suite – die Folge von Tänzen – nach dem musikalischen Äquivalent zu den Movements, die er bei seinen Reisen und den Begegnungen mit Schamanen und Derwischen in Zentralasien entdeckt hatte. Er spielte sich warm für die kollektive Improvisation, die er, Pschawela und der Führer der Sieben für diesen Morgen geplant hatten; Ferdinand der Rabe würde dazu die Signale aus Gornachus Linguo-Chronotopos Beschleuniger übertragen.

Pschawela hatte sich verspätet. Er sollte den Entwurf einer Übersetzung von Passagen aus dem *Pantherfell* in die Sprache der Pflanzen und Tiere mitbringen, wie ihm Die Stimmen, die für das Opus Almsnoschinu verantwortlich zeichneten, aufgetragen hatten. Gurdjieff war völlig versunken in seine schamanisch-barocken Variationen, weshalb er nicht bemerkte, daß Dagny und Margarita das Lokal betraten und sich an einen kleinen Ecktisch setzten. Dagny schämte sich noch immer für die Geschehnisse der vergangenen Nacht und wagte darum nicht, die anderen zu unterbrechen und ihre mütterliche Besorgnis um Zenon zu äußern. Sie saß einfach da, ohne die geringste Ahnung, was wohl als Nächstes passieren würde. Ihr war ein bißchen übel, eine Kombination aus Kater und Selbstekel. Nein, ich will es anders ausdrücken: Sie hatte einen Kater von der Entfremdung. Sie bestellte einen Absinth und etwas Wasser.

Pschawela trat ein, mit einer großen bestickten Satteltasche über der Schulter, und entbot den Damen einen leicht melancholischen Gruß. Gedankenverloren stolperte er über einen Stuhl und trat ihn zur Seite.

»Auftritt der Hochländer«, krächzte Ferdinand der Rabe. »Der hermeneutische Jäger! Ich hoffe, deine Übersetzungsversuche haben interessante Resultate hervorgebracht.«

Pschawela ignorierte den Raben und setzte sich in der Nähe des Führers der Sieben auf einen Stuhl, öffnete seine Satteltasche und entnahm ihr ein ziemlich abgegriffenes Buch mit ein paar vollgekritzelten Blättern.

»Hat jemand Appetit auf Raben zum Frühstück?« fragte Pschawela ironisch. »Bist du denn sicher, mein rabenschwarzer Freund, daß du die Übertragung der himmlischen Wellen überstehen wirst, ohne gegrillt zu werden?«

»Aber, aber, mein Hochländer«, erwiderte der Rabe von der Schulter des Führers der Sieben, »du wirkst nicht gerade begeistert von dem versifizierenden Element des Opus.«

»Um meine Begeisterung geht es auch nicht.« Pschawela war kurz angebunden.

»Warum fangen wir nicht einfach an?« mischte sich Gurdjieff ein und wandte den Kopf zu seinen Mitstreitern, ohne die Hände vom Klavier zu nehmen.

»Rrrecht hast du!« bestätigte der Rabe. »Los geht's! Aber ich schlage vor, wir hören zuerst eine Strophe der biopoetischen Übertragung des Hochländers. Ich würde gern ein paar verbale Dinge hier synchronisieren, um eine bessere Vorstellung des Ganzen zu kriegen. Könnt ihr mir folgen?«

»Nicht wirklich, fürchte ich«, sagte Gurdjieff und begann wieder zu spielen, als hätte er kein Interesse an der Initiative des Raben.

»Nun, mein Schwarzer Grieche«, begann der Rabe leicht verärgert, »zufälligerweise verfechte ich die Idee, daß jede Art der Übersetzung eine wechselseitige Bewegung ist, sozusagen eine dialogische Materie. Also das Überrrtrrragene und das Überrrtrrragende entfalten eine Wechselwirkung. Jenes erfährt eine bestimmte Dekonstrrruktion, während dieses eine bestimmte Rekonstrrruktion erfährt und umgekehrrrt. Die wahrrre Bedeutung liegt irrrgendwo zwischen dem Übertrrragenen und dem Übertrrragenden. Deshalb ist es immer sinnvoll, eine Rückübersetzung von einem zum andern und umgekehrt vorzunehmen, und bei einem solchen Umweg *den rechten Weg zu finden,* also mit anderen Worten *die Bedeutung.* Daher möchte ich den von dem Hochländer in die Sprache der Tiere und Pflanzen übersetzten Text *rückübersetzen* in die Sprache der federlosen Zweifüßler. Dann sehen wir, welche *Bedeutung* dabei rauskommt.«

Grüblerisch summend spielte Gurdjieff mit musikalischen Motiven und deren Umkehrung. Dann nickte er plötzlich.

»Nun, mein Hochländer, welche Strophe möchtest du uns vorführen?« fragte der Rabe.

»Gleich die erste, mein Rabe: ›Der den Weltenbau erschaffen, groß in grenzenlosem Walten, / ließ aus hohem Himmels-Odem alles Leben sich entfalten, / und er gab uns Menschen diesen Erdkreis bunter Vielgestalten‹ und so weiter.« Pschawela blätterte in seinem Manuskript.

»Tu mir bitte einen Gefallen«, sagte der Rabe, »und äußere deine Laute langsam, so daß ich die Rückübertragung simultan machen kann.«

Der Hochlanddichter fing an, eine seltsame biophonetische Kombination von Tönen zu produzieren, welchen Ferdinand der Rabe aufmerksam lauschte, um sie sogleich zu übersetzen.

Gier läßt Erde Himmel essen ... große Schlange
verschlingt großen Vogel ...
Viel Exkremente und Urin ... wir sind
die Nachkommenschaft ...
Gier macht Himmel Saft auf die Erde gießen ...
Licht und Dunkelheit ... kommen und gehen ...
viele Duftmarken ...

Der Geruch ist stark ... der starke Geruch
macht alle gehen ...
Hunger macht töten ... Speichel und Blut ...
Same macht viele ... Schleim und Nachgeburt ... Milch ...
Wir wachsen von Dunkel zu Licht ... unsere Wurzeln
in der Erde ... unsere Kronen im Himmel ...
Gier durchläuft uns ... von Erde zu Himmel ...
von Himmel zu Erde ...
Gier läßt Lehm zittern und atmen ...
Gier ist stark ...

Gurdjieff begleitete diesen unheimlichen Vortrag auf dem Klavier, doch als die anderen beiden schwiegen, ließ er weiter sein schamanisches Summen hören. Der Rabe auf der Schulter des Führers der Sieben schlug plötzlich mit den Flügeln und zitterte dann. Er drückte seine Krallen so tief ins Fleisch des Mongolen, daß ein paar Tropfen einer dunklen, zähen Flüssigkeit hervortraten.

»Was sind das für Tropfen?« fragte Pschawela.

»Die Bedeutung, mein Hochländer!« antwortete der Rabe mit tiefer, heiserer Stimme und noch immer zitternd. »Die Bedeutung, die wir gerade aus unserer Übersetzung extrahiert haben.«

Gurdjieff stand auf, trat zu dem Führer der Sieben und untersuchte die Tropfen, die über dessen Brust rollten.

»Mein Gott, ist das *der Stoff?!*« rief Gurdjieff erstaunt aus.

»Der Geheiligte Stoff Askokin«, ergänzte Ferdinand während eines erneuten heftigen Zitterns. Dann beruhigte er sich. »Aber noch immer handelt es sich um eine Rohversion, verschmutzt durch Zusätze: Blut, Körpersäfte, Ichor et cetera. Was wir brauchen, ist reines Askokin, das unsichtbar und immateriell ist.«

»Wie hast du das gemacht?« Gurdjieff war sichtlich erregt.

»Das war nicht ich, sondern mein Vater dort oben«, erwiderte der Rabe. »Mein Vater im Himmel, wie ihr sagen würdet … meiner aber ist tatsächlich auf dem Saturn. Ja, Gornachur Harharch IV hat das gemacht, unter Zuhilfenahme seines Linguo-Chronotopos Beschleunigers, um metamusikalische Vibrationen im Geist des Führers der Sieben zu erzeugen; dabei benutzte er deinen schamanischen Kontrapunkt als transformative Substanz und den vegetozoopoetischen Diskurs des Hochländers als Grundmaterial. Ein Effekt, der demjenigen ähnelt, den deine Alchemisten anstrebten, aber nie erreichten. Doch wie ich sagte, handelt es sich hier um Rohaskokin. Um das richtige, das reine zu erhalten, brauchen wir den Code des Vlieses, den Almsnoschinu-Code von El'Azar – Die Auferstehung! Und den werden wir bei der Himmlischen Agape gewinnen, wenn wir das *Pantherfell* transformieren mittels des voll ausgespielten schamanischen Kontrapunkts der *Johannespassion!*«

Der Rabe flatterte hoch, setzte sich auf den Kopf des Führers der Sieben und verkündete Pschawela: »Und inzwischen, mein Hochländer, müssen wir eine weitere Runde unserer Dialogübersetzung einschieben und noch mal testen, wie Gornachurs Metamusik im Kopf des Führers der Sieben genau wirkt. Warum versuchen wir uns nicht an einer vegeto-zoopoetischen Version von Tariels Klage über den Verlust seiner geliebten Nestan nach ihrer Entführung durch jene dunklen Kreaturen, die *Kajebi?!*«

Wascha-Pschawela willigte wortlos ein. Er kramte in seiner Satteltasche und zog ein weiteres Blatt Papier heraus, das mit Krakeln in einer unbekannten Schrift bedeckt war.

»Sehr gut«, machte der Rabe und wandte sich an Gurdjieff. »Von dir, mein Schwarzer Grieche, brauche ich einen klarer artikulierten Wirbel rollender Sechzehntel, die sich in den Baß bewegen, stets in b-Moll. Würdest du bitte beginnen? Mein Vater auf dem Saturn und Albert Schweitzer mögen dir helfen!«

Gurdjieff wandte sich wieder zum Klavier um.

»Möge Gornachur mit uns sein!« krächzte der Rabe, und drehte seinen Kopf zur Decke. Und unter noch schlimmerem Zittern als zuvor konzentrierte er sich auf Pschawelas Laute, die er übersetzte:

Erde, hey – Erde! Öffne dich!
Ich will, daß du meine Augen nimmst und bewahrst,
So bewahrst – falls du sie nicht schon gegessen hast –
Wie die heiligen Knochen meiner Liebsten.
Das weiß ich wohl: Du wirst meine Augen
 zu Asche werden lassen,
wie du die Knochen meiner Liebsten Asche werden ließest;
Asche zu Asche – *Im Traumreich des Todes!*
Denn nah am Tod sieht man den Tod nicht mehr
und starrt hinaus, vielleicht mit großem Tierblick.

Du bildest und du läßt verfallen –
Das ist deine heilige Kunst.
Nimm also meine Augen, trag sie zum letzten Sammelplatz:
Laß sie verfallen und mach mich die Knochen
 meiner Liebsten sehen.
Durchbohr mein Auge mit der Liebsten Arm,
Auf daß ich ihren geliebten Leib in Blüte sehe:
Laß meinen Blick auf ihr ruhn wie *Sonnenlicht*
 auf Säulentrümmern.
Der Schöpfung immer zugewendet, sehn
wir nur auf ihr die Spiegelung des Frein,

von uns verdunkelt. Oder daß ein Tier,
ein stummes, aufschaut, ruhig durch uns durch.
Dieses heißt Schicksal: gegenüber sein
und nichts als das und immer gegenüber.

Erde, hey – Erde! Öffne dich!
Laß meine Augen auf die heiligen Knochen
meiner Liebsten schaun,
Wie *die beiden vielblättrigen Sterne des Todes-,*
des Zwielichtsreiches.
Laß uns, die Liebste und mich, *Rattenfell, Krähenhaut* tragen
Und wie der Wind sein, *Wind in dem Geäst eines Baums,*
der sich wiegt.
Laß sie vor Freude aufjauchzen
Laß ihren Busen vor Begehren schwellen
Und Milch und Blut kommen über mich …*

Während die drei agierten, traten ein paar schillernde rote Tropfen aus den kleinen Wunden, die die Krallen des Raben im Schädel des Führers der Sieben hinterlassen hatten. Langsam rollten sie über seine Schläfen und Wangen, wie von einem Haupt voll Blut und Wunden. Pschawela und Gurdjieff machten weiter, aber Ferdinand mußte aufhören – er wand sich in Krämpfen und Zuckungen, als schösse Starkstrom durch seinen gefiederten Leib. Er fiel auf den Boden und raste dort im Kreis herum wie ein Huhn ohne Kopf.

Eine leuchtende rötliche Aura umfloß den Körper des

* Wascha-Pschawela hat dieses kurze Gedicht »Erde, hey, Erde! Öffne dich!« erst 1908 veröffentlicht, und natürlich enthielt es keine Verse aus T. S. Eliots »The Hollow Men« oder Rilkes 8. Duineser Elegie. Die sind ein Einschub von Gornachur Harharch IV.

Führers der Sieben, und im Zimmer breitete sich eine seltsame Frische aus. Dagny meinte, der zweite Absinth habe Halluzinationen bei ihr ausgelöst. Sie stand auf und ging auf den Führer der Sieben zu. Als sie ihm nahe war, intensivierte sich die Frische. Sie kniete sich vor ihn, schlang die Arme um ihn und leckte einen Tropfen der Flüssigkeit von seiner Schläfe. Sie prickelte auf ihrer Zunge. Sie wollte aufstehen und zu ihrem Platz zurückkehren, aber eine schwindelerregend mächtige unsichtbare Hand schien sie herunterzuziehen, und ihr Kopf sank in den Schoß des Führers der Sieben.

Nein, sie verlor nicht das Bewußtsein; sie lag nur einfach mit offenen Augen da. Seltsame Visionen tauchten vor ihr auf, und mehrere Stimmen redeten auf sie ein, eine karnevaleske Rhapsodie aus bizarren Bildern und Sätzen; all das umspannte und überspannte den Raum um sie und in ihr, wie eine Qualle – eine riesige Medusa …

Wie eine schöne Zirkusreiterin durch die weiße und rote Manege wirbelt, so schritt sie in das große Tierkreisfeld …

Eine lallende Stimme schrie: »Die Verwandlung des Nichts in Schönheit durch die Liebe!«

Sie war wie Leda, vom Schwan mißbraucht. Eine weitere Stimme sprach von einer *Taumelnden … verzagte Finger … unfähig, die Federpracht aus fast gelöstem Schoß zu schieben … liebkost von dunkler Schwimmhaut … übermannt vom rohen Blut der Luft … Schnabel ums Genick …*

Der Schauder in der Lendengegend erzeugte dort Die Schönheit, welche befestigte Städte und allmächtige Könige vernichtet. Das war Die Schönheit abstrakter Formen – trennscharfe Bilder des Unvorstellbaren, geformt vom Pinselstrich Der Liebe, der alles im Augenblick des Verschwindens noch einmal klar hervortreten läßt …

Dann veränderte sich die Intensität von »Leda und der Schwan« zum *Wunderland*-Spaß von Alice und dem Flamingo: Ein kleines Mädchen hielt einen lebenden Flamingo wie einen Schlägel und versuchte, einen lebenden Igel damit zu treffen, als wäre er eine Kugel …

Und dann wurde sie zu Europa, die mit weit aufgerissenen Augen auf einem herrlichen weißen Stier das weindunkle Meer durchquerte … Die Liebe ist so stark wie der Donnergott, in einen mächtigen Stier verwandelt, und sie trägt dich hinweg übers Meer und weiter, immer weiter, bis dorthin, wo du jenseits Des Seins bist. Ja, sie spürte, da war mehr als bloßes Da-Sein: Auf dem Rücken des Stiers fühlte sie sich durchdrungen vom ekstatischen Zustrom des Lebens, der durch alle sieben Höhlungen ihres Körpers eintrat, bis zu den Achselhöhlen und in ihr gelöstes Haar. Sie sang von einer Liebe, die jede Faser deiner Seele aufbrechen läßt und deinen Körper zerstückelt … erst dann, in Teile zerbrochen, wirst du die Wahrheit erkennen und aussprechen *Ich bin*. Es ist wie das Lied, das das Schweigen ausdrückt, wie die Passion das Leben im Tod ausdrückt.

Sie war in einem Zwielicht gefangen, ein Geschöpf, das zwischen Tag und Nacht fliegt, sowohl Schwalbe wie Fledermaus: »Ich bin schwarz, aber gar lieblich«, sagte sie, als sie über den Ponte Vecchio hinwegflog, wo Die Liebe einst einen Dichter empfing und ihn mit Visionen des Himmels und der Hölle verwirrte.

Sie sah eine Prozession die Brücke überqueren; da war Ganesha, der elefantenköpfige Gott, gefolgt von Tänzerinnen mit Efeugirlanden um den Hals und Flötenspielern. Girlanden und Flöten! Sie waren unterwegs zum Berg Golgatha, wo das große Opfer stattfand. Dann sah sie sie den Abhang hinaufziehen und sich dem Kreuz auf dem Gipfel nähern. Und dort trompetete Ganesha, und sie sah, wie das Kreuz Wurzeln schlug und Blüten aus ihm sprossen. Und Er stieg vom Kreuz herab und umarmte den elefantenköpfigen Gott. Sie wurde wieder zu Seiner Frau; neben Ihm als seine Braut am Tisch sitzend, nahm sie das Brot und sprach: »Denn so oft ihr von diesem Brot esset und von diesem Kelch trinket, sollt ihr des HERRN Tod verkündigen, bis daß er kommt.« Und Er brach das Brot, und sie wurde von einem Licht geblendet, das daraus hervorschoß und das so hell war wie *eine Million Sonnen.*

Dagny kam aus der Trance heraus, war aber noch benebelt. Sie hörte Gurdjieff reden.

»Sie haben soeben ein sehr rohes Askokin gekostet. Aber wir werden das reinstmögliche Askokin benötigen, um die wichtigsten Nervenenden des Planeten zu passieren und in den Geist der Schamanischen Individuen zu gelangen; durch diese wiederum werden wir die Massen erreichen und vor völligem Wahnsinn bewahren! Um das reine Askokin fließen zu lassen, brauchen wir aber den Code vom Goldenen Vlies, oder Das Wort, wie ich euch gestern nacht erläutert habe ... Der Code wird sich bei der Agape im objektiven Bewußtsein des Führers der Sieben bilden, und er wird ihn weitergeben an eine Frau wie Sie – *eine Frau, die viel geliebt hat* –, die Musik und Dichtung schätzt und die sich freiwilligem Leiden ausgesetzt hat. Dieser Informationsfluß muß mittels der Heiligen Movements geschehen, die der uranfänglichen Einheit des Weißen Affen und der Hexe vom Berge entstammen, um es in der symbolischen Sprache der Tibetanischen Kosmogonie auszudrücken. Daher sind wir auf Ihre Teilnahme am Fest der Liebe angewiesen. Es findet heute abend im Konzertsaal des Deutschen Gartens statt. Werden Sie uns die Ehre erweisen?«

Als hätte sie kein einziges Wort gehört, sah Dagny Gurdjieff nur in die Augen und sagte: »Ich muß meinen Sohn Zenon sehen.«

Sie stand abrupt auf und eilte auf die Straße hinaus.

Gurdjieff versuchte ihr zu folgen, weil er sich Sorgen machte, das Rohaskokin könnte ihrer Psyche geschadet haben. Doch Pschawelas Stimme stoppte ihn an der Tür.

»Wo ist der Rabe, Schwarzer Grieche?«

Gurdjieff schaute zurück und sah den Hochländer und den Führer der Sieben, wie sie jeden Winkel nach dem schwarzen Vogel absuchten.

»Ich schaue mal hinter der Theke nach, dort habe ich ihn zuletzt gesehen«, sagte Gurdjieff.

Als er hinter die Theke trat, stolperte Gurdjieff über etwas. Genauer gesagt, war es nicht etwas, sondern jemand, den der Schwarze Grieche nur allzugut kannte: Sohrab Addin, der Scheinderwisch, lag dort schnarchend auf dem Boden. Aber keine Spur von Ferdinand dem Raben ...

Gurdjieffs Tritt weckte den Scheinderwisch. Langsam erhob er sich auf die Knie, räkelte sich und gähnte. Und dann sprang er ganz plötzlich aus dem Stand und gar mit Salto auf die Theke.

»*Si può? Si può? Signore scusatemi, se da sol me presentoooo ...* mein Name ist Epiloooog!!!« sang Sohrab Addin. Dann sprang er wieder von der Theke herunter und begrüßte alle Anwesenden. »Wie geil ist das denn, wieder hier sein zu dürfen, meine Freunde, meine Arschkriecher der Liebe, meine Akrobaten des Erhabenen, meine hermeneutischen Argonauten des Großen Codes des Goldenen Vlieses! Und wie deprimierend ist es zu sehen, wie tief ihr alle in der Scheiße steckt. Mich übrigens eingeschlossen!«

»Heh, paß auf, was du sagst, du Scheißkerl!« Pschawela war echt angepißt.

Sohrab Addin machte sofort einen Rückzieher und entschuldigte sich: »*Mi scusi* … tut mir leid. Könnt ihr mir diese kleine verbale Entgleisung verzeihen?«

»Er soll erst mal reden«, sagte Gurdjieff zu Pschawela und wandte sich dann an den Scheinderwisch: »Nun sag schon, was los ist. Wo ist der Rabe hin?«

»Between Nothingness and Eternity!« rief Sohrab Addin. »Der Vogel ist ausgeflogen, ja, weg ist das Wiesel. Er ist zu seinem Vater zurück, wenn du so willst; er hat sich mit Gornachur Harharch IV wiedervereinigt! Leider ist Ferdinand der Rabe pulverisiert worden durch eine Überdosis aus dem Linguo-Chronotopos Beschleuniger während eurer kleinen Improvisation. Der Typ auf dem Saturn muß die Berechnungen seines Apparats ein bißchen zu hastig gemacht haben, und ihr wißt ja: Gut Ding will Weile haben. So wird sich unser armer Rabe jetzt irgendwo im Kosmos verlieren, zwischen all dem Weltraumschrott …«

»Du meinst, wir haben den Kontakt zu Gornachur und seinem Beschleuniger verloren?!« Gurdjieff klang besorgt.

»Ich würde das nicht so dramatisieren«, beruhigte ihn der Scheinderwisch. »Man kann es nicht einen *kompletten* Verlust nennen. Wir sind nur aus dem Prozeß der Gegenseitigen Erhaltung herausgefallen, oder, um es einfacher auszudrükken: Wir haben die *Korrespondenz* verloren, die Gegenseitigkeit zwischen den beiden Ebenen planetarischer Existenz. Die Sache ist, daß Gornachur immer noch *Involution* nutzen kann, um uns von oben zu beeinflussen, wir aber ohne jedes Mittel der *Evolution* sind und daher unsere Botschaften nicht mehr zu ihm hochjagen können. Falls wir also tatsächlich den Code des Vlieses finden, haben wir keine Chance mehr, die Info an Gornachur weiterzugeben, damit der dann die Formel benutzt, um die Askokin-Hähne zu öffnen und das Zeug fließen zu lassen. Außerdem wollten wir doch, daß der Schwarze Grieche die Ätherogramme verbreitet und dazu Gornachurs Beschleuniger als Sendestation benutzt; so sollte das Askokin die Gehirne der Schamanischen Individuen auf unserem Planeten erreichen. Kurz und gut: Es sieht verdammt danach aus, daß wir's vermasseln.«

»Wie um alles in der Welt konnte Gornachur so ein Fehler passieren?!« Gurdjieffs Stimmung sank rapide. »Es muß derselbe Fluch sein, der schon seinen Urgroßvater um die Ecke gebracht hat.«

»Das ist nicht das Werk eines Fluchs«, knurrte Sohrab Addin und setzte mit einem leichten Anflug von Pessimismus hinzu: »Es ist die Natur der Zeit, die seit Anbeginn den langsamen Tod des Universums verlangt hat. Die Welt degeneriert. Oder vielleicht übertreibe ich?«

Er wollte noch etwas sagen, aber der Führer der Sieben unterbrach ihn. Mit geschlossenem Mund bauchredete er: »Um den gegenseitigen Kontakt mit Harharch wiederherzustellen, brauchen wir die versilberten Spiegel und die Vergrößerungslinsen aus der Laterna-Magica-Maschine unseres Freundes aus Albion.«

»Was war das denn?« Pschawela schaute den Führer der Sieben mit seinem gesunden Auge so ungläubig an, wie er es beim einhändigen Klatschen schon getan hatte.

»Laß den Führer der Sieben doch ausreden!« befahl Gurdjieff.

»Ich kann die Maschine dazu bringen, hochverstärkte Strahlung auf einer oder mehreren separaten Frequenzen auszusenden – einen beständigen Strahl kohärenten Lichts aus hochangeregten Atomen und Molekülen. Um ein solches Licht zu produzieren, brauchen wir die Quanten elektromagnetischer Energie, die als Photonen bekannt sind.«

»Woher weißt du das alles?« Der Scheinderwisch war verblüfft. »Studiert ihr in Lhasa auch Optik?«

»Nein, wir studieren Leere und Mitgefühl«, antwortete der Tibetanische Mönch.

»Aber was hat denn Mitgefühl mit optischer Physik zu tun?« wunderte sich der Scheinderwisch weiter.

»Mitgefühl ist die Mutter allen Wissens, sei es naturwissenschaftlich oder sonstwie«, erklärte der Führer der Sieben.

»Sehr richtig!« pflichtete Pschawela bei, der den Führer der Sieben nicht aus dem Auge ließ.

Der Scheinderwisch verbeugte sich, umklammerte sein Gesicht mit den Händen und begann dann zu sprechen: »Was ist das für ein Licht am Ende des Tunnels, das ich da sehe? Ist es der beständige Lichtstrahl, den spirituelle Atome und Moleküle aussenden, angeregt durch die Entladung elektromagnetischen Mitgefühls? Aus, aus, falsche Strahlung! Nein, diese Strahlung wird produziert vom Scheinwerfer eines entgegenkommenden Zugs – dieses riesige, mächtige Stahlmonster, voll Klang und Wut, seine Lokomotive von komprimiertem Dampf getrieben, rasen seine Waggons auf uns zu wie morgen, und morgen, und dann wieder morgen ...«

»Sollten wir nicht mit Gene Morris, unserem Bruder aus Albion, reden?« schlug Gurdjieff vor, den das seltsame Selbstgespräch des Scheinderwischs ein bißchen verwirrt hatte. »Ich schicke einen Boten nach ihm.«

»Nein, das brauchst du nicht«, ließ ihn der Führer der Sieben wissen. »Ich führe das eben Beschriebene bei dem Fest der Liebe heute abend durch.« Damit schloß er die Augen und döste weg.

Eine Zeitlang blieben sie schweigend sitzen, nur das gleichmäßige Atmen des Tibetanischen Mönchs war zu hören. Dann fragte Sohrab Addin:

»Was ist eigentlich mit dieser Frau, die eine metaphysisch-linguo-erotische Rolle in unserer Himmlischen Agape übernehmen und damit eine ganz neue Form von Liebesaffäre erschaffen sollte? Hat sie ... vielleicht *abgelehnt?*«

Am 4. Juni 1901 entlud sich ein weiteres schweres Gewitter über Tiflis. Diverse Wohltätigkeitsveranstaltungen mußten von den Behörden abgesagt werden. Doch Dagny störten die Bäche nicht, die durch die Straßen flossen. Einer der Karachokheli hatte ihr bei der Floßparty gesagt: »Regen ist die Liebe des Himmels zur Erde.«

Ja, Er – der Unbegreifliche, der Unendliche, der Wunderbare – verfolgte sie als Regen. Er war der Weiße Affe und sie die Hexe vom Berge. Wie fühlt es sich an, so ein Liebesakt mit einem Wesen halb Gott, halb Tier? Welche Stellung bevorzugen sie? Sicher nicht die Missionarsstellung – die ist menschlich, allzumenschlich; die tiergestaltigen Götter bevorzugen gewiß die tierischen Stellungen, Doggystyle zum Beispiel. Doch alle Lebewesen sind nach dem Koitus traurig, wie einige Philosophen sagen ... gilt das auch für Götter? Das konnte Dagny nicht wissen, sie hatte bislang nur mit Männern geschlafen. Männer wurden gewöhnlich müde, wenn es zu lange gedauert hatte, oder sie verfielen ins melodramatische Fach, wenn sie zu früh gekommen waren. Sie waren nicht Tier und nicht Gott und wußten nicht, was Liebe ist. Sie aber wußte das – sie wußte, was Liebe war, sie war die Hohepriesterin Der Liebe. Die Männer wollten sie immer zu einem Gefäß machen, einem Gefäß für ihre spießigen Phantasien, ihr Begehren und ihr Sperma.

Aber einige von ihnen kamen auf »fortschrittlichere« Ideen: Sie wollten, daß sie das Wort der Wiederauferstehung empfing, den Code des Goldenen Vlieses. Ihr Mann Stach schrieb gerade an einem neuen Drama, in dem das Goldene Vlies als Symbol Der Liebe auftrat – einer Liebe, mit der weder Mann noch Frau klarkamen, weil Die Liebe stärker war als sie, so stark wie der Tod nämlich! Aber Dagny fühlte sich ebenfalls stark, in diesem Moment im Juni fühlte sie sich so stark wie der Monat Juni selbst, der alle Blätter von den Bäumen gerissen und die Straßen zu Bächen gemacht hatte in einer Stadt voller sorgloser, entspannter Menschen. »Madame, lassen Sie mich Ihnen helfen, die Straße zu überqueren«, bot ihr jemand an; oder »Darf ich Sie auf die andere Straßenseite hinübertragen, damit Ihre engelsgleichen Füße nicht naß werden ... Sie sind wie eine Puppe, am liebsten würde ich Sie nach Hause tragen ...« Dieser letztere schien gar wohlhabend zu sein, ein Ladenbesitzer; er würde sie auf Händen tragen, sie in Milch und Honig baden, ihren Körper mit Liebe und Zuckerwerk bedecken ... sie umarmte ihn, küßte ihn auf die Schläfe und strich ihm über die Wange, dann aber ging sie allein über das überspülte Kopfsteinpflaster.

Ihr Geist war noch immer berauscht von diesem ungewöhnlichen Stoff, den sie vom Kopf des Mongolen geleckt hatte – und natürlich von dem Absinth, den sie vorher getrunken hatte; ein angenehm beschwipstes Freiheitsgefühl trieb sie an und erfüllte sie mit einer unsichtbaren, nach innen strahlenden Erregung. Ihr war eine Evidenz zuteil geworden, das Wissen vom Goldenen Vlies – es saß im Schamhaar unter ihrem Bauchnabel; das Schamhaardreieck war jenes Wundervlies, das Gewebe Der Liebe, das Männer mythologisieren auf langen Seereisen durch ihre feuchten Träume, für das sie sterben oder andere Heldentaten begehen, alles für ein Dreieck von Schamhaar ... Meine Güte! Halluzinierte sie denn noch immer? Nein, ihr Geist war völlig klar, und doch sah sie ihre eigene Vagina auf sich zukommen, ha, ha! Wie in dieser Erzählung von Gogol: Ein Kollegienassessor vermißt eines Morgens seine Nase und sieht sie später durch die Straßen gehen und in einer noblen Kutsche in der Uniform eines Staatsrates herumfahren.

In das Goldene Vlies gewickelt, kam ihre Vagina näher, und sie umarmten sich. »Wie schön, dich zu sehen, meine Schwester!« sagte Dagny, und die Vagina erwiderte: »Oh, ich bin außer mir vor Freude, dich endlich wiederzusehen, Schwester!« – »Komm, das muß begossen werden«, schlug Dagny vor. – »Oh, wie gerne gehe ich mit dir etwas trinken! Ich bin halb verdurstet, am liebsten nehme ich einen Männersaft mit dir, Schwester, den Saft, den wir aus ihren Eiern pressen.« – »Eine gute Wahl, Schwester, dieser Saft hält uns jung und stark.« Sie ging weiter und unterhielt sich im Gehen angeregt mit ihrer Vagina. »Wie denkst du über Medea, Schwester? Sie stammte aus diesem Land, weißt du das? Ja, Medea, die Magierin, die Jason zu dem Vlies verhalf, ihn dann heiratete und schließlich die gemeinsamen Kinder ermordete, um ihn für seine Untreue zu bestrafen.«– »Medea ist mir scheißegal, mir ist mehr nach dem Saft aus Jasons Eiern.« – »Aber ich bin doch Medea, verstehst du das nicht? Ich habe Stach und den ganzen anderen Kunstargonauten geholfen, das Goldene Vlies zu kriegen, und dann hat er mich verlassen, mich an einen Irren verkauft! Ha, ha, ha! Künstler zahlen keine Steuern und haben trotzdem nie Geld. Aber wozu brauchen sie schon Geld? Sie leben in der fiktiven Welt ihrer Schreiberei, wo auch das Geld fiktiv zu sein hat.« – »Nein, Schwester«, entgegnete ihre Vagina, »sie können in dieser selbstgebastelten Welt nicht überleben, sie brauchen die Realität, um ihnen auf die Sprünge zu helfen, und diese Realität sind wir. Aber sie müssen für sie bezahlen, deshalb brauchen sie sehr wohl Geld ... Wir sind die Mütter des Realismus!« – »Ich war eigentlich auf dem Weg, meinen Sohn wiederzufinden, aber ich fürchte, ich habe mich verlaufen.«

Ja, sie hatte sich verlaufen; sie hatte nicht die geringste Ahnung, wo die Kellers wohnten, und weil sie kein Geld hatte, konnte sie keine Droschke zurück zum Hotel nehmen, dorthin also, wo Emeryk vermutlich auf sie wartete und über den gemeinsamen Selbstmord grübelte. »Liebe ist ein Seil, an dem der Teufel Männer in die Hölle zieht«, hörte sie ihn förmlich sagen, wobei er Stach zitierte. Nein, die Liebe ist ein wundervolles Goldenes Vlies: getränkt, durchnäßt vom Schweiß und vom Saft aus Hoden – genau das würde sie ihm vor dem »Selbstmord« sagen, ha, ha ha! Selbst Stach wäre beeindruckt ...

Sie mußte schon stundenlang durch die Straßen gestreift sein, jetzt stand sie in der Abenddämmerung und wehrte jeglichen Anbandelungsversuch vorbeigehender Männer ab: Ihre erregten Blicke zogen sie aus, fremde Zungen redeten auf sie ein, leckten an ihrem Leib. Wellen von Alkohol und Rohaskokin trieben sie vorwärts, bis sie sich vor einem hell beleuchteten Tor wiederfand – dem Tor zum Deutschen Garten.

»Zeit zum Abendessen, Schwester!« sagte Dagny und trat ein.

»Madame Przybyszewska!« Das war Graf Avaloff. »Wie schön, Sie hier zu treffen. Sind Sie allein gekommen?«

»Nicht ganz«, erwiderte Dagny. »Ich bin mit meiner Schwester hier.«

»Ihre Schwester?« Der Graf schaute sich neugierig um. »Wo ist sie?«

»Sehen Sie sie nicht?« fragte Dagny und deutete auf ihre Vagina. »Sie trägt das Goldene Vlies.«

»Madame Przybyszewska, geht es Ihnen nicht gut?« Avaloff war schockiert.

Doch Dagny gönnte ihm kein weiteres Wort. Sie ging einfach weiter durch die schwülheiße Luft und die herumstehenden Leute. Ein Mann, der ihr bekannt vorkam, bot ihr ein Glas Champagner an – es war Oliver Wardrop, Vizekonsul Seiner Majestät. Sie hatte ihn vor einer Woche im Zug nach Batumi kennengelernt … wie schön, ihn wiederzusehen, sagte sie … und wie freundlich von Frau Przybyszewska, zu diesem Konzert zu kommen, wo sie das außergewöhnliche Zusammentreffen europäischer Barockmusik mit orientalischer Poesie genießen könne, sagte er. Er hoffe, es gehe ihr besser als bei ihrer letzten Begegnung? Oja, viel besser, sehr viel besser … momentan allerdings seien sie und ihre Schwester ein wenig hungrig. Ihre Schwester?! Ach, ganz unwichtig … aber natürlich würde sie es Mr. Waldrio gestatten, sie mit Mr. Nikolai Marr bekanntzumachen, einem Linguistik-Professor, der eben vom Berg Athos in Griechenland zurückgekehrt war, wo er nach antiken georgischen Manuskripten gesucht hatte. Guten Tag, Professor Marr. Schön, Sie kennenzulernen … Wohin zieht es Sie als nächstes? Zum Berg Sinai … Wie interessant … Ja, er sucht nach einem ganz speziellen Manuskript mit einer Art Hymne auf die georgische Sprache … Was ist denn so speziell an der georgischen Sprache? Ah, ja, sie stammt von jener Ur-Sprache, die vor der indoeuropäischen Invasion gesprochen wurde, auch vor der germanischen Invasion. Tut mir leid wegen der Invasion, Professor. Ich bin eine germanische Frau, und im Namen aller germanischen Völker bitte ich ergebenst um Entschuldigung. Ha, ha, ha. Darf ich Ihnen noch ein Glas Champagner bringen? Ah, hier kommt ja Fürst Ilia Tschawtschawadse. Haben Sie ihn schon kennengelernt? Der Fürst wäre entzückt, der Frau des hervorragenden polnischen Autors und Patrioten Stanisław Przybyszewski vorgestellt zu werden …

Ich habe größten Respekt vor der Bewegung Junges Polen ... die Georgier könnten viel davon lernen, wir haben so vieles gemeinsam. Ich hasse diese polnischen Patrioten, Fürst, sie sind selbstmörderische Säufer, ha, ha, ha. (»Diese Frau benimmt sich höchst seltsam«, flüsterte der Fürst einem seiner Begleiter zu.) Wir Georgier lieben den Wein ebenfalls, aber was den Selbstmord anlangt – auf gar keinen Fall, wir sind reine Hedonisten! Auf die georgischen Frauen und ihre hedonistischen Männer! Ha, ha, ha!

Dagny ließ sich treiben. Sie sah asiatische Gesichter, einige davon ähnelten diesem Mann, dem Führer der Sieben. Sie bemerkte Gurdjieff, der zu ihnen sprach zusammen mit zwei dunkelhäutigen Männern, die wie Araber oder Hindus aussahen. Sie hörte Stachs polnische Landsleute, Deutsche, Russen, Türken, Armenier ... ein Durcheinander von Völkern und Sprachen wie das Durcheinander in ihr selbst. Ihr war schwindlig, und sie setzte sich auf eine Bank in der Ecke des Gartens. Nur ein bißchen für sich sein ... das war alles, was sie brauchte, um wieder in Form zu kommen ... nein, sie fühlte sich nicht betrunken, kein bißchen; nur dieses komische Gebräu kochte in ihrem Blut, dieses Askokin, das *elisir d'amore* ... ha, ha, ha!

»Gestatten Sie, daß ich neben Ihnen beiden Platz nehme, Madame Przybyszewska? Ich meine natürlich Sie und Ihre Frau Schwester im Goldenen Vlies.«

Dagny schaute auf und erkannte einen Mann in zerschlissenem, schmutzigem Jackett mit einer Fliege um den Hals, aber ohne Hemd. Er stand lachend da und nippte an einem Glas Wein.

»Woher wissen Sie etwas von meiner Schwester? Und wer sind Sie überhaupt?« fragte sie überrascht.

»Ich weiß sehr viel über Sie, Madame. Erlauben Sie, daß

ich mich vorstelle: Sohrab Addin. Ich arbeite für die persische Mission hier.«

»Woher wissen Sie dann so viel über mich? Ich hatte nie irgendwelchen Kontakt zur persischen Botschaft.«

»Das ist eine lange Geschichte. Ja, sogar eine sehr lange Geschichte, aber sie scheint allmählich zu ihrem Ende zu kommen.«

»Zu ihrem Ende? Schau, schau, noch ein Mann, der sich mit Enden auskennt«, sagte Dagny sarkastisch. »Erst gestern hat mich jemand wie Sie zum Ende durch gemeinsamen Selbstmord eingeladen.«

»Der Doppelselbstmord des Weißen Affen und der Hexe vom Berge«, erklärte Sohrab Addin. »Der menschliche Selbstmord endet mit dem Tod und nichts sonst. Nur der Göttliche Selbstmord schenkt Leben.«

»Was ist der Göttliche Selbstmord?«

»Passion.«

»Was ist Passion?«

»Reines Askokin.«

»Und wer hat das reine Askokin gesehen?«

»Da könnte ich Ihnen mehrere nennen: den Autor des *Pantherfells* etwa, oder den Schamanen von Haizenakh ... einen gewissen Vermeer, Maler aus der Stadt Delft – er hat sogar versucht, das Fließen des Askokins in seinen Bildern einzufangen. Das Lesen von Liebesbriefen oder das Musizieren – die Strahlung davon kanalisiert den Fluß reinen Askokins. Liebesbriefe sind Botschaften aus dem Jenseits – von Seiner Höchsten Unendlichkeit. Auch Sie werden sein Fließen heute nacht spüren. Prost!« Sohrab Addin leerte sein Glas in einem Zug.

»Danke. Ich habe es schon probiert, es fließt noch immer durch meine Adern.«

»Es könnte Sie vernichten, wenn Sie es nicht mit jemandem teilen.«

»Mein Gott, schon wieder dieser Doppelselbstmord … oder soll das eine Doppelverführung sein?« kicherte sie. »Dann teile ich sie gerne mit meiner Schwester im Goldenen Vlies!«

»Sie sprechen von Masturbation?« Er lachte.

»Selbstverständlich«, stimmte sie in sein Lachen ein. »Ja, ich würde das als wirklich modern bezeichnen: Die unbefleckte Empfängnis durch Masturbation. Ein neues Wort wurde Fleisch durch meinen Leib. Ist es das, was der Schwarze Grieche von mir will? Bestimmt bin ich die neue Madonna … was Eddie Munch zu einem künstlerischen Propheten macht, ha, ha, ha!«

»Teilen Sie es, mit wem Sie wollen, vielleicht sogar mit dem Mann, der Sie hierhergebracht hat – dieser arme, ausgeflippte Typ, der sich durch Sie umbringen will. Er wird seinen Scheiß-Entschluß rasch kippen, kann ich Ihnen versichern, meine Liebe.«

»WładEmeryk?« sagte sie und beugte sich in einem Lachkrampf vor. »Uhhh, ich habe also ins Schwarze getroffen … die Doppelverführung! Sie verführen mich im Namen Włads, dieses Nekrophilen, der mich umbringen und dann meine Leiche vögeln will. Bitte ersparen Sie mir das! Ich teile den Geheiligten Stoff lieber mit Ihnen, mein Herr. Also los! Fangen wir an! Meine Schwester und ich haben Hunger …« Sie spreizte die Beine und schob ihren Rock hoch.

»Ducha! Ducha! Was machst du da?« Plötzlich war Wład Emeryk hinter Sohrab Addin aufgetaucht und schubste ihn weg. »Ich habe dich überall gesucht und sogar eine Vermißtenanzeige bei der Polizei aufgegeben! Gott sei Dank hat Avaloff mir eben eine Nachricht geschickt, daß du hier bist.

Wo bist du denn gewesen? Wer ist dieser Mann? Komm jetzt, komm mit mir, ich bringe dich nach Hause.«

»Was willst denn du von mir, du Sklavenhändler? Laß mich in Ruhe!« Dagnys Stimme war schrill.

»Bitte, Ducha, das ist nun wirklich nicht der Ort, um einen Skandal zu veranstalten. Die Leute schauen schon«, flehte Emeryk. »Komm bitte mit ins Hotel. Du brauchst Ruhe, du siehst völlig fertig aus.«

»Mein Herr, es scheint, die Dame lehnt Ihren Vorschlag ab«, sagte Sohrab höflich. »Warum verschwinden Sie nicht einfach?«

»Wer sind Sie denn überhaupt, Sie Dreckskerl! Wie können Sie es wagen, so mit mir zu sprechen!« Emeryk war außer sich vor Wut und taumelte auf den Fremden zu.

In diesem Moment tauchte Pschawela aus dem Nichts zwischen ihnen auf, packte Emeryk am Kragen, hob ihn hoch und warf ihn ins Gebüsch. »Beruhige dich, mein Junge«, sagte der Hochländer.

»Schlechte Vibrationen, schlechte Vibrationen ...« bestätigte der Führer der Sieben, der aus dem Gebüsch kam und zum Konzertsaal ging.

»Polizei! Überfall, Polizei!« schrie Emeryk.

»Hör zu, du Scheinderwisch«, sagte Pschawela zu Sohrab Addin. »Irgendwas stimmt nicht mit dieser Frau – sie hat wahrscheinlich Fieber oder so was. Bring sie von hier weg. Geh zu Margarita. Nimm den Hintereingang. Um ihren Mann kümmere ich mich dann schon.«

Und genau das tat er auch. Er preßte Emeryk seine linke Hand auf den Mund, drückte dann den Zeige- und Mittelfinger der rechten auf Emeryks Kehle und versetzte den aufgeregten Mann sofort in Tiefschlaf. Nachdem er ihn auf diese Weise aus dem Spiel genommen hatte, kam Pschawela wieder aus dem Gebüsch, blickte sich mit seinem gesunden Auge verschwörerisch um und schlenderte dann zum Konzertsaal. Die Polizei kam wie immer zu spät und war daher nirgends zu sehen. Er lief Graf Avaloff in die Arme, und der fragte ihn, ob sie sich nicht schon mal irgendwo begegnet seien ... (nein, Pschawela hatte Madame Przybyszewska nicht gesehen ... nein, auch Herrn Emeryk nicht ... gute Nacht, Herr Graf, beste Empfehlungen, Exzellenz). Er mischte sich unter die Leute, begrüßte seine Kollegen von der *Gesellschaft zur Verbreitung der Lese- und Schreibkunde* und war »überglücklich, Fürst Tschawtschawadse bei dieser Veranstaltung zu sehen«.

Inzwischen stützte Sohrab Addin Dagny, die kaum gehen konnte. Sie durchquerten den Garten zum Hinterausgang, und er winkte auf der Straße eine Droschke heran. Der Scheinderwisch half Dagny hinein und sagte zum Kutscher: »Bringen Sie uns zum Grand Hotel!«

Koba, der eines Tages Stalin sein würde, betrachtete den Vorgang von seinem Platz hinter dem Zaun aus, amüsiert von der bourgeoisen Rangelei. *Diese Frau muß schon was ganz Besonderes sein!* dachte er. Aber was war sie für den Barden aus dem Hochland und er für sie? Pschawela, der zu verschneiten Hügeln, riesigen Bergen, zu Wäldern, Flüssen und zum Regen »sprach«, was hatte er mit dieser gefallenen Frau am Hut? Später sollte Koba Schriftsteller als »Ingenieure der Seele« bezeichnen. War Pschawela mit seinen bourgeoisen Neigungen dieser Aufgabe gewachsen? Nein, Koba würde neue Kreativkräfte für seine künstlerische Propaganda brauchen.

Tatsächlich war er aber gegenwärtig weniger um das Wohlergehen Pschawelas besorgt als vielmehr um Kamo und seine infernalische Bombe, die unter der Bühne plaziert war, direkt unterhalb der Laterna Magica. Wie würde sie funktionieren? Er mußte äußerste Vorsicht walten lassen, niemand durfte ernsthaft zu Schaden kommen. Nur Terror war angesagt, Terror und jede Menge Scheiße. Ha, ha, ha! Laß die Oberschicht, die Aristokratie, die Scheiße ruhig riechen.

Koba hörte die Glocke, die zum Beginn der Vorstellung rief. Die Menge bewegte sich langsam in den Saal. Fürst Tschawtschawadse, der von einer Gruppe junger Leute umgeben war, machte einen Witz, und alles lachte schallend. *Der große Vater der Nation,* dachte Koba. *Er soll ruhig die Scheiße seiner Kinder riechen …*

Alle befanden sich nun im Saal. Einen Moment lang herrschte völlige Stille im Garten, allein das Zirpen der Grillen war zu hören. Koba schaute nach oben; das Sternenzelt schien ungewöhnlich nahe über der Erde zu schweben, als hätte eine mächtige kosmische Hand es nach unten gedrückt, um den Einfluß der Himmelskörper zu steigern. Die Nachtluft wurde kristallklar, und er atmete sie tief ein. Aus dem Saal ertönte Applaus, und dann sagte eine Stimme: »*Guten Abend, meine Damen und Herren!*« Es folgte noch mehr Applaus, und dann begann das Konzert. Die Saalfenster waren geschlossen, daher konnte Koba nur wenig davon hören. Er stand da, wartete, daß es passierte. Er summte ein altes Volkslied vor sich hin, die Anspannung ließ ihn nicht los.

Vielleicht zehn oder fünfzehn Minuten waren vergangen, als er plötzlich einen dünnen roten Lichtstrahl über dem Saaldach erblickte, er reichte immer weiter nach oben und stach in den Himmel. Und dann geschah etwas, das er nicht verstand, etwas Seltsames, wie er es nie zuvor erlebt hatte – eine Art Erdbeben durchschauerte seinen Körper … *was ist das?* Er versuchte es zu ergründen und wurde beinahe ohnmächtig. Dann drang die Musik in mächtigen Wellen auf ihn ein, hervorgebracht von einem Orchester und einem Chor. Er wollte wieder zum Himmel schauen, doch starke Lichtbalken, die aus den Saalfenstern drangen, blendeten ihn. Die Strahlung war verschmolzen mit der Musik, die wie ein wild strudelnder Bach zu ihm floß, und mit einer Rezitation rhythmisierter Poesie in irgendeiner nichtmenschlichen Sprache (das poetische Gewebe der Töne war durchaus betäubend). Der gesamte Raum in ihm und um ihn wurde von diesem schrecklichen Rezitativ überspült, schnell entwickelte sich eine alles verzehrende Kakophonie.

Koba fiel zu Boden und lag zusammengerollt wie ein Fötus da. Krämpfe und Schauer durchliefen seinen Körper, der versuchte, sich vor der imponierenden Stimmenkaskade, die auf ihn eindrang, zu schützen.

Und dann fiel alles in sich zusammen und hörte auf.

Koba blieb eine Zeitlang verkrümmt liegen; als er dann langsam aufstand und über den Zaun sah, herrschte wieder Stille im Garten. Kein Ton drang aus dem Konzertsaal, als wäre die Aufführung zu Ende. Noch immer leicht schwindlig, tappte er in Richtung Konzertgebäude. Sein Atem ging schnell, sein Herz raste, seine Schläfen pulsierten.

Als er den Saal betrat, blendete ihn ein sehr starkes Licht. Er schützte seine Augen mit den Händen und sah sich um. Ein rätselhafter Anblick bot sich ihm – das Seltsamste, was er je gesehen hatte: Die Menschen saßen stocksteif in den Stuhlreihen, alle am Leben, aber regungslos und betäubt. Sie hatten die Augen geöffnet, und von Zeit zu Zeit blinzelten sie und drehten die Köpfe von einer Seite zur andern, als schauten sie auf etwas Unsichtbares. Züge glückseligen Entzückens malten sich auf ihren Gesichtern, und in der Luft lag ein Geruch herrlicher Frische.

Koba ging durch den Mittelgang auf die Bühne zu. Der Chor und die Musiker – Noten und Instrumente auf dem Schoß – saßen wie eingefroren auf ihren Plätzen und schauten, als verschlängen sie etwas Unsichtbares mit den Blikken. Im Hintergrund der Bühne links konnte er durch einen zerrissenen Vorhang erkennen, daß die Laterna Magica in tausend Splitter zersprungen war; daneben saßen mehrere Leute unter dem Einfluß derselben unsichtbaren Ekstase regungslos da. Unter ihnen entdeckte er Pschawela mit seinem riesigen Schnurrbart und den großen Augen, neben ihm einen halbnackten Mongolen und einen Typen im Anzug. Der Bühnenboden vor ihnen war zerstört, und durch ein großes Loch konnte er seinen Freund Kamo sehen; stocksteif wie ein sturer Wachtposten stand er da und war über und über mit Scheiße bedeckt.

Völlig perplex blieb Koba stehen und dachte nach, wie er seinem Freund wohl helfen könnte. Da hörte er plötzlich ein Knurren hinter sich. Er wandte sich um und sah einen riesigen hellen Leoparden, der durch den Mittelgang auf ihn zukroch. Kobas Mut schmolz dahin – es gab keinen Fluchtweg, ja, er hatte nicht mal Zeit, über mögliche Ausweichmanöver nachzudenken oder vielleicht einen Gegenstand zu finden, den er als Verteidigungswaffe würde einsetzen können. Das gewaltige Untier kam immer näher, und es war gleichzeitig erschreckend und bezaubernd. Versteinert stand er da, völlig taub, und spürte, wie der warme Urin seine Hose durchnäßte. Der Leopard sprang mit einem donnernden Brüllen auf ihn. Nein, das war kein Sprung – es war eine ungeheure Detonation, die ihm galt. Ohnmächtig sank er zu Boden.

Als Koba wieder zu Bewußtsein kam, fand er sich im Bett in seinem geheimen Hauptquartier wieder, ohne die geringste Ahnung, wie er überlebt hatte und gar nach Hause gekommen war. Eines aber spürte er deutlich: Er war ganz außerordentlich erholt und gestärkt.

Gornachur Harharch versuchte rauszufinden, was schiefgegangen war. Was war diese winzige Explosion, die vom Ort der Kosmischen Agape kam und die Linguo-Chronotopos-Wellen, die er zum Planeten Erde gesandt hatte, so empfindlich störte? Gewiß waren die Wellen stark genug, die Explosion zu ersticken – sie in eine Implosion zu verwandeln und gegen die eigene Quelle zu richten ... Und doch mußte diese kleine, jämmerliche Detonation von etwas anderem verstärkt worden sein, deshalb diese seltsame Wirkung.

Anfangs lief alles glatt: Der Kontrapunkt der Oboen und Streicher in der *Passion,* der inbrünstige Chor, die vegetozoopoetischen Übertragungen des *Pantherfells* ... aber dann urplötzlich, *aus heiterem Himmel?* Nein, wenn etwas schiefgehen kann, dann geht es auch schief.

»Gornachur, du hättest ganz besonders sorgfältig sein müssen«, sagte er sich wieder und wieder. Er hatte damit gerechnet, daß übergroße Mengen übertragener Vibrationen sein terrestrisches Double, Ferdinand den Raben, grillen könnten. Die Planetarische Gegenseitigkeit konnte dabei verlorengehen, und jetzt war sie definitiv verloren.

Aber wer fand heraus, wie man das, was auf der Erde als Code des Goldenen Vlieses bekannt war, mit den Frequenzen des Fließens von Askokin durchtränkte? Wem von den federlosen Zweifüßlern gelang es, ein derart verstärktes Licht mittels Stimulation einer Emission von Strahlung zu produzieren? Es schien, als hätten die stimulierte Emission und die nicht identifizierte Explosion in einem bestimmten Moment zusammengewirkt, wobei diese durch jene noch verstärkt worden war ... das war das Problem. Natürlich konnte ein solches Zusammenwirken überall dort geschehen wo es Silberspiegel und Vergrößerungslinsen gab. Eine *parasitäre Explosion* – so wollte Gornachur das nennen.

»Nenn es, wie du willst, du Idiot! Tatsache bleibt, daß der Fluß des Askokins deformiert, irregeleitet und falsch eingesetzt worden ist!« Und warum materialisierte der Ur-Leopard sich als bloßes Hologramm, um dann in einer weiteren dämlichen Explosion zu verschwinden? Zumindest das war aber eine bekannte Anomalie, die bereits bei früheren Versuchen, künstlerische Erhabenheit zu schaffen, aufgetreten war. Als er über den Fehler nachgrübelte, erinnerte sich Gornachur an *Hamlet* (eine dramatische Komposition eines vermutlich gefiederten Menschen, den man weltweit als Schwan von Avon kannte); der Geist des Helden wird von einem Gefühl beherrscht, das unausdrückbar ist, weil es über die greifbaren Tatsachen hinausgeht. Ähnlich muß sich das Leopardenhologramm aus den unkontrollierten Energien desselben Überschusses an Emotionen autonom gebildet haben. Genau das geschieht federlosen Zweifüßlern, wenn unterdrückte Inhalte ihrer Psyche nur unvollkommen sublimiert werden.

Darüber hinaus bestand eine durch die Linguo-Chronotopos-Energien verschärfte Gefahr, daß dieser Fehler im System pardimemische Informationscluster aus dem Gedächtnis jener Schamanischen Individuen löschte, welche das Opus Almsnoschinu bei der Agape aufführten. Geschah das, dann würden sie die Geschehnisse der letzten drei Wochen komplett vergessen – was aber keine große Sache wäre, schließlich arbeiteten sie für *morgen* und nicht für *gestern*. Nur um ihrer großen Hoffnungen für die Zukunft willen rangen sie überhaupt mit dem toten Arm der Vergangenheit ...

Gornachur sah auf den Verteilungsmonitor. Das System

arbeitete mit hoher Effizienz und lieferte Wellen von Askokin an ... *an wen eigentlich?* Die Frage explodierte förmlich in seinem Kopf und setzte ihn in Brand.

An wen?! Konnte es sein ... an die *falschen Schamanen?!* Gelangte der Geheiligte Stoff etwa in *deren* Gehirne?!

Nun, schon von Anfang an waren gewisse Abweichungen zu erwarten gewesen, wegen der Dissonanz und der Brüche in der Megalokosmischen Oktave, aber daß Askokin einfach so wegfloß?

Gornachur war geschockt.

Falls die falschen Schamanischen Individuen das Askokin empfingen, dann würden sie mit der Zeit eine ebenso extrem gefährliche wie mächtige Eigenschaft entwickeln, nämlich *Charisma,* welches die Liebe und Bewunderung großer Massen von federlosen Zweifüßlern anzieht ... die Politisierung der Kunst wäre die Folge, wobei Kunst in die gräßliche Ästhetik der Macht transformiert würde. Gornachur konnte sich selbst das noch ausmalen, teuflische Bilder zuckten durch sein Gehirn wie Sonneneruptionen.

Wegen dieses fürchterlichen Fehlers konnte darüber hinaus der Gedanke einer »Entmenschlichung der Kunst« – ursprünglich entwickelt mit dem Ziel, dem künstlerischen Ausdruck zu Objektivität zu verhelfen (durch Verbannung banaler Realitätsdarstellungen) – ebenfalls degenerieren zu etwas ... etwas analog der Entmenschlichung riesiger Schwaden von hypnotisierten federlosen Zweifüßlern.

Auf diese Art geht die Welt zugrund. Nicht mit Gewalt: mit einem Defekt; nicht mit Gewimmer: mit einer Störung ... Gornachur verlor den Verstand; der verwandelte sich in eine Alarmglocke. Oder war es eine Todesglocke? Ding-dong! Ding-dong! Ding-dong ... nein, es war eine Taucherglocke, eine gesprungene, gesprungen durch Schläge von innen wie von außen … ein doppelter Sprung in der Schüssel! Das Projekt der Moderne würde enden, nicht mit einem Hohelied, sondern mit einem *Hoheschrei.* Ja, irgendein Schurkendämon würde Die Kuh anschirren und zum Mond fliegen – schreiend!

Mit dieser entsetzlichen Vision wurde Gornachur klar, daß der Fluch, der seinen Urgroßvater vernichtet hatte, nunmehr beim Urenkel angekommen war.

Erzengel Luisos! Sehr großer Erzengel Sakkaky! Warum?!

Und Gornachur weinte. Der gute alte Gornachur, der arme alte Gornachur: Er weinte …

Inzwischen auf der Erde …

Sohrab Addin, der Scheinderwisch, entfernte sich vorsichtig von Dagnys Tür. Auf Zehenspitzen schlich er den Korridor entlang, hielt sich dabei mit einiger Mühe gerade – er war noch immer betrunken, von ihr und dem Rohaskokin, das aus ihren nassen Achselhöhlen tropfte, ihrem heißen Mund, ihrer feuchten Vagina … o ja, ihre Körper waren mit diesem Balsam schnell zusammengekittet gewesen.

Nein, das Wort »betrunken« reicht nicht aus, um seinen Geisteszustand adäquat zu beschreiben, wie er da durch den Korridor schritt. Er würde das eher so ausdrücken: Er hatte ihren Körper gelesen wie ein Buch, in dem die Mysterien der Liebe aufgeschrieben waren, und jetzt, mit ihrer Nacktheit im Kopf und der Hitze ihrer Passion auf der Haut, wiederholte er die Passagen, die er gelernt hatte – wie ein Tragöde in einem Provinztheater sich wieder und wieder den Text vorspricht, den er auswendiglernen muß. Ja, das beschreibt seine Stimmung weitaus genauer.

Der Korridor kam ihm wesentlich länger vor als gedacht. Komisch, weil das Hotel gar nicht so groß war. Er halluzinierte wohl; es war, als wüchse der Raum um ihn mit jedem Schritt. Flashbacks aus der wilden Stunde, die er gerade hinter sich hatte – er und Dagny im Bett – ließen ihn stolpern, aber er ging tapfer weiter, stützte sich an den Wänden ab, um das Gleichgewicht zu halten.

Komm schon, werd mal wieder nüchtern – er muß ganz besonders vorsichtig sein, jeden Moment könnte Emeryk auftauchen: Der wütende Emeryk, der geistesgestörte Emeryk, der bedrohliche Emeryk ... er schien entschlossen, sie umzubringen und sich dann selbst das kaputte Gehirn aus dem Schädel zu blasen. Sohrab sah es geschehen, Emeryks Lippen zu einem irren Grinsen verzerrt, seine zitternde Hand mit dem Revolver, sein erigierter Schwanz.

Mein Gott, was für eine Frau! Selbst der Tod begehrt sie! Und wenn sie dann mit dem Tod schlafen wird, wird das die leidenschaftlichste erotische Erfahrung ihres Lebens sein – der äußerste, erleuchtende Höhepunkt, durchtränkt mit der lustvollen Freude des Hinausgehens über sich –, wie die letzte Arie der Isolde, die über die ekstatische Musik Der Liebe hinausgeht. Das war Dagnys Schicksal; und genau deshalb hatte Sohrab sie ins Grand Hotel gebracht statt zu Margarita, wo sie sich verstecken könnte.

Ertrinken, versinken, unbewußt, höchste Lust! Isoldes »Liebestod« erklang in seinem Kopf, als Sohrab die Treppe runterfiel und unsanft auf dem Boden der Lobby landete. Der Junge an der Rezeption wachte von dem Krach auf.

»Ist alles in Ordnung, mein Herr?«

Natürlich war *alles in Ordnung.* Er stand auf, schüttelte den Kopf, fuhr sich durchs Haar und trat hinaus. Er machte ein paar Tanzschritte, einen scheineleganten Moonwalk, wie der Schamane von Harlem, Cab Calloway, wenn er im Cotton Club von der Bühne ging.

She had a dream about the king of Sweden. Hi-dee hi-dee hi-dee hi!

So spät, nach Mitternacht, war die Straße leer, nur ein paar Betrunkene an der Ecke versuchten sich an einer Melodie. Sohrab nickte ihnen anerkennend zu. »Ein paar gute Leute gibt es doch noch«, sagte er zu sich und blieb stehen, um zu überlegen, wohin er gehen sollte. Er versuchte gerade, einen klaren Gedanken zu fassen, als er plötzlich eine mächtige Strahlung aus dem Alexander-Garten auf der anderen Straßenseite gewahrte. Er wandte sich direkt dorthin.

Als er tiefer in den Garten vordrang, stieß er auf eine bemerkenswerte Szene.

Er hatte so etwas wie ein Déjà-vu. Die Komposition der gesamten Szene stellte Édouard Manets *Frühstück im Grünen* nach, die nackte Dagny vorn, mit zwei Männern neben sich, die sich auf polnisch unterhielten. Im Hintergrund grub ein dritter Mann in der Erde. Auf einer Decke standen Brot und Wein. Alles war in ein seltsam leuchtendes Licht getaucht.

Als sich Sohrab Addin der Gruppe näherte, sah Dagny hoch und sagte: »Hallo, Scheinderwisch! Herzlich willkommen zu meinem Fest der Liebe! Ich darf Ihnen meine Freunde vorstellen, der Herr zu meiner Rechten ist Stach Przybyszewski, mein früherer Mann. Der Herr zu meiner Linken ist Stanisław Korab-Brzozowski. Den Herrn hinter mir kennen Sie vermutlich, es ist Wład Emeryk, er gräbt mir gerade ein Grab. Setzen Sie sich zu uns, nehmen Sie Brot und trinken Sie Wein mit mir! Wir müssen schließlich meinen Tod feiern!«

»Besten Dank, Madame«, antwortete Sohrab. »Nur zu gerne nehme ich bei Ihnen Platz und plaudere und trinke mit Ihnen.« Er setzte sich vor sie.

Dagny nahm das Brot, brach es und tunkte es in die Schale

mit Wein. Dann gab sie es Sohrab. Er aß es. Sie nahm die Schale und gab sie ihm. Er trank daraus. Dann hörte er eine Flöte. Der Flötenspieler blieb unsichtbar, aber die Melodie war mehr als bekannt: Es waren die Töne aus Mozarts *Zauberflöte,* die Tiere anlocken und sie tanzen lassen.

»Das ist eine japanische Flöte«, erklärte Dagny, »aus dem Schenkelknochen eines liebestollen Reihers gemacht.«

»Ich nehme an, wir sehen gleich ein paar Tiere tanzen?« hoffte der Scheinderwisch. Doch da täuschte er sich. Statt Tieren sah er eine außergewöhnliche Gruppe von Menschen schweigend-feierlich aus der dunklen Partie des Gartens heraustreten und in den Lichtkreis kommen. Unter ihnen waren Tariel, der Recke im Tigerfell, und seine geliebte Nestan; Maria Magdalena, die eine Tontafel in den Händen hielt; Lazarus, in eine sich abrollende Mumienbinde gewickelt; Jason, der das Goldene Vlies trug, und schließlich Medea, die so liebestoll aussah wie der Reiher, aus dem die Flöte gemacht war.

Die drei Paare führten dann einen Tanz zu der Flötenmusik auf.

»Die Heiligen Movements, die Gurdjieff, der Schwarze Grieche, auf seinen Reisen durch Zentralasien und Tibet entdeckt hat«, sagte Dagny, als wollte sie Sohrab damit den seltsamen Auftritt der Tänzer erklären. »Sie sind kosmische Botschaften, welche durch menschliche Körper überbracht werden. Menschliche Körper sind die Buchstaben, mit denen Der Geist schreibt.«

Paarweise nacheinander näherten sich die Tänzer Dagny und den anderen und setzten sich in einer Dreiecksform um sie herum. Sie aßen von dem Brot und tranken von dem Wein.

Da nahm Dagny wieder das Wort:

»Nun, beim Nahen des Todes, spüre ich die Kraft meines Herzens. Ich fühle mich stark, viel stärker, als ich mich je in der Gesellschaft von Männern gefühlt habe. Ich weiß, der Tod liebt mich, liebt mich mit einer solchen Zärtlichkeit und Erhabenheit, daß mich Schauer überlaufen. Seht, die Männer, die ich früher hatte – sie waren rücksichtslos wie unerzogene Jungen, *les enfants terribles,* aber sie wurden einfach nie erwachsen, träumten nur davon, daß ihre jämmerlich winzigen Penisse eines Tages richtig groß werden würden. Sie ärgerten und quälten Katzen mit einer schlimmen Grausamkeit. Leichtfertige, fehlgeleitete Geschöpfe – sie waren verhext von fleischlicher Lust und dem nackten Leib, dem sie sein Geheimnis nehmen wollten, aber sie bekamen nur winzige Splitter von Erkenntnis. Nie werden sie erfahren, daß das wahre Geheimnis des Leibes seine *Wirklichkeit* ist. Nur der Leib ist wirklich; mein Leib, dem der Tod bevorsteht, ist wirklich. Aus den Schatten schreite ich auf die Wirklichkeit zu ...«

Die Männer neben ihr fingen einen Streit an, rangen miteinander und schlugen sich; schließlich rollten sie über den Rasen wie zwei kleine Jungen, zu einer Kugel aus Feindschaft ineinander verschlungen.

Als Tariel sie so sah, brach er in lautes Gelächter aus, nahm dann einen Dorn und stach in Nestans Oberschenkel. Sie knurrte wie ein wütender Panther. Wieder stach er zu, und sie knurrte erneut.

»Einem von denen habe ich Kinder geboren«, sagte Dagny und wies auf Stach. »Und ich habe ihm geholfen, das Goldene Vlies der Liebe zu erringen.« Und sie kicherte.

»Töte sie, töte die Kinder, die du ihm geboren hast!« murmelte Medea abwesend, während sie Jasons Schulter unter dem Vlies streichelte.

»Ergötzlich!« sagte Jason, den Tränen nahe. »Es ist nicht meine Schuld! Ich mache die Frauen für alles verantwortlich!«

Hier sprach Lazarus:

Vier Tage habe ich in Todes Bett zugebracht –
vier Tage wie vier Nächte inbrünstiger Liebe
im Gemach der Königin Ägyptens.
Der Tod küßte mich mit ihren Lippen,
nahm mir den Odem,
und ich drang in sie ein und ließ meinen Samen in ihr.
Sie umschlang mich, ihre Brüste drängten sich an mich,
preßte mich mit ihren Armen und Schenkeln,
und die Maden ihrer Leidenschaft aßen mein Fleisch.
Sie berauschte sich am Wein meines Blutes
und wollte mehr und immer mehr.
Und wir verströmten uns in unserer Umarmung,
dann wuchs ich erneut und verströmte mich in ihr,
und sie verströmte sich in mir –
wie vollkommene Liebende tun,
denn sie haben die wahre Erkenntnis des anderen Leibes.
So erschöpften wir uns in ihrem Bett,
erschöpften die Mittel zur Einswerdung,
fielen in den Abgrund des Vergessens und des seligen Nichts,
bis mein Vater kam und mich herauszerrte,
wie ein besorgter Vater seinen geliebten, verirrten Sohn
aus dem Bordell herauszerrt.

Während Lazarus sprach, robbte Dagny zu ihm hin und untersuchte seinen Körper. Sie nahm Maden aus seinem Fleisch und steckte sie sich in den Mund ... und als Lazarus geendet hatte, kroch Dagny zu Maria Magdalena und umarmte sie.

»Maria, süße Maria Magdalena, ich bin wie du eine Frau, die viel geliebt hat. Und jetzt wendet sich meine Liebe Dem Tod zu. Sag mir, was für ein Liebhaber ist Der Tod?«

Und Maria Magdalena sprach:

Es gibt nur einen Tod, den Tod meines Herrn
  Jesus Christus.
Dieser Tod hat alle anderen Tode sterben lassen.
Er ist wie der mächtigste der Krieger,
  der Drachentöter.
Ich sah Seinen Tod und war erstaunt,
wie ein gewöhnliches Mädchen vom Dorf,
das die Kutsche des Pharao auf sich zurasen sieht.
Wie eine Million Sonnen durch die offenen Tore
  der Unendlichkeit leuchtend
blendete sie mich.
Und nur durch diese heilige Blindheit
konnte ich Ihn als Wiederauferstandenen erkennen
  in seinem wahren Leib –
herrlich wie der Himmlische Bräutigam,
  der vom Traualtar aufsteht.
Oh, wirklich, so wurden wir empfangen
  in der Heiligen Hochzeit von ewigem Leben und Tod,
und sie ereignet sich immer neu in Der Liebe,
  die uns bewegt.

»Ich sehe das Goldene Vlies! Das magische Widderfell!« rief Jason aus und zeigte auf Dagnys Schamhaar.

»Du willst dir wohl auch das noch schnappen, nicht wahr, mein heimtückischer Prinz?« sagte Medea mit dunkler Stimme. Dann wandte sie sich an Dagny und sprach:

Frau, du weißt nicht, was der Tod ist.
Die Erkenntnis wird kommen,
  wenn du deine Schätzchen mordest –
die deinem Schoß entsprungen sind:
Die Babys, die du geboren, gesäugt,
  denen du das Spielen, das Sprechen beigebracht hast …
Ich habe sie geschlachtet, wie ich
  junge Opferziegen schlachten würde!
O mein Herz, wende dich von mir!
Erst hab ich gezaudert vor der Tat, die getan werden mußte.
Doch dann nahm ich das Schwert, und ich trat zu der Stelle,
wo Dunkel die Feste des Lichts belagert.
Das Blut meiner geliebten Kinder fleckte meine Hände,
  meine Brust, mein Gesicht.
Ich warf mich dem Dunkel in den Rachen
und spürte dort des Todes Hände auf meinen Augen,
sanft glitten sie über meinen Hals, meine Brüste,
  meinen Bauch,
berührten meine Schenkel, drückten mein Gesäß …
Ich gab nach, und *Es* drang in mich ein,
  schnaubend und wiehernd …
Noch jetzt schaudert mich,
  wenn ich von diesem Beilager spreche.
Es war nicht Sein Same, den Der Tod in mir ließ.
Nein, es war eine verborgene Wahrheit,
  die mir offenbart ward, als ich kam.
Ich kannte die Sprache der Tiere und Pflanzen
  und Mineralien,
doch in diesem Augenblick ward mir höhere Weisheit zuteil,
die mich neu lesen ließ, was geschrieben war
  auf dem Stoff des Goldenen Vlieses.

»Und? Was stand da?« fragte Dagny.

»Ich werde dir sagen, was da stand«, unterbrach Jason spöttisch. »Das nämlich: Jede Frau ist bitter wie Galle. Aber sie hat zwei gute Augenblicke, den einen im Bett, den anderen bei ihrem Tod.«

»Drei Worte waren in seine goldenen Falten geschrieben«, sagte Medea ruhig, ohne Jason eines Blickes zu würdigen. »Nur drei Worte, und zwar diese: *Baa ... baa ... baa ...*«

»Baaaa ... baaaa«, echote Dagny, und die anderen fielen ein: *»Baaa ... baaa ... baaa ...«* Und alle lachten.

»Und dann bin ich gestorben«, fuhr Medea ungerührt fort, »und im Tod war ich wieder mit meinen Kindern vereint.«

Dagny wandte sich an Nestan und fragte: »Sag an, schöne Frau, was bedeutet dir der Tod?«

Nestan knurrte (Tariel piekste sie noch immer) und sagte: »Der Tod ist wie mein geliebter Tariel, der Recke, der mich errettet hat: Weder ein leichter noch ein Felsenweg hält Tariel auf; Er macht sie alle gleich – den Schwächling wie den Beherzten, Junge und Alte.«* Wieder knurrte sie.

Plötzlich wurde Tariel unruhig. Mit weit aufgerissenen Augen blickte er auf Nestan und rief: »Mein Panther! Mein Panther! Dein heißes Feuer versengt mich! Ich möchte deine Lippen küssen! Laß mich deine Lippen küssen!«

Er taumelte auf sie zu und versuchte sie zu küssen. Nestan wehrte sich mit aller Kraft, zerkratzte sein Gesicht und knurrte. Tariel rang sie zu Boden, warf seinen schweren Leib

* Man vergleiche mit Rustaweli: »Weder ein leichter noch ein Felsenweg hält unsern Tod auf; / Er macht sie alle gleich – den Schwächling wie den Beherzten; / Schließlich bringt doch die Erde Junge und Alte zusammen.«

auf sie und würgte sie. Dabei murmelte er unaufhörlich: »Laß mich dich küssen, laß mich deine Lippen küssen!«

Als es zu Ende war, zog er sich von ihr zurück und hockte sich auf seine Fersen. Noch immer starrte er schwer atmend auf sie. Dann brach er in Schluchzen aus, und seiner Brust entrangen sich Klagelaute.

»Ahhhh ... ooooohhhh ... uuuhhhh ... aaahhhhh ...« Schluchzend und jammernd hob er Nestans leblosen Körper hoch und schwankte mit ihr von dannen.

Wieder erklang die Flöte. Maria, Lazarus, Jason und Medea erhoben sich und folgten dem Recken im Tigerfell ins Dunkel des Gartens.

Der Scheinderwisch stand auf und lief ihnen nach.

»Wie wäre es mit einem Besuch in den Schwefelbädern?« schlug er vor. »Solch ausschweifende Meditationen über das Wesen des Todes erinnern mich viel zu sehr ans Leben, und ich muß das alles von mir abwaschen.« Er warf Dagny einen kurzen Abschiedsblick zu und verschwand im Dickicht.

Lächelnd stand Dagny auf. Sie drückte den Rücken durch, verschränkte die Hände im Nacken und blieb breitbeinig stehen: Die Reinkarnation von Munchs *Sphinx*.

Stach und Stanisław hatten sich offenbar versöhnt und plauderten angeregt auf polnisch. Hinter ihnen grub Emeryk weiter.

Dagny wandte den Blick zum Nachthimmel und sprach:

Schlaf! Schlaf!
Die Sterne singen ein geheimnisvolles Lied
von einer, die zum letzten Mal
durch den Rosengarten schreitet.
Schlaf! O schlaf!
Ich höre die geliebte Stimme schallen ...

siehst du all die Sterne fallen
über mein Leben?
Schlaf!
Der Tag hat allzu viele Wörter gesprochen.

»Das reicht jetzt, halt den Mund! Schnauze!« fuhr Stach sie an. Dann zu Stanisław: »Sie ist in Reichtum und Luxus aufgewachsen, eine *Aristokratin.* Aber ich habe ihr die Flötentöne beigebracht.«

»Meine kranke Rose ... Ducha, ich bin tot und lasse dich grüßen. Bitte komm bald zu mir!« Mit traurigen Augen sah Stanisław sie an. *»Du bist die Gruft, da leben meine Toten!«*

»Ach, du knatschst wie eine enge Fotze, die von einem Riesenschwanz gefickt wird! Halt endgültig das Maul!« sagte Stach sarkastisch und wandte sich wieder Stanisław zu.

»Nein, Stach, ich kann nicht stumm bleiben, ich kann nicht schweigen, weil ES durch mich sprechen will! Ja, mein Goldenes Vlies spricht durch mich – der Regenbogen färbt das Spinnennetz meiner Träume, welche den Wörtern ihre volle Bedeutung zurückgeben. Hör dir also besser an, was ich zu sagen habe, du Idiot! Ich bin die Tür zum Leben; das in den Plural gesetzte Nichts; jenes Nichts, um das einmal viel Lärm war; das *nihilo* der Schöpfung, das Verbum, welches die Substantive vor sich her treibt wie Spermatozoen zur Eizelle; das Tor zu Exodus und Exil.

Ich bin die Mutter der Unwirklichkeit, die ihre Babys um Mittag mit einem Kuß aus dem Schlaf der Wirklichkeit weckt ... die Dunkelheit bricht mit diesem Kuß um Mittag herein ... wie die Stille durch das unaussprechliche Wort hervorgebracht wird.

Drei Wahrheiten sind fest in mir verankert: *Die Dinge sind. Die Dinge sind nicht. Weder sind die Dinge noch sind sie nicht.*

Andererseits stammt jede aus den beiden anderen, wie in einer Metapher, die *Alles* umfaßt.

Wir werden zusammen auf einem Fluß segeln, meine Kinder und ich; wir werden in ein weit entferntes Land unter der Sonne segeln, und wir werden dort festliche Tänze um das Feuer tanzen ... diese Kinder bitten mich nämlich andauernd um was zu trinken, immer haben sie Durst auf alle Arten von Saft. Und wenn die Zeit vergeht, wenn sie reifer werden und nach Vergnügungen anderer Art suchen, werden sie diese Säfte in mich zurückschütten.

So geht in der Natur nichts verloren. Wer das Reich Gottes betritt, muß erst seine Mutter betreten und sterben, denn als Gott das Reich der Menschen durch Seine Mutter betrat, da starb er für die Menschen. Das ist schön, und die Schönheit ist ehrfurchtgebietend. Sex ist ein großes Drama, in dem symbolisch der Sohn und die Mutter die Hauptrollen spielen.

Ja, eine neue Zeit bereitet sich in mir vor: Die *Demoiselles d'Avignon* werden aus Afrika kommen ...

Ich sehe eine giftige kupfergrüne Fliege sich an der riesigen Rose der Sonne festhalten, wenn sie langsam über den Horizontbogen sinkt ...

Gott, der mit dem Wahnsinn spielt, bringt den Honig der Poesie aus den Blumen des Bösen hervor; berauscht von diesem Honig werden meine Kinder Ihn anbeten.

Betrunkene Dichter, die sich an ihren Frauen festhalten, werden gemeinsam mit dem Exekutionskommando auf gefolterte hohle Männer schießen ...

Die Kunst des Todes wird auf den Tod der Kunst folgen!

Ich bin die Wunde am Leib deiner vorgestellten Welt; die Wunde ist sein Mund, und er spricht in einer Sprache, die du nicht verstehst; die Sprache ist wie geheime Flammen hinter hohen dunklen Wänden im wispernden Grün eines Gartens …

Es war einmal eine Frau namens Dagny, verloren in einer fremden Stadt wie die sitzengelassene Jungfer Sophia, die durch den Spiegel schritt und in die dröhnenden Echos der materiellen Welt fiel … Wonach hat sie gesucht? Wohin wollte sie? Sie schloß die Augen und ließ sich widerstandslos treiben …

In dem wogenden Schwall, in dem tönenden Schall.

Für sie schmeckte alles in dieser fremden Stadt nach Tod. Ja, sie konnte im Geschmack des starken, reifen Weins das Blut des zerstückelten Gottes ausmachen, des Gottes, den seine Passion unverwundbar werden ließ.

Sie starb mit diesem Geschmack auf der Zunge. Der Wein durchflutete noch ihr Gehirn, als das brennend heiße Geschoß es durchschlug und dunkelrote Flüssigkeit aus ihrer Nase rann und sie *in des Welt-Atems wehendem All* ertrank …

Sie war die erste unter denen, die nach ihr kommen sollten – es wird nämlich andere geben, die mich durch sich sprechen lassen; sprechen über meine wilden, sanften Begierden und meine in Ehren gehaltenen Ängste; sagen den Sang fallenden Schnees, wenn er sacht durchs Weltall schwebt, und die unbewußte, ungeheure Glückseligkeit des Flusses, der zum Meer hinfließt … das Meer … *unbewußt, höchste Lust!*«

Hier hielt sie inne. Eine Weile blieb Dagny schweigend stehen, dann ließ sie sich zwischen Stach und Stanisław sinken, kreuzte die langen Beine und erklärte mit einer so nebensächlichen wie königlich eleganten Geste:

»Wład Emeryk, du armer Irrer, los! Bring mir die Henkersmahlzeit.«

Zur Übersetzung

In Zurab Karumidzes Roman sind viele versteckte Zitate eingefügt, etwa von William Butler Yeats (besonders aus »Seereise nach Byzanz« und »Leda und der Schwan«), Wallace Stevens, T. S. Eliot, William Shakespeare und William Blake, die für den englischsprachigen Leser eventuell erkennbar sind. Ich habe in allen Fällen, wo dies möglich war, die existierenden deutschen Übersetzungen herangezogen. Diese aber sind im Unterschied zu den Originalen nicht immer über eine Internetsuche auffindbar. Manches ist auch nicht ins Deutsche übersetzt worden, so stammt etwa jener »liebestolle Reiher«, aus dessen Schenkelknochen eine Flöte wurde, aus Yeats' Drama *Calvary*. Um den facettierten Charakter von Zurab Karumidzes Prosa im Deutschen zu erhalten, habe ich mir erlaubt, an passenden Stellen Zitate aus dem deutschen Bildungskanon einzufügen.

Ich habe mich bemüht, so wenig wie möglich aus dem Englischen rückzuübersetzen, was aus einer anderen Sprache stammte.

Zitate von Dagny Juel wurden von Lars Brandt aus dem Norwegischen übersetzt. Das Original: Dagny Juel, *Samlede Tekster.* Kulturforlaget BRAK 1996 i samarbeid med Kongsvinger Museum. Eine deutsche Übersetzung des Gesamtwerks erscheint 2019 im Weidle Verlag, übersetzt von Lars Brandt.

Die Zitate von Georges Gurdjieff entnahm ich dem Band *All und alles. Beelzebubs Erzählungen für seinen Enkel. Eine unparteiische Kritik des Lebens des Menschen.* Übersetzt und herausgegeben von Louise March. Innsbruck o. J. (um 1950)

Die Zitate aus Schota Rustaweli, *Der Recke im Tigerfell,* entstammen in der Regel der Nachdichtung von Hugo Huppert aus dem Jahr 1955. Zuletzt erschienen (2014) im Reichert

Verlag. An einzelnen Stellen haben wir wegen der größeren Texttreue auf die Übersetzung von Hermann Buddensieg zurückgegriffen, die nicht gereimt ist – ebenso wie die englische Übersetzung von Marjory Wardrop (1869–1909).

Die Zitate von Albert Schweitzer sind dessen Buch *Johann Sebastian Bach* (1908) entnommen.

Die Stalin-Zitate entstammen, soweit wir sie finden konnten, der Website www.stalinwerke.de

S. 17: »Modernster Typus, zart und fein, mehr geistige Verführerin als körperliche …« Aus: Frida Strindberg, *Lieb', Leid und Zeit*. Hamburg 1936

S. 56: Wascha-Pschawela, *Der Schlangenesser*. Übersetzt von Ruth Neukomm. Aus »Georgica: Zeitschrift für Kultur, Sprache und Geschichte Georgiens und Kaukasiens.« Band 18, 1995

S. 74: »Blond, schlank, elegant …« Aus: Adolf Paul, *Strindberg-Erinnerungen und -Briefe*. München 1924. S. 111

S. 188 f.: August Strindberg, *Der Vater*. Aus dem Schwedischen übertragen von Willi Reich. München (dtv) 1981

S. 192: *»Liebe, du bist das absolute, alleinige Ende des Lebens! Ja, das Ende muß nah sein!«* engl.: Love, thou art the absolute sole end of life: Nach Richard Crashaw *Hymn to Saint Teresa*. Nicht auf deutsch.

S. 197 »Gott, der alles macht, was kommt und geht …« engl.: God who hath made all things that come and go … Aus: Ezra Pound, *The Spirit of Romance* (1910). Nicht auf deutsch.

S. 208 *Trinklied* von Abraham Cowley aus: Julius Hart (Hg.): England und Amerika. Fünf Bücher englischer u. amerikanischer Gedichte von den Anfängen bis auf die Gegenwart. Minden 1885. (Übersetzer vermutlich Julius Hart, bei dem Dagny und Przybyszewski einmal eingeladen waren.)

Im wesentlichen habe ich mich an die deutsche Transliteration von russischen und georgischen Namen gehalten, also Tschawtschawadse geschrieben statt Chavchavadze. Es gibt aber zahlreiche Ausnahmen, nämlich dann, wenn über Wikipedia oder andere Suchen mit der deutschen Transliteration keine Treffer erzielt werden. So findet man z. B. unter »Osduchtia« nicht die Großmutter von Peter dem Iberer, die man aber unter »Osdukhtia« findet. In solchen Fällen habe ich die englische Transliteration des Originals beibehalten.

Zu den Gesprächen zwischen Koba und Kamo: Personen im Familien-, Freundes- und Bekanntenkreis werden geduzt und mit dem Vornamen angesprochen. Dabei wird häufig an den Vornamen das Wörtchen *dschan* angehängt, was ein Ausdruck von Zuneigung ist und in etwa mit den deutschen Diminutiva vergleichbar wäre.

Ich danke Nele Kather, die in manchmal mühevoller Kleinarbeit die Zitate aus Georges Gurdjieffs Werken aufgespürt hat, ebenso die Originalstellen in Dagny Juels norwegischen Originalen, die Stalin-Zitate und einiges mehr.

Und ich danke Bela Chekurishvili, die meine Übersetzung mit georgischen Augen gegengelesen und korrigiert hat.

Dank auch an Nicolas Berndt und Anne Fritzen, die in musikalischen Fragen eine große Hilfe waren.

Selbstverständlich danken wir dem Georgian National Book Center für die freundliche Unterstützung – Medea, Irine, Salome, Maia, Nino, Nana, Natia: Madloba!

Finally: Thank you, Zurab, for always being at your computer when I had a question. And for writing this wonderful novel in English.

Stefan Weidle, August 2017

Literatur
Mary Kay Norseng, *Dagny. Dagny Juel Przybyszewska, the Woman and the Myth.* Seattle & London 1991
Diesem Werk hat Zurab Karumidze unter anderem die Zitate Dagny Juels entnommen.
Thaddeus Wittlin, *Eine Klage für Dagny Juel-Przybyszewska.* Aus dem Amerikanischen von Astrid Kalz und Barbara Meyer. Paderborn 1995

Originalausgabe: *Dagny or A Love Feast*

Translation rights arranged by Rachel Gratzfeld,
Literary Agent for Georgian Literature, Zurich.
Die deutsche Übersetzung folgt der vom Autor leicht überarbeiteten Fassung, die 2013 bei Dalkey Archive Press, Champaign/London/Dublin, publiziert wurde.

The book was published with the support of the Georgian National Book Center

GEORGIAN
NATIONAL
BOOK
CENTER

Dank an Lars Brandt, Bela Chekurishvili, Nele Kather, Anne Fritzen und Nicolas Berndt

Beethovenplatz 4, 53115 Bonn
www.weidle-verlag.de
Lektorat: Kim Keller, Barbara Weidle
Gestaltung und Satz: Friedrich Forssman
Einbandzeichnung: Levke Leiß
Schrift: Rogliano
Druck: Ph. Reinheimer GmbH, Darmstadt
Bindung: Schaumann, Darmstadt

Die Deutsche Bibliothek – CIP-Einheitsaufnahme
Ein Titeldatensatz für diese Publikation ist bei
Der Deutschen Nationalbibliothek erhältlich.

Dieses Buch wurde klimaneutral gedruckt.
natureOffice.com | DE-077-134232

978-3-938803-85-1